二〇二〇年春修訂本

商廷煥 商廷修
商衍瀛 商衍鎏
商承祖 商承慈 商承祚 商茝若 商倩若
商志馥
著

商志譚 主編
商氏後人 編校

清芬濟美

番禺商氏四代詩書畫集

文物出版社

图书在版编目（CIP）数据

清芬济美：番禺商氏四代诗书画集 / 商廷焕等著；商志醰主编 . -- 修订本 . -- 北京：文物出版社，2020.10
ISBN 978-7-5010-6730-5

I. ①清… II. ①商… ②商… III. ①诗集 – 中国 – 近现代②汉字 – 法书 – 作品集 – 中国 – 近现代③中国画 – 作品集 – 中国 – 近现代 IV. ①I22 ②J222.5

中国版本图书馆 CIP 数据核字（2020）第 128560 号

清芬濟美　番禺商氏四代詩書畫集

著　　者：商廷焕　商廷修
商衍瀛　商衍鎏
商承祖　商承慈　商承祚　商莨若　商倩若
商志馥
主　　編：商志醰
編　　校：商氏後人
責任編輯：孫　霞
責任印製：張道奇

出版發行：文物出版社
社　　址：北京市東直門内北小街 2 號樓
郵　　編：100007
網　　址：www.wenwu.com
郵　　箱：web@wenwu.com
經　　銷：新華書店
印　　刷：北京雅昌藝術印刷有限公司
開　　本：889毫米×1194毫米　1/16
印　　張：22
版　　次：2009 年 11 月第 1 版　2020 年 10 月第 2 版
印　　次：2020 年 10 月第 1 次印刷
書　　號：ISBN 978-7-5010-6730-5
定　　價：480.00 元

清芬濟美　番禺商氏四代詩書畫集

清芬濟美

目錄

謹向親友致謝：

篆刻『傳易後人』鄧散木治…………見扉頁燙金

篆刻『賁禺商氏』羅福頤治…………見封底燙金及第三五一頁

篆刻『須昌侯裔』商承祚治…………見第三一五頁

篆刻『玉蓮園舊主人』羅福頤治…………見第三二七頁

繪畫『寒鐙聽雨圖』唐肎作…………詳見附錄及拉頁

前言

前言

中國是一個十分注重家族觀念的國家，其歷史源遠流長，由此而形成的家族文化則構成了中國傳統文化的重要內容，也是中華民族文化的重要組成部分。雖然，自近代以來，隨着中國從傳統到現代的社會轉型和文化轉型的實現，傳統的家族文化日漸式微，但家族文化作為中華文化之縮影，仍是現代社會承續並光大中華民族傳統文化的重要渠道，仍有研究和發掘的現實意義。

番禺商氏作為嶺南的世家大族，自清康熙二十一年（公元一六八二年）商氏先人隨漢軍正白旗由遼寧瀋陽遷至廣州駐防，世居廣州紙行街蓮花巷。商氏雖為旗籍，卻以書香傳家。至遷粵九世祖商廷煥先生，更以艱苦力學而著稱，知識淵博，為當時名流所推重。教育子弟修身立德，發奮讀書。先後有其從堂弟商廷修（光緒二十四年戊戌進士出身）、長子商衍瀛（光緒二十九年癸卯進士出身）、次子商衍鎏（光緒三十年甲辰進士及第）金榜題名，商氏由此寫就『一家二代三進士』的輝煌家族史。縱觀我國科舉考試的歷史，其家亦堪稱翹楚。商氏後代秉承前代的精神風貌和家學傳統，人才輩出，可謂『世濟其美，不隕其名』。

《清芬濟美：番禺商氏四代詩書畫集》收錄了商氏四代十位成員的詩書畫作品。全部作品均是商氏後人親自收集編訂的第一手資料，書中還收錄了商氏家族各時期相片五十餘幅，這些文獻資料十分豐富、翔實，生動地反映了歷史原貌，使讀者得以瞭解許多以前未曾發表的商氏家族詩書畫作品，乃至與近現代史相關的史料。同時，也從一個側面體現出中國傳統教育和現代教育和諧相融的時代文化背景，給予了我們諸多的啟示，為我們在當代文化語境下，進一步發揚深厚的中國文化教育傳統提供了借鑒。

商廷焕先生

字明章 號蔚田

公元一八四〇——一八八七年

高廷煥先生畫像　影印自宣統庚戌刻本《味靈華館詩》

先府君事略

商衍瀛

嗚呼！我府君歿之八年甲午，不肖男衍瀛、衍鎏始同舉於鄉。又十年，越癸卯、甲辰，先後第進士，入翰林，同登於朝。回憶府君晨夕課余兄弟讀，不自知淚之何從也。府君歿，王母哭之慟，余兄弟尚未冠，嘗縷縷為述府君少壯時事，故得彷彿其一二。府君生而沈潛，寡言笑，端重仁厚，異於常兒。少即好學，天甫明，抱書向日，讀熟而後入校。時海疆多故，家貧薪米不繼。午罷課歸，見竈無煙，即悄然返學。王母每留餅餌食之，以父母未食亦不敢食也。武略公課子嚴，常令背誦，問以書中之義與躬行之理。稍長，命從賢達遊。阮文達公來撫粵邦，倡樸學，立學海堂。府君從樊昆吾先生，在堂肄業。專毛詩、三禮，見重於同輩。昆吾先生贈詩有『粵洲蕭艾夥，珍重茝蘭身』句。馮子莊先生亦謂府君詩、古文辭古勁直樸，為人生立行之本。顧七應鄉舉連不得志於有司，乃期望余兄弟以成武略公之志。頻年教授於外，常攜余兄弟從。府君教人立身以孝弟為先，治事以守正為則。嘗曰：『聖人之教，首在明倫。大本既端，則應物不至茫昧。表直者，景不邪。此挈矩之道也。』乃以『明德』自名其堂。故弟子所學皆以德行為先，文藝為後。余兄弟每讀一經，先正音訓，次通大義，有切於修己者，則反覆言之。五經畢，然後爲應試文，得一二語合於義理，即舉以爲奬勵，以見文與行非兩事也。朝出暮歸，必至王母所。王母偶不愉，見府君輒喜。一室中弟兄妯娌雍雍穆穆，雖遇困窮憂戚，不聞一語勃谿。所交遊多自少至老無忤之友。鄰里鄉黨樂府君和易，有爭執，多就府君排解。自處極儉約，無妄費。素不喜菸，常舉以誡人。好吟詠，嗜苦茗。蒔花種竹，案無纖塵。危坐斗室，泊如也。習武略公方書，通於醫理。自知不永，乙酉辭講席，歸葺故園居之。翌年秋，病作，為遺囑以誡余兄弟，有『四惡勿沾，勤儉守正。讀書為善，窮達安命』語。蓋預見時之將亂也。病中不延醫，不服藥，囑令薄葬，勿修浮屠經懺。卒於光緒十三年丁亥二月初十日，生於道光二十年庚子五月初二日。春秋四十有八。葬牽絲過脉馬太夫人之塋左側。府君諱廷煥，字明章，姓商氏。廣州駐防漢軍人。贈中憲大夫。曾祖守信，妣區太君。祖興沛，贈中憲大夫，妣甯恭人。考建權，武略騎尉，贈中憲大夫，妣馬恭人。配岳恭人。子二人：長衍瀛，癸卯科庶吉士，散館授翰林院編修，升祕書郎；次衍鎏，甲辰科探花，授職翰林院編修，升撰文。女一人，適同里賀文楨。孫六人：承恩、承謙、承祖、承慈、承祚、承祺。著有《詩音彙譜》《詩音易檢》《味靈華館詩文集》。

味靈華館詩卷一

商廷煥

《唫蕉集》

芸館芭蕉，漫天生綠。聽風翻雨滴之聲；對斜月夕陽之影。撩人情緒，堪助吟懷，爰以名集。

辛酉

奉和昆吾師元日試墨之作謹步原韻

一笋椒觴曉薦辛，撩人風景倍愁人。桃符那合重重換，笳鼓猶聞處處新。但飽芻茭虛豢養，幾曾甘旨偶娛親。年來化雨欣同沐，且向鱣堂日問津。

春夜汪海語室遇湯小峰傾倒之下因贈以詩

汝南叔仲信無雙，腹有千書百怪降。豈僅才華聞上國，行操風雅振炎江。談來世局投班管，話到風花剔玉釭。他日平巒與大典，磨崖巨筆讓君扛。

挽蒼梧殉烈施香海

欃槍芒逼海天西，外蛇日鬬飢鴞啼。赤眚沓至官吏走，蒼梧血濺紅成泥。奮起詩人施香海，毀家召募扶孱宰。擐甲登陴扼空濠，兜鍪蟣蝨逾半載。先團義練護鄉民，人如乳虎馬游麟。要截梟獍無東竄，勿使片帆渡南津。賊來但見橫叉手，鼓髯一嘯龍泉吼。踰垣夜出白梃軍，斫盡妖狐鼯鼪走。援亡儲盡粟兼金，嚼茶煮紙羅飛禽。枵卒僵卧鼓聲死，示以大義無二心。從容指畫同無事，錦函秘授少梁意。（梁堯俞先生弟子）銜枚疾搗大林硐，（堯俞與平安司趙孟川連破賊巢薄有斬獲）斜趨水井搜兵器。（堯俞與林鑣和歐安國縋城至水井搆辦軍火）賊糧山積大城東，火之一炬因驚風。徵軍十道咸謝絕，坐令萬衆成沙蟲。疆臣黑夜潛命駕，敝衣囚首隨東下。斬關何待寇開門，羆夫鬭死空叱咤。八月初十夜賊陷北門堯俞死之 先生巷戰無壯卒，僮僕提戟扼交衢。韜戈不死賊曹手，歸來坐笑藏經櫥。北謝君恩臣力竭，披髮魂將訴帝閽。全家畢命眢井中，長呼乃就波心歿。城陷驅妻女盡投井中然後殉烈於城東鯉池 冠蓋當時盛其儔，成仁翻賴子衿流。殉烈者何培及施梁三人皆庠士也 燔巢賸有蘇樓在，先生曾建蘇樓於蘇山之外以教授鄉里 山木為悲湘水愁。

草色

原上青青草，燒痕帶露溼。襯君馬蹄香，惹得王孫泣。

春興次子孅韻

幾番花信午風清，百舌能言似解情。紅藥瓣深香攪蝶，柔條絲重綠藏鶯。人當麗景方酣處，時計新篘已釀成。纔換春衫鞍借得，賞他芳甸趁新晴。

飼鶴

縞衣竦立近迴廊，飽啄香粳但引吭。尚有鳳凰飢欲死，問君何術賺人糧。

上巳修禊紫藤花館

禊祓思追入洛年，紅薔花壓畫樓鮮。崇山茂竹非前境，酒虎文龍勝昔賢。豈有管絃供客賞，絕憐櫻筍上春筵。百年此日名觴會，要與江山結盛緣。

九曜石

仙掌題名重藥洲，昔人已去蹟空留。奇峰不逐降王長，文石猶傳順命侯。但有詩歌賡大業，更無圖讖應千秋。依然七曜榕陰峙，唱徹山鵑不斷愁。

宿峽山寺定公房

二禺山翠遠相連，一角樓房峙峽顛。日晚猿吟雙壁雨，秋高鶴唳半林煙。深埋谷口鐘偏遠，瀉到飛濂韻最圓。指點禪房今夜宿，也來解帶證前緣。

潖江道中

停舟晚望潖江秋，十里雲山下上浮。桂管有巒分岸鎖，湞溱眾派入河流。層林紫翠蒸灘口，沙塞支橫過渡頭。總說此間風月好，漫天佳景倩誰收。

射虎行

天山陰，巢乳虎。朝朝出攫人，樵牧行良苦。猿臂李將軍，手捉大黃弩。一殪石尚穿，安畏此雛鼠。

秋原

野色明露珠，草繪秋山老。一路聽寒螿，生香吹水稻。

寄懷鄭芝庭上舍

玉立仙才鄭子真，王園曾與逐車塵。懸弧尚記同庚子，解劍恆思訂甲寅。競病每聯茆店雨，叉尖時賣甕頭春。西風昨夜敲檐馬，坐對黃花似故人。

晚香玉

湘娥昨夜散瑤釵，翦翦瓊牙玉筍排。髣髴水犀簪壓鬢，夜深香冷裊蕭齋。

九日偕子熾東皋登高訪國初三詩人鐘鼎作

不踐龍山會，來訪東皋堂。戴笠出東郭，秋原何渺茫。古栝夾官道，落葉填青蒼。狎鳥不避人，
籬腳鳴寒螿。涼颸前村起，撲面吹生香。路出探花橋，寒菜盈畦黃。林窮得山廟，紺宇松柏藏。
花豹忽嗥客，繞門環篔簹。開士啟關出，引導循迴廊。搜碑覓奇字，鼎鐘獨煇煌。云有王都尉，
國初鎮茲方。僧寮啟壇坫，勝侶結屈梁。詩成告真宰，大句森雷硠。志欲垂不朽，鳧氏鎔金剛。
鑄來誠奇古，體製超凡常。漢隸及籀篆，龍蛇相低昂。銘贊抉幽奧，健氣生洋洋。安知後百載，
不作魯靈光。我時捫挲讀，沫竭口為張。精味未易曉，波桀則堪詳。太息有心人，牧馬來南荒。
錦裲馳馬稍，身歷百戰場。倚樹曾不伐，移情為詠觴。流傳茲法物，千春鎮巒岡。揭來成遠慨，
浩刼苦未央。徘徊詎忍去，落日下牛羊。短歌尋歸路，夕靄盈闤廂。

偕子熾北郊探菊小憩何菊泉先生墓因過得勝寺捫讀平藩紀功碑作

賓鴻一夜驚霜鳴，故人邀我探秋英。遠山繞郭遙相衛，菘畦高下寒原清。蜩唫陰樹殊蕭瑟，
涼風襲面衣衫輕。板橋橫轉煙村迥，乾林錯雜山花明。訪奇信步隨所喜，菊泉詩人墓可指。
宿草煙深土一邱，牛羊跡滿擁莎芷。摩挲臥碣拭莓苔，風流餘韻悵難已。古云不朽德功言，
先生著述誠斐美。回首東林綻明葩，菊黃楓紫光彤霞。三家籬舍嗥花犬，柳梢一桁挑帘斜。
隱約孤柯露梵宇，遠峰排闥高衙衙。老僧衰病勉速客，階前燕矢紛蓬麻。撐壁高碑驚迴顧，
龍騰鳳翥神鬼護。大書定粵平藩勛，諸將題名國功註。捫讀想見入關初，聲如雷電遵王度。
陪都奉詔馳天兵，策馬南疆虎旅駐。不矜礮石雄兜鍪，長圍緩築沿山陬。盡收旁郡扼險塞，
降欵爭遞東諸侯。戍人放仗驚弗守，降幡一夜插城頭。三章約法民更始，鼙鼓聲歇湔金甌。
告廟功成禮大典，豐碑遂作粵冠冕。今時名勝古戰場，偉績全憑大筆顯。我來弔古復傷今，
滿目荊榛待誰翦。赤螭風雨神歸來，涕淚盈襟應不淺。

隨緣社諸公招陳朗山孝廉郭春舫明經入社原倡索和次畣

花放春魁得意時，瓊田姑射告先知。消寒正羨燒羊會，韻事忻傳獵酒詩。詞府頻年亡壁壘，騷壇從此盛槃匜。望洋未矚心先喜，擬吮吟毫訂後期。

重華九老本如仙，詔許皋夔結勝緣。（乾隆庚戌八旬慶典禮成詔以大學士來保等九人繼香山九老之會大宴於重華宮茲社友符其數）展宴不隨櫻筍後，徵詩要向菊花前。重唫味比操三弄，勝事行將著百年。鐵石老梅香縱遠，（謂鐵孫先生）扶輪猶賴有名賢。

芸館新調碧玉觴，弗苛酒律引杯長。座中惟覺鐵撾響，簾外間炊石鼎香。快意那妨亭尉醉，忘形休笑次公狂。分明白社追前輩，擬撰高文弔戰場。

更闌譙罷夜遲遲，仰面嫦娥敘樂嬉。征戰難逢新舊雨，亂離幸值往來卮。慣聽土鼓南來臘，況遇冰魂北放枝。珍重梁園詞賦侶，且將本事付新詩。

詠懷嶺南古蹟擬杜六首

虞苑

炎江煙雨路漫漫，謫宦惟求一席安。註易久無遷客所，風旛又作老僧壇。夢中道士談何切，門外青蠅語頗酸。多事九家參妙悟，空文容易著經難。

風度樓

春帆無力泊韶州，來問開元宰相樓。金鑑錄呈聯被日，玉環錢賜洗兒秋。蟲唫草沒無家恨，鶴語松濤有國愁。薄暮憑欄懷往事，一聲長笛下羊牛。

南華寺

都從震旦講生生，天遣曹溪演上乘。佛鉢毀時纔有教，菩提種處久無僧。未難妙義窺靈照，誰與元機啟慧能。飯飽禪關閒徙倚，黃梅山下月初昇。

葛洪丹竈

飛泉白瀉石樓峰，搗藥鳥名聲喧路萬重。石鼎煉成金簡杳，丹砂熟後紫泥封。雲間舐偏閒雞犬，磵畔蹲餘舊虎龍。攜杖來尋勾漏令，乞他竈下玉芙蓉。

綠珠井

沒盡銀床井綆存，芳名猶豔綠蘿村。憑他幾斛明珠價，博得危樓碎玉痕。金谷雖墟人未死，洛陽已化秀無門。懊儂曲唱傷心處，緯絡聲聲總斷魂。

碧玉樓

少微星尚映江門，雲鎖山樓古木深。碧玉一圭天作聘，皋比卅載士如林。裁成閩洛先生業，直抉姚江大匠心。化雨春風吟詠後，流鶯求友向欄陰。

讀昆吾師南海百詠續編恭跋十章

先生腹笥等相如，讀徧人間未有書。皮裡陽秋侔晉紀，毫端風格邁黃初。談經雅號無雙士，博問占同第七車。高詠百編傳不朽，一時紙貴洛陽胥。

訪古山隈復水隈，故宮禾黍特低佪。能嚴朱雀南雷守，安見青絲北騎來。映戶芙蓉淩蕙茝，迎人儉草雜蒿萊。百年戰地林鴉噪，倦眼蘿岡試馬臺。

鄉闕回首淚長傾，孺婦能言即定評。鼉鼓慢操威遠驛，繡旛爭插大夫營。邊樓縱好誰籌策，鐵局空存孰鑄兵。昔有深心遺搆在，半膺劫火付榛荊。

訶黎貝葉兩芬芳，瑞繞優曇大道場。鴛瓦不留西十寺，朝臺猶賸漢雙岡。捫來甎塔齊梁字，擷得菩提智藥香。一自風旛開妙諦，禪宗今古盛蠻鄉。

句漏朱明插漢齊，年來曾夢採華芝。平蠻諸將名猶在，秉穗羣真蹟已移。三像一鐘存霸業，雙湖九曜賸殘詩。風流故迹無餘土，但有王郎紀事碑。

知言論世豈豪唫，覆轍淪亡炯鑒深。肯選賢良訓名胄，何須恨怨鍾跛金。璇臺紺宇江干在，舊節遺弓刼後沈。幾許苦心求往烈，太平庵碣費捫尋。

星紀初周月半彎，等身著述重人寰。尚書石碣荒榛擁，太尉祠堂古栝環。不解蒸嘗遺楚固，但存廟食饗文山。江花一夢空中影，灑徹江城偏九巒。

鳥蹄花落繞仙津，草屩蹋來百感新。煙雨四山哀締搆，牛羊滿隴痛君臣。棠開舊社疑無鬼，雀守荒墳別有神。高義不忘違命者，殷頑畢竟是完人。

網羅散佚到重淵，十載虞卿費鑽研。堵窣佛光紅有曜，蘭湖曉旭紫生煙。尋來六脈河渠補，指出雙濠地派全。學士有文公有詠，圖經添註十名泉。

如椽綵筆藻繽紛，高挹羣言總不羣。從此佗城增掌故，須知遺老念榆枌。傷心處幕堂前燕，放眼韜戈灞上軍。一字一珠全是淚，個中誰解杜司勳。

解館後昆吾師有詩見懷謹次原韻

老鶴無心唳九皋，元音直欲壓雲璈。商瞿莫道能傳易，宋玉何曾解繼騷。幾見澄泥堪琢硯，誰言荊棘可雕毫。車塵幸逐方深喜，況復矜寒又賜袍。

味靈華館詩卷二

壬戌

懷人詩十首

柳君麗川

卓犖胸懷柳柳州，頻年感遇賦登樓。照人古道三更月，踽步蒼涼半壁秋。豈有祥鸞棲野棘，
斷無佳蕙萎荒陬。相期煮酒藤陰下，共掬天漿滌遠愁。

王君奏篪

又是煙深綠老時，刺桐花放竟無詩。澆愁白墮難成醉，歸信紅襟未有期。潦倒蘭臺牛馬走，
亂離工部鳳凰飢。側聞詔啟明通榜，定藉春雷躍液池。（君今秋入闈應繙譯試明春啟榜）

宋君伯享

風流倜儻邁羣倫，誓作千秋有用身。落筆定能搖五嶽，其才真可了十人。怕看翡翠江樓晚，
來問紅棉輦道春。（君集木棉詩絕佳）講室偏栽書帶草，（君今春設帳於馮氏寓齋）廿番風信想成茵。

馮君心泉

雲衢九萬路漫漫，正好乘風策玉鸞。（謂君遊泮）烽燧滿郊堪髮指，草茅無地奉心肝。離奇著述誇天
寶，灑落襟懷似建安。一事心頭忽悵觸，招魂猶自未濡翰。（謂星垣師丁巳殉難）

樊君子熾

童稚交遊格外親，己酉君與余同肄業於顏之世父耽奇嗜博有同情。伊人每作驚天句，賤子慚無擲地聲。性嬾幾曾輸叔夜，多愁今復見長卿。三春生翠堆全郭，肯否聯吟趁好晴。

王君奠邦

坐玩南牕石鼎煙，批紅判白自年年。遠山補出倪高士，瘦骨生成賈浪仙。刧話楸枰躭橘趣，書搜汲冢獲蹄筌。知君彙聚平原帖，割盡蕉旗當買箋。

韓君莆亭

詞壇人最畏冬郎，綺歲嘔心刻羽商。看竹為誰三徑埽，落花無主滿林香。茶槍冷淡煙猶在，麈尾橫斜月正涼。策馬近郊春又暮，探奇將覓午橋莊。

陳君虞階

輞川別墅最堪誇，尊甫營別業於城北水竹蕭森雀語譁。風調高於堤畔柳，才華開透筆端花。每思與鶴修年譜，久欲為蘭作世家。遙憶閉門陳正字，闌干倚處手頻叉。

王君隱園

荒雞中夜聽膠膠，風雨思君夢轂勞。買紙料應修典引，濡毫將欲反離騷。人言燕趙才多逸，我笑鄒枚格未高。昨日荼蘼花已綻，餞春須好貰郫醪。

賈君子釗

擁階紅藥冷蒼苔，屐齒痕融小院開。一櫂自尋楊子宅，短笻獨上越王臺。看雲約我天明出，玩月呼朋雨後來。高弔靈均文尚在，更無人解擢奇才。

豆籬聞蟀

耿耿天河迥，幽人倚前楹。皓月映空水，促織鳴秋聲。溥溥江露白，寒逗瓜蔓棚。緬彼夜唫者，胡為勞此生。

寄晬昌上人

相逢一笑悟前緣，煮茗評詩俗累捐。恨我終為門外漢，愛師不作口頭禪。縹緗插架呼龍守，（收藏秘籍最富）樽酒成倉伴鶴眠。惟問黃梅安缽處，幾時蓮宇煥瑤天。（謂重修一事）

海光寺晚眺

放眼禪扉得大觀，行歌煙滸不知還。碧空望斷人千里，海氣凝眸日半山。鴉翅側歸趨石磧，漁帆閒泊近黃灣。老僧未解滄桑恨，指點莎羅樹外闗。

眾妙堂觀蘇井

堂開眾妙城西隅，貞金壽甓誇炎都。自唐迄宋一千載，名賢題詠如璠瑜。水火元黃朝市改，開元寺牓埋泥塗。改邑由來弗改井，留茲一掬清且腴。朅來走向黃冠問，云此掘從玉局蘇。甘香雅邁功德水，味比九龍泉更殊。紹聖之元搆詩獄，投荒萬里來賁禺。海外競傳猶不死，桄榔庵結樂安廬。此間偶爾留鴻爪，意者思同調水符。呼僮荷鋤掘九仞，涓涓寒泚清爭輸。彈指歷刼又千稔，銀床古迹生榛蕪。我來對之肅九拜，汲以大斗澆塵汙。公書堂記猶可辨，委彼蘿薜缺龜趺。墨妙香泉誰足擬，硃池在惠差能俱。拾取松釵燒活火，薦諸公前烹一盂。

要將烏臺舊詩案，藉茲洗滌消前辜。千載神靈未磨滅，大招一曲歸來乎。

織婦歎

丁璫檐馬風瀟瀟，寒閨當織燈寂寥。機杼不停聲軋軋，織成吉貝同鮫綃。光平潔膩尚嫌黯，
火熨膠敷細細展。量來五丈有餘長，儂首如蓬指似繭。平明負以奔桑墟，貿絲抱布纍纍如。
販夫坐市比驕吏，量長較短爭錙銖。兀坐墟亭日卓午，枵腹雷鳴汗滴雨。布價驟減緜價增，
賣之何能糴斗糈。傍徨廛肆逢鄰翁，布價層層說與儂。南人謀利緣市舶，島夷萬里來艟艨。
殊方詭物咸無數，旁及紅糧與縷布。製同火浣白而輕，幅廣三尺逾常度。民因競買貪價廉，
裁作春衫光且纖。都人相尚幾成俗，致今機軸多滯淹。相傳彼土有奇士，名曰伯呢精巧技。
造為三十六機床，夾置輪盤列十騎。馬能織布牛紡紗，百縷牽動聯衝牙。吾人織尺渠十丈，
費省工速超中華。量材定價賤同紙，女紅從此無生理。雙杼不能謀一炊，太息孤檠午夜起。
我謂織娘爾勿哀，奇巧咸自天方來。太奇則拙將自敗，勉循古法無後災。述者稱賢作者聖，
耕織之教關民命。計日天皇絕巧淫，毀彼詭異歸諸正。

味靈華館詩卷三

《蓉陰集》

癸亥五月，館於劉氏寓。齋夫劉氏，名幕也。因取泛綠水，依芙蓉之意，名諸集焉。

癸亥

哭仲弟熙

檢點春衫搵淚痕，廿年姜被破無溫。可憐負咎傷心死，不戀高堂顧復恩。此去夜臺應自悔，他生緣結那須論。鴒原喚斷西斜日，冷落匡牀樹色昏。

哭樊子孅

紅殘綠老紫綖辰，革化驚聞故友真。（君卒於四月朔日紫綖革化見北史徐謇傳）已為脊令先隕涕，（孟春曾哭仲弟）何堪金石又傷神。素琴掛壁高山杳，長笛悲風落日頻。十載知交成永訣，聯牀猶憶舊時親。此去修文定未安，大羅天外路漫漫。芸牕料得魂猶在，蓮社從今事已闌。（君曾與同學諸子共立西園吟社相與唱和）痛絕五更鳩夢冷，（君雙親年近八旬）遙憐千里雁聲寒。（君伯兄官吳江司馬）夜來北面呼皋復，兩目雖瞑諒亦難。牕外芭蕉葉自肥，種蕉人去想依稀。（芸館芭蕉皆君手植）空聞擲地金聲振，無復談天玉麈揮。買夏慣同租畫舫，邀朋不惜典春衣。挑燈記得驚風雨，話盡年來百計非。綺歲才華不朽名，身雖長逝却猶生。休文半世咸多病，（君自乙卯病至今歲）鮑叔窮交有至情。焚稿不教遭俗詬，（君病甚取其稿盡焚之曰勿入俗子手中）述懷無那作商聲。（去秋作述懷詩四首語多悲憤）千秋爾我稱同調，但祝他生是弟兄。

和錢子芳穗城竹枝詞六首

朝臺最是冶春遊，顛鷓憨鸝夾道周。十丈珊瑚紅照眼，寺前人影去悠悠。

阿姨愛種鳳仙花，牡蠣牆根豔若霞。染出尖尖紅指甲，向人故意捲牕紗。

一帶芳塘種芰荷，小娃齊唱木魚歌。淩風掉槳沿罾步，唐荔園前景致多。

芳名雅合喚珠孃，粉蝶鞋頭足似霜。飯飽沙⿰舟古棚上坐，水煙不住勸何郎。

八尺香幢結素馨，雲璈珍炬設中庭。金蘭共赴盂蘭會，要聽仙尼演道經。

計時又近小陽春，比甲盤金足可人。生曬薯莨殊不美，那如檬綠更鮮新。

哭十弟贊 姿格岐嶷幼即穎悟出語有成人風概惜其五歲而殤

半稔遭雙痛，傷心淚又流。孟春曾哭仲弟 曇花纔一現，棣萼已全休。漸識之無字，將梳丱角頭。彌留猶自強，歡笑解爺愁。

紀夢 有序

孟秋之晦，夢出里門數武。亡友子孅載酒而來，形容憔悴，面有憂色。詢其近狀，默而不答。偕往舊館，清風徐來，皓月在天，舉酒屬余相與敘談。余問曰：『子病既憊，茲來何故？』對曰：『噫！國步多艱，而伯兄待吏蘇門，難謀升斗之祿，家貧親老，其何以堪！』言已，涔涔淚下。忽為柝聲驚覺，夢境恍然，言猶在耳。嗚呼！死生契闊，百年永訣。回憶夢中數語，非肺腑深交，不能諄諄屬託也。子孅其以余為骨肉，故告以衷曲，意良苦哉！擁被而起，因紀以詩。

人聲寂寂夜漫漫，牕外時驚雁語寒。忽爾同心人入夢，依然池館話辛酸。

贈倪雲癯少尹

持螯須趁菊花天，我與雲巒恰有緣。把酒況逢詩弟子，君乃張南山高徒 登臨且與小遊仙。曾經訪勝春郊外，相對論文野店前。（去春朱茂亭邀君與予飲於北郊之快風閣）笠澤叢殘書舊著，滿城紙貴誦新編。（君輯桐陰清話十卷盛行於世）年來安硯接芳蹤，塵誨方欣聽未窮。雅謔令人三日醉，高談使我半朝聾。敢因曠達稱名士，深重交遊有古風。雪鎖梅坳相與約，隨君策蹇訪師雄。

和答韓莆亭移寓詩

還來依舊道南居，（與舊居遙對）檢點寒氊與異書。但有詩篇多似錦，不妨家具少于車。當門得雨宜栽柳，俯檻臨淵莫羨魚。衢榜合呼通德里，昔曾請業到庭除。（荔壇師曾寓此）

碧疏掩映夕陽沈，花草蒙茸一徑陰。淨埽高齋開白社，（君家舊立隨緣吟社）安排香壘待紅襟。頻來舊雨挑燈話，每聽秋風掩卷吟。總為阿嬌金屋計，畫眉將問淺還深。（君是月完婚）

觀梅五詠限韻

紅梅驛

躑徧山顛路幾迴，蠻風瘴雨釀紅梅。當年種樹將軍去，此日傳書驛使來。見慣風塵南北騎，放隨嶺嶠雪冰胎。憑君說與他鄉客，丞相祠前十月開。

梅花村

一縷幽香化豔魂，鐵橋西去水雲村。韻傳老鶴深深樹，花放寒坳矮矮墩。貰酒田家霜戒路，留人山店雪盈門。師雄仙去梅精杳，賸得風禽噪石根。

蘿岡洞

東原得得走奚囊，百里探梅凍欲僵。花抱寒溪山正睡，雲封古洞石猶香。竹篩瘦影煙迷隴，鶴唳平皋雪隱莊。繫馬臺高雲物杳，村人尚解話名王。（國初平南王每冬必至此賞梅）

濂泉寺

朔風凝凍半晴天，隖外蒼山山外泉。微雪輕煙埋古寺，素琴孤鶴對癯仙。鮑姑入夜常相伴，馬祖他時靜說禪。為愛芳魂僧築堰，不教流出板橋邊。

學海堂

雪絮千枝月半彎，龍宮遙接梵宮間。（堂東鄰龍王廟西北接準提閣）瑯嬛瘦榦生修到，姑射豪情索笑閒。疏影濛濛迷輦道，寒香漠漠隔禺山。憑欄想像當年盛，元老探芳數往還。

雜紀 有序

仲冬偕高聘儒、劉仲梅三昆季訪國初三詩人鐘鼎。歸自東皋，鳥語淒清，山容黯淡，為之悵然。時值秋闈報罷，久病新起，懷人感事，得詩十章。

滿林黃葉帶雲飛，為訪東皋陟翠微。向午時聞寒鵲語，悄風遙颭野人衣。樓空觀草名猶在，（觀草樓在北郭外為昆吾師宋燮齋諸先輩觴詠地茲毀於甲寅兵燹）橋圯採花世已非。（明陳子壯構園東皋支橋通麓土人名之曰採花橋）清磬一聲撩客思，菜畦斜照入禪扉。

捫讀洪鐘寶鼎文，鏤銘透鐵已三分。才名真合超南海，筆陣驚看配右軍。此日屋梁憐老衲，當年裙屐樂同羣。不堪回首題糕節，宿草荒涼對夕曛。（庚申重九與亡友子孅訪於東皋）

賓興巨典搆羣材，鵠立荊闈亦快哉。買牘縣門經十載，提籃廣厦歎重來。魚龍狎浪爭先化，桃李盈庭孰與栽。樺炬三條偏覺短，夜分晝角已頻催。

青衿猶惹矮屋塵，試具郎當掛滿身。繭縱縛蠶恆自樂，蜂惟釀蜜敢辭辛。升沈有數何須急，得失無心且效顰。籬畔黃花還未賞，月餘枕簟最相親。

程墨英光耀士林，目迷五色試捫心。齊門未敢輕操瑟，燕市無方可碎琴。經史縹緗多蠹齧，梧桐庭院奈蟬吟。金鍼欲勾無人度，學作狂言且自箴。

深信劉蕡運不齊，青雲那得有階梯。一家藥杵心常痛，（予與家嚴九弟皆患病）千佛名經手懶攜。桂月影高蓬巷外，（謂劉鏡洲孝廉）樹雲陰過草堂西。（謂諸同學）兩番氉毷消無術，（壬戌曾下第）多謝雞牕作意啼。

故策燈前手自操，東堂有夢意猶豪。敢云失馬知非福，深悟亡羊快補牢。花樣舊描須著色，黛痕新式要纖毫。此生誓著千秋業，詎肯行吟味楚騷。

芸牕消受苦寒天，兀坐青氊又一年。煙裊鴨鑪熏畫管，紙裁魚網寫詩箋。（予近輯毛詩古韻）論文縱有銀釭暗，索句曾無石鼎聯。顧影自慚軀七尺，埋頭祇博教書錢。

不矜三雅理茶鐺，靜對空階雪月晴。蓮幕幾人洵國士，（謂小巢聘儒仲梅慶生輩）苔岑他日盡經生。羊燒近有消寒會，梅放能無憶故情。記得病瘥聞斷雁，夕陽衰草痛原令。（謂亡弟廷熙廷贊）

殘年風景逼人忙，幾許閒情付墨莊。無那三更呼蠟淚，劇憐半世近書香。（謂亡友鄭春杲樊子嫩）紅牙曲好曾同賞，白雪音虛只自傷。（謂己未庚申唱酬之盛今不復得）心緒萬端呵筆詠，唾壺敲缺漏聲長。

味靈華館詩卷四

《汾江集》

予以從事課讀，不暇吟哦者十餘載。庚辰仲秋，館於禪山趙氏。偶有所得，輒以筆墨記之，因名汾江集。

庚辰

夜坐有感寄懷馮松齋子莊兩昆仲

半林黃葉送秋風，兩地懷人大小馮。松齋在浙子莊在省皆予總角交也 皓月遙憐千里外，菊花待賞一杯中。籌邊方喜趙充國，服虜尤思富鄭公。世事應知同有感，那堪燈灺聽寒蟲。

水仙花

一自成連去不回，瑤琴有操戀蓬萊。此花想際移情後，蘊得元音海上來。
不受泥汙品最清，好從石上話三生。蓮花尚可稱君子，斯世休將解佩評。

辛巳

讀孫雲卿詠李靖行雨詩有感而作 并序

雲卿，浙之名士也。舊館禪山趙氏，與余素未謀面。去夏遽返道山，余接其館。今春於趙氏書中拾得一牋，為雲卿所題絕句：『畢竟功名不可遲，騎龍須趁少年時。霍山老母今何在，閒煞當年李藥師。』想見其負才不偶之概，不禁有感於懷，率成一律。

誰謂登龍盡少年，晚成有志矢彌堅。層巒雪漫松方秀，老圃霜凝菊正妍。計日脫將毛遂穎，任人著得祖生鞭。今宵擬把天瓢借，酌酒高歌玉帝前。

寒食日由禪返省江中遇雨

節正經寒食，空江獨泛船。鷹沙（地名）樓映日，蟾步（地名）塔含煙。有樹雲陰合，無聲水暈圓。莫愁風雨苦，喜得潤良田。

對月

觸景中秋近，庭闈久別離。清風桐葉院，涼月豆花籬。人向空階立，心隨皓魄移。遙知慈母話，指桂示吾兒。

十寒吟 并序

冬至後二日，書齋靜坐，寒氣逼人，萬籟無聲，百感交集。凡親疏少長之人，離別死生之事，靡不有觸於懷。爰吟十寒，以寫愁思。

山

山寒樵徑少人行，反哺林烏尚有情。滿面啼痕思陟岵，九原難奠一杯羹。

雲

嚴寒天氣日無暉，一片濃雲凍不飛。欲把此心頻逐去，定知蔭處是慈闈。

雪

雰雰雨雪絮無溫，未敢龜山自比論。畢竟書香誰尚繼，傷心最是有程門。

風

飄風凜烈閃青燈，芸館簾疏透幾層。膚裂指僵寒刺骨，未能大被愧姜肱。

雨

寒意侵人聳兩肩，瀟疏幾點灑牕前。何時舊雨兼新雨，酌酒詩仍石鼎聯。

江

良友遠羈江外江，天寒何處覓吴艭。知君定是中流柱，笑我銜烟過釣矼。

夜

蓮漏聲寒滴亦疏，蕭齋兀坐夜牕虚。孤燈黯淡情何限，檢點山陽故舊書。

林

經霜帶雪望山林，百尺蒼松翠色深。問訊葭莩無限好，春來生緑滿江潯。

月

清凄兩地月同看，想像閨中玉臂寒。也料我當階下立，手叉無語對團圞。

煙

鴨鑪火暗怯添香，獸炭煙寒迥不颺。繞膝也同兒女意，書囊倚罷又琴囊。

母親六旬壽辰恭祝以詩

婺女星輝斗柄回，兕觥介壽譜南陔。家貧菽水深堪愧，母老藜牀且漫催。花甲初周年尚永，苦辛盡歷福應來。五男膝下承歡繞，戲綵齊思效老萊。

手捧蟠桃獻畫堂，敢云王母壽稱觴。闈榮萱草人俱慶，筵近梅花座亦香。共仰熊丸勞訓誨，常資螘酒駐康強。庭前更見諸孫祝，鞠腃同哦月恆章。

立春前連日陰雨

幾日知時雨，春前萬物濡。柳含生意動，草浥燒痕蘇。濃抹山峰迥，明看岸塔孤。東郊迎淑氣，喜更到田夫。

賞梅寄懷劉蔭堂詞丈

寒梅都說瘦，君更瘦于梅。風雪人三徑，乾坤酒一杯。看花驚鶴起，合月亞檐開。料得騎驢背，蘿岡洞裏來。

寒甚會飲寄嘲師韓表弟

論文猶酌酒，今夜況嚴寒。雪值綴梅後，火經煨芋殘。若無杯裏物，難得座中歡。遙想聞高會，涎流口已乾。（時在東安無美酒可飲）

立春寄懷華植生詞長

憶昔迎春友共看，今年佳節未家還。盤供生菜情如昨，驛寄梅花使亦慳。宦績知猶著閩海，詩才雅合寓香山。（時館於香山署中）料應晚酌黃柑酒，入幕賔纔一醉間。

小除夕

風雪逼除夕，香醪祀竈沽。岸經萌柳葉，（前七日已立春）門未換桃符。簫鼓兒童巷，雞豚婦女厨。誰云司命醉，夜達九天衢。

除夕

今宵守歲敞蓬門，爐火頻添滿座溫。自笑囊空喚如願，兒知書好祝長恩。燈花倍燦更三鼓，詩草初成酒一樽。五夜春回天漸暖，雲霞出海捧朝暾。

壬午

壬午元日

節序易更新，深慚七尺身。年剛四逢午，盤正五供辛。老大人驚歲，韶華物自春。依然歡視膳，強慰北堂親。

馮松齋明府以暮春雜感見寄即步原韻答之

分張十載見緣慳，尺素空教迭往還。花縣懷人驚歲月，芸牕有夢阻關山。久聞治劇琴偏暇，深愧談經石尚頑。每欲操舟頻訪戴，相看蝶舞上階閒。

鋤筍行

在土筍何幽，離土筍何俗。堪怪攜鋤者，一劚復一劚。為參玉版禪，不知居無竹。竹實鳳凰餐，筍形貓頭伏。勁尾可淩雲，錦綳難飼犢。截筩候黃鐘，並蒲袛為蔌。小用供盤飧，大用鄙食肉。但願有筍成竹滿山谷，無論在山與出山，竹兮竹兮溫如玉。

禳白彗 有序

八月之初，每夜五鼓，啟明星見，露出白光一道，長可二丈有奇，末廣於本，芒偏於南闈。後二夜，予細視之，覺與竹彗、帚星皆異，殆即天官書之白彗歟？因為詩，以禳之。

啟明見東方，光焰數丈長。玉帝垂白練，不作竹帚芒。衆星有常象，變異原非祥。我皇居法宮，沖齡格穹蒼。側看天示警，澡浴尤修藏。知有宋公對，不事齊景禳。在昔夷九種，中有高句麗。苗裔本殷商，尚白昭其儀。傳國數千載，重豈如鼎彝。鬼神雖呵護，天恩誠難知。此星當其地，況聞羽書馳。倭人肆蠶食，琉球已流離。尋釁偏東海，朝鮮累卵危。嗚呼！一禳白彗退，再禳白彗垂。惟願白彗化為景，星輝照耀中國兼四夷。

大雪日寄懷趙汝舟詞長

大雪偏無雪，寒應在桂林。早梅難驛寄，舊雨隔雲深。別後休言酒，閒來欲撫琴。膠西帷遠下，曾否憶同岑。

火災歎

怪底赤熛怒，火燼百千户。宵小雖潛然，此地災何巨。（時各街俱有盜賊放火事）九月南門外，清晨煙一縷。厝火積薪下，（由柴店起火）燎原勢莫禦。半空焰騰騰，六街赫昈昈。日色藏却烏，風聲吼作虎。城竟踰永清，地幾及水滸。梁棟已成灰，百貨委焦土。歸德亦南方，仲冬烈具舉。天平（街名）當其衝，助火多紙楮。（由紙店起火）中宵耀赤光，毫髮俱可數。非書祖龍焚，非宮楚人炬。漫天散碎星，徹夜然密宇。震地敲銅鉦，填街走商賈。豈無備災具，天旱水難取。頻駛轟轟車，空擊咽咽鼓。（凡水車救火欲取水者必擊鼓）救災咸善宋，撲滅久譽魯。羊城衆有司，亦自奔火所。地本位乎離，年又支屬午。遂令一再災，居貨不勝苦。況聞鄰榕城，有災亦堪伍。東南近兩門，棟宇無存貯。益州夏秋間，外縣火者五。熒惑豈守心，偏災盡在楚。地迥非神淵，豈火祈甘雨。嗚呼！惟禱祝融不作威，水火既濟民安堵。

旱

旱久人物病，誰云魃為虐。春夏霪雨多，愆陽理可度。入秋無甘澍，江河水俱涸。冬後氣潛藏，更難垂雨腳。紅日炎皜皜，赤雲散漠漠。平原草木焦，空山金石鑠。錦鱗見池沼，好鳥避巖壑。高田裂成紋，低坦收亦薄。軒牕几硯燥，人盡喜杯杓。肺病亦何多，秋金受火爍。澗淺薪難流，泉竭井甚幕。求雨禁屠宰，大吏走城郭。憶昔三晉災，百錢米合龠。爨骸易子食，顰眉盡咀嚼。我粵近海疆，運載船易泊。穀價雖稍昂，幸免羅鼠雀。

淘井

天旱江河涸，井水祇一瓢。縱有挈瓶智，難禁寒甃高。命匠且深入，傾筐泥滓淘。石穴涓涓出，斯須盈半筩。我觀悟玅理，人心如止水。欲浚藉聖賢，汲古得精旨。用之本無窮，汩汩來筆底。詩句瀉水清，文思湧泉起。靈臺如不濬，人將棄井比。

癸未

癸未元日

春光明媚到書幮，淑景敢云道與俱。母老酒頻斟柏葉，弟多門早換桃符。半生行誼希賢士，卅載研經守漢儒。耳畔兒童無限喜，數聲爆竹又呼盧。

送李少府之任江浦

此日行旌建，談經舊共居。桃花三月浪，芸草半牀書。隱吏遊情暢，名山入畫餘。君善丹青 樵西多勝境，圖好寄牕虛。

習小周天

乾坤事業一身肩，調攝原非欲永年。壯志未能遙破浪，養生聊習小周天。我看髀肉嗟將老，誰脫凡胎得遇仙。運甓也思筋力健，八方無事敢安眠。

蚋魚

此生儼是讀書傭，經史撐腸字滿胸。笑爾也將魚作號，何曾學鯉竟成龍。

蒲盧

鎮日蒲盧類我聲，螟蛉變化待時成。案頭但使功能到，畢竟高飛出管城。

夜坐

書牕初掩卷，坐對短燈檠。人語三更靜，天空一鶴鳴。

書牕

牕外多生意，吟哦興未消。草聯秦晉好，花鬬尹邢嬌。舊管蒲盧長，藏書脉望饒。登樓一豁目，山遠入層霄。

生日有詠示衍瀛衍鎏兩兒

廿載傳經愧孝先，年逾強仕尚青氈。我供菽水無微祿，爾讀詩書好細研。心有常師淇澳竹，品宜特立華峰蓮。髫齡努力方成器，轉盼如絲入鬢邊。

八月十六夜賈子釗李本之兩兄邀同古君子佩章君聘臣在同文館賞月

昨宵明月遜今宵，（中秋夜雨後雲陰）今雨無多舊雨招。萬里天光歸酒盞，三更人語入詩瓢。共懷壯志獨嗟老，久喜同文兵氣銷。話到賞心昔時事，迴欄花影一輪饒。

文昌沙買舟早發

文昌沙暗趁歸程，野渡呼船尚五更。漁火半光波淰淰，雞聲初唱水盈盈。霜凝斷岸舟人語，月落空江旅客情。雙槳盪經蟾步塔，彩霞遙望漸天明。

馮松齋兄由明府左遷廣文歸來晤語慰之以詩

宦海風波結蜃樓，湖山誰謂可勾留。賈生才調移王傅，杜老忠貞出華州。桑梓十年思握手，菊松三徑好凝眸。故人相見歡猶昔，曠達何須酒破愁。

味靈華館詩卷五

《敵愾集》

去歲冬，法人搆釁。是年春，中外失和。沿海各省戒嚴，余亦在本旗管帶團防。因以敵愾名集焉。

甲申

與古君子佩章君聘臣小港探梅並寄劉蔭堂詞丈

嶺南天暖放梅時，舊雨尋芳趁曉曦。雪後徧開千百樹，籬邊斜壓兩三枝。疏林風定香偏動，瘦石雲飛影亦奇。料得高人先覽勝，紙牕詠處有新詩。（聞詞丈於數日前曾遊此地）

題漱珠岡純陽觀

二十年前瓦礫場，（予於戊午兵燹後曾遊此觀）重來道觀聳珠岡。山隈沙路田千頃，煙際風帆水一方。石枕談經醒夢鶴，臺登朝斗恨貪狼。（觀內有談經石朝斗臺）黄金莫說終無用，（觀內楹聯有黄金無用之句）仙術乞將助海防。（時因法夷肇釁籌辦海防鑲源拮据目睹時艱聊作此想）

解館園居擬於明歲業醫正值桃花盛開因而有作

隱居城市即林臯，醫筆生花活爾曹。著手自成春色麗，迎眸爭訝晚霞高。閒將舊井頻栽橘，懶向元都去種桃。贏得故園開正好，武陵容我放漁篙。

乙酉

人日雨

細雨紛紛草木芳，門前時見鸛鵞行。（園門對處駐有步軍一隊）園林寂靜過人日，廊廟明威勝鬼方。南海巡宣來召虎，西京屏翰有汾陽。漢旌溼處都恩澤，指顧兵銷日月光。

種蓮

種蓮也唱采蓮歌，新藕翻泥印舊窠。畢竟花開清白在，不妨汙濁且隨波。

種菊

黃菊分秧蒔短籬，滿園生趣日遲遲。三春雨露秋霜冷，晚節由來在始基。

贈譚懷湘詞長

訂交初在豔陽晨，文字因緣覿面親。大志常懷侶鴻鵠，清姿獨抱近松筠。半生潦倒詩篇少，三徑荒蕪草色新。（時修葺玉蓮園）惟愛董仙栽種好，（余近業醫）何時分我杏花春。（君許惠我杏花一株）

盆蓮送馮松齋兄并贈以詩

荷葉立亭亭，荷花隨且有。根下藕絲聯，送蓮勝分藕。
載酒老瓦盆，蓮向池中分。池蓮費君采，盆蓮常伴君。
君清似蓮花，我直如蓮葉。花葉本相依，鳧鷺莫啑喋。
蓮藕心本同，蓮子心本苦。祝花並蒂開，聯牀話風雨。

修園

荒園十載樹成陰，竹舍傾頽雨露侵。賸有倦飛雲外鳥，陽斜也自解投林。
誅茅鋤草徑開三，種得新荷近牖南。隔檻柳條無限綠，蕭齋先結一詩龕。

北牕新敞木棉紅，老樹當門掩太空。深巷幽棲謝車馬，桐陰竹翠各西東。
編籬補種紫藤花，廊外時鳴兩部蛙。蕉葉半遮檐角好，不教晚日上牕紗。

閒吟

城南城北鷓鴣聲，春雨紛紛趁曉晴。僮僕埽花多逸趣，空階撲蝶過檐楹。
鴨鑪煙裊幾回添，鎮日留香不捲簾。最愛閒吟階下立，城頭初夜月如鐮。

家園即事

醫宗彝訓稟庭闈，今日家園敞舊扉。汲水澆花都濟物，憑欄看草亦生機。劉蕡對策文章蹇，司馬題橋志願違。好是龍宮方尚在，三春林圃藥苗肥。

書事八首

侵陵上國佛郎機，字小仁君亦動威。藉釁越裳翻舊約，貪求哥壁（法酋名）著戎衣。大廷命將親頒節，沿海增兵賦采薇。遠望烽煙無限感，幾回搔首對斜暉。

南甯關外北甯前，兒戲軍逢二月天。堪恨元戎同馬謖，徒勞星使有張騫。偏師裨將聞聲潰，犵草蠻花戰血濺。帝錫溫綸褒萬福，犬羊膽懾幾經年。

珠槃玉敦議天津，詭計夷船先入閩。馬尾（地名）驟攻沈舸艦，雞籠（山名）迭戰起煙塵。怕賡六月征戎什，痛哭三軍報國身。半壁東南膺重寄，虛名殷浩負楓宸。

壁壘加嚴數省遙，邊營刁斗夜迢迢。朝無富弼難降虜，帥有錢鏐敢射潮。楚廣陣行多赤幟，疆臣征榷異青苗。虎門波浪通閩海，老將廉頗智勇超。

憶昔夷操互市舟，竟教鶯粟肇邊愁。要知破膽降元昊，先解攻心效武侯。明代東倭貪易熾，漢皇西域願難酬。敵王所愾民同奮，制梃膺戎偏海陬。

奇計懸軍異域行，分攻西貢與東京。風輪火艦如同雁，北海南洋少巨鯨。那許多金遺強虜，還庸宿將領精兵。滿腔熱血憑誰灑，我亦終童欲請纓。

召募兵仍似馬奔，前車有鑒未曾論。陳濤復敗嗟房琯，交趾能平仗馬援。萬里膚功傳露布，千軍指顧罷雲屯。蠻夷暴骨封京觀，喜得昇平答至尊。

朝廷寬大許求和，向化羣夷入貢多。塞上冠軍推去病，關中轉饟望蕭何。幸居粵海無蛟鱷，忝在家山領鸛鵞。（予在本旗管帶團防）此日柳營都振旅，（四月朔日旗營防守兵士俱已遣撤）欣聞兵士唱鐃歌。

西水漲

城上鳩聲樹色遙，連朝雲暗雨瀟瀟。行人莫問西江水，北郭山泉沒板橋。

哭許利川大令

人往聲名在，當年水部曹。家山新作宰，（君由工部主政改外回粵曾知豐順縣事）文字舊同袍。（壬戌同案）豪邁騮開道，清臞鶴在皋。芙蓉城有主，歸去聽雲璈。

一日河魚疾，君家折棟梁。有親痛長吉，無子悼中郎。舊社論文杳，今朝聽笛傷。招魂哦楚些，同奠汨羅觴。（君卒於端陽前一日）

先父冥壽日展墓

靈隱佳城已十年，大椿如在壽開筵。難親耄耋披萊綵，空向松楸化紙錢。幾片白雲愁悵望，四山青草自芊緜。一盂麥飯一壺酒，諸子諸孫奠墓前。

相思鳥

有鳥有鳥名相思，朝朝暮暮鳴高枝。雄飛雌伏多樂意，一旦羅網逢百罹。入者啼血出啁啾，此情此際傷別離。檐前可望不可即，兩心相憶無窮期。鳥猶如此人何堪，我亦相思為阿誰。常相思，常相思，一在地之角，一在天之涯。當年鶼鶼齊比翼，燈紅酒綠新相知。今日分飛西與東，一日相思十二時。

水災歎

西江浩瀚水，來從數千里。連日雨滂沱，城內已濡軌。海珠煙波闊，氾濫淹城市。安得駕慈航，普拯都人士。荔枝灣徧浸，流花橋若圯。康莊乘舴艋，廬舍游鰋鯉。到處走災黎，扶老或攜子。聞道南嶽蛟，暴漲沒蘭芷。泙湃滙象郡，勢湧峽山觜。稻熟正堪穫，田可清溪擬。所經府州縣，吾魚比比是。水本宜歸壑，直瀉入南海。叶 恨遭法夷釁，石填長洲涘。上游來白馬，尾閭流不駛。嗚呼！神禹治水鑿龍門，詎知炎疆虎門波浪奔。不藉五丁力士開山斧，虔祝黃頭捧出扶桑暾。天水地水盡消納，人歸里閈民歸村。

夏園晚坐

元蟬噪夕陽，綠重柳成行。有客當風坐，空庭過雨涼。日長青史伴，人靜白蓮香。微露新眉月，林間澹澹光。

城北晚眺

江畔城如斗，危樓接遠方。山林分夕照，荷芰碎波光。宅古懷楊子，臺荒弔越王。遙知歸牧豎，風入笛聲涼。

月夜話別

月明照我心，心寄白雲深。別後相思苦，君應向月尋。

未去計歸期，君歸歲暮時。梅花明月夜，相待酒盈巵。

恭讀告捷邸抄詩以誌喜五首

沖齡踐祚頌成王，重譯朝天紀越裳。臣列三千傳虎旅，國封八百賴鷹揚。得人要可臻長治，以律何須患否臧。竟有生成偏自外，頻撾聲罪鼓堂堂。

漢武匈奴窺紫塞，明皇胡虜犯潼關。都緣失策羣思逞，不比為讎蠢爾蠻。海島國多來互市，水犀軍健敢登山。歸田宿將膺綸綍，降得天驕荷寵頒。

新息平蠻定首功，遙傳露布慰宸衷。驅驢（地名）因壘慶連捷，牧馬（地名）同軍罷遠攻。但使七擒甘服我，非貪五利始和戎。休兵共喜君恩厚，異類同歸覆幬中。

總說天威絕四夷，豈知懷遠在招攜。兩間並育虎狼獸，九有偏留生熟黎。悔禍小邦槃敦整，班師邊塞陣行齊。武襄先有崑崙奪，三捷滇南復浙西。（越南宣光鎮海同時先後告捷）

恩威兼盡戰功成，長慶文淵（俱地名）拔漢旌。有犬吠堯終向化，緣擅慕舜竟歸誠。軍行制器公輸巧，戎狄驚傳小范名。安不忘危宜預計，胥同文軌永昇平。

七夕

借錢下聘久傳訛，織女牽牛宿度過。夫婦恩情休浪語，雙星誰見渡銀河。

牛女星常兩地分，半鉤新月淨無雲。人間機巧勝天上，多事河東乞巧文。

花草四詠 并序

萇楚無知，風人致慨；葛藟能庇，古訓常存。似草木原不盡蠢然，而亦有堪取節焉者。夏園散步，覩物興懷。爰取知時之品，率成四詠，以寓法戒。有不僅蓂莢紀月，桐葉知秋之足貴也。

午時蓮

無瑕玉貌水西東，綠染衣裳日影紅。卓午有蓮開正好，當陽用命效孤忠。

忍冬花 一名兩寶花

兩寶經冬葉色嬌，日長花放妙香饒。籬編麂眼牽藤蔓，敢讓蒼松獨後凋。

日開夜閉

陰陽明晦草偏知，動闢尤符靜翕時。日夜人何顛倒甚，阿芙蓉醉品應移。

冬蟲夏草

冬蟲韜晦且修真，遇夏滋榮葉色新。自笑在山譏小草，屈藏尺蠖幾時伸。

友人以不赴秋闈見責詩以解之

不才甘負聖明時，半畝荒園慰所思。蟬噪風枝棲亦穩，雁穿雲葉去偏遲。滿林花草無多豔，四壁詩書有故知。我已名心付流水，安排杯酒問東籬。

擬子夜四時歌四首

郎去草萋萋，今又生春草。不怨郎歸遲，但怨春歸早。

涉江采蓮房，擘房菂如雨。不敢封寄郎，恐知儂心苦。

儂拜牛女星，雙星郎亦見。但使兩心同，那須常覿面。

郎向天山行，儂在深閨宿。閨寒敢圍爐，天山雪簇簇。

重擬子夜歌四首

儂腰如楊柳，郎貌似蓮花。花柳本相依，郎何竟離家。

枝頭飛蛺蝶，梁畔浴鴛鴦。背人偷滴淚，強笑事姑嫜。

結褵幾何時，執戈出玉門。郎休為儂牽，平虜報君恩。

儂愁魚在釜，郎去水東流。何時魚水樂，望郎大刀頭。

補禽言二首 有序

余讀禽言詩，見其語多諷刺，殆託鳥言以警世，使聞者知戒而已。但鳥之鳴也，土人以意測之，而各有不同。吾粵有黃雀者，春間鳴於園林城市之中，其音云：『大荷包』。又有山鳥者，春夏之交，棲於巖谷，其音云：『走不起爬爬』。皆禽經所未備，爰作二章以補之。

大荷包，大荷包，但論黃金不論交。昔時貧賤盟車笠，此日富貴忘漆膠。園林與城市，到處喚聲高。喚人為管鮑，尚志有許巢。荷包大小交情在，憶否聯牀雨瀟瀟。勸世人、不論黃金但論交。警一聲、大荷包。

走不起爬爬，逐名逐利逐榮華。捷足者先登，迍邅者怨嗟。何如置身巖谷間，眼看他、橋柳山花。朝餐露，晚餐霞。不須奔競王侯門，不須趦趄富貴家。笑世人、逐名逐利逐榮華，走不起爬爬。

留須

窮年兀坐困書幮，頰上添毛竟老儒。有學自慚知不足，無成空笑賁其須。鬢增雪絮千絲白，人與梅花一色癯。此後敲詩頻撚際，數莖吟斷那能無。

顧影徒嗟七尺身，灌園抱甕守天真。高堂有母難言老，負郭無田敢厭貧。伏櫪猶懷千里志，垂綸獨釣大江鱗。曉牕笑覽青銅鏡，同憶昨朝若兩人。

園梅初開

去年春較今年早，梅萼今年臘始胎。一夜朔風開幾朵，繞林翹首覓千回。清寒獨立無人語，圖畫疏枝有月來。即此幽香多逸趣，綺牕絳雪況頻催。

陰寒

殘臘北風勁，園林黯淡天。雪晴梅有韻，井凍水生煙。望曝羣鴉噪，禁寒一鶴拳。千金裘已敝，閉戶且安眠。

馮君子莊劉君蔭堂賈君子釗章君聘臣劉君靜齋家兄嘉樂六孝廉赴試春闈舍弟梅生赴考殿選偕九弟安侯餞別諸公時值園梅正開即送以詩

園林有梅花初胎，第一風信占春魁。天公作意飛寒英，花間會看羣鶴來。七鶴翩翩聯翼舞，直上青雲摩三台。兩鶴次第延頸立，徒守絳雪依疏梅。立者歌兮飛者聽，鶴兮，鶴兮，餞汝瓊玉臺。貽以百斛扛鼎之兔毫，贈以五花連錢之龍媒，照以芙蓉及第之寶鏡，酌以荼蘼新釀之金罍。帝京遙望七千里，一人一杯復一杯。鶴與鵷鴻欣得路，春讌杏花雲邊栽。明年長安有花應看徧，此日餞別花下共徘徊。自折梅花七枝分，贈汝人人喜向百花頭上開。

除夕園中守歲

一年容易盡，三徑未全荒。守歲燈添焰，梅花作意香。今宵饒白墮，垂老事青囊。侵曉園林望，春風到處光。

味靈華館詩卷六

丙戌

丙戌元旦立春

爆竹聲喧樂歲華，宜春帖子豔如霞。友因相好餽盤菜，妻為無文讀頌花。寰海朝天來萬國，融風吹雨潤千家。今年到處昇平景，幟刻蒼龍舞攫拏。

春日兄弟園居陶蘭甫少府以詩見贈即步原韻答之

君豈因貧仕，柴桑舊有居。風流追白下，才調邁黃初。世盛余懷卷，園荒柳眼舒。聯牀春雨夜，翦燭話琴書。

謁臨海廟

仙山海嶼奏雲璈，水滙汾江起暮潮。隔岸田園通斷港，溯流舸艦傍橫橋。薦蘋酹酒來人士，擊鼓吹豳祭虎貓。到處張燈壇墠焰，謂醮棚戲臺居然不夜上元宵。時正月十三夜

種蓮曲

種蓮莫種柳，柳慣送別離。縱使終能還，蓮早為牽絲。
種蓮莫種萍，萍縱無定在。縱使有時合，聚散常相改。
種蓮莫種蔆，蔆花照儂愁。不如荷鏡暗，容且為誰修。

種蓮莫種荇，荇菜左右流。不如蓮葉蔭，東西任魚游。
種蓮莫厭泥，泥僅汙儂手。花開清且香，愛蓮先蒔藕。
種蓮莫厭水，水僅溼儂衣。莖直心且通，百卉比者希。
種蓮先分藕，藕原自持節。花開有刺芒，可望不可折。
種蓮先辨種，重臺花可喜。學士結蓮房，蓮房亦多子。

哭徐簡齋兄

哭君無限淚沾巾，天暗空庭雨溼塵。自昔行惟存質直，將衰年備受艱辛。一生許我為知己，兩目難瞑在後人。明日龍華方有會，祇園此去且歸真。（君卒於浴佛節前一日）

喜聞二十四弟梅生殿拔入選並寄懷徐君計甫太史劉君蔭堂倪君受之兩主政

拔萃科分蕊榜新，惠連才調草塘春。西園翰墨聯東壁，南國文章動北辰。（丙戌春闈捷南宮者三人二十四弟殿選與太史主政相繼允為駐防之盛）入選共誇光八校，（駐防拔貢自弟初入殿選）成名尤喜慰雙親。林泉遺鯉遙相問，傳語曾題雁塔人。

月餅

笑爾嫦娥竊藥奔，幾時捧月下天門。熬（炕餅器）蒸儼就烘雲色，杵擣曾教碎玉痕。味媲紅綾來殿陛，香同丹桂滿乾坤。小兒不解操刀割，也學蟾蜍一樣吞。

羊城古蹟四詠

浴日亭

波羅東向半江灣，亭檻高標卍字環。一綫日光周六合，五更霞彩徧三山。天空海闊翻波影，雞唱烏啼落月彎。侵曉憑軒遙望處，扶桑照眼色朱殷。

朝漢臺

築臺朝漢峙崇岡，此日臣佗昔越王。丹詔既聞頒玉陛，金城何敢據炎疆。龍川故吏情偏摯，羊石荒煙草尚香。俊傑當年識時務，遂教陸賈盛歸裝。

菖蒲澗

九節菖蒲但耳聞，安期偏得覓靈根。桃源屋宇終虛境，穗石雲山別有村。澗底泉聲松繞徑，天邊鶴唳月當門。逃秦遂爾求仙去，棗大如瓜好共論。

素馨斜

地近昌華偏素馨，花開花落繞仙城。傷心宦寺隳宗社，遺恨降王走宋京。十畝芳田埋玉骨，千秋明月弔幽情。牡丹北勝譏雖巧，終讓香魂午夜清。

河口舟中早發

孤舟輕放夢魂醒，河口環山兩棹經。繞岸波光搖落月，遠江漁火亂疏星。東南漸白人欹枕，西北分流水建瓴。閒倚篷牕遥望處，秋風露冷蓼花汀。

冬夜書懷

鬢髮初蒼老大時，短檠相對啟心知。半牕乍霽朦朧月，幾卷前人隱逸詩。山水有情横北郭，行藏無語付東籬。今宵霜重菊開偏，會擬消寒酒滿巵。

寒鵲

臘月天地凍，風靜六出雪。硯池水成冰，檐牙馬鳴鐵。寒蟲寂無聲，百鳥反其舌。獨有枯枝鳥，經寒倍怡悅。啁噍音且清，朝暾曝詎屑。牕外埽花僮，手足早皸裂。笑彼眇焉鳥，保身弗明哲。有人解禽言，寒鵲為辨說。世態本炎涼，豈獨鳥逐熱。春日花初胎，溪橋柳萌蘖。紫燕棲烏衣，杜鵑口啼血。歡聲賀大廈，九鳫脂丹竊。瞬息秋冬藏，徒爾守鳩拙。何如侶孤鶴，得與塵氛絕。荒園能自適，鳴寒眾鳥別。竹外睇梅花，不畏詩人折。

讀陶彭澤集題後

三冬應積雪，炎疆竟不寒。黄昏散煙霧，黯黯逼雲端。牕前一樹梅，花隔竹幾竿。孤燈横短几，陶集子細看。神韻本天籟，措語無艱難。太羹元酒味，不假鹹與酸。縞衣大布裝，不矜羅與紈。譬蓮自在香，清風幽谷蘭。平生行誼重，悠然胸次寬。五柳先生種，一琴徵士彈。恐荒三徑菊，不作折腰官。先世仕典午，宋起詎彈冠。樂道畎畝中，南岳築詩壇。桃源避嬴秦，寓意記曾刊。述酒詠蜡日，語藏淚闌干。私謚加靖節，能知義士肝。飲酒異次公，甘貧邁袁安。與人無溪壑，著作換金丹。漢魏尚古奧，沖淡迴狂瀾。後來儲太祝，解言田里歡。香山太率易，未許學邯鄲。獨有摩詰輩，窺豹得一斑。我今慕高逸，讀書知時還。杯中天地闊，園門設常關。興來筆揮灑，愛景且加餐。不去貧賤境，亦作如是觀。

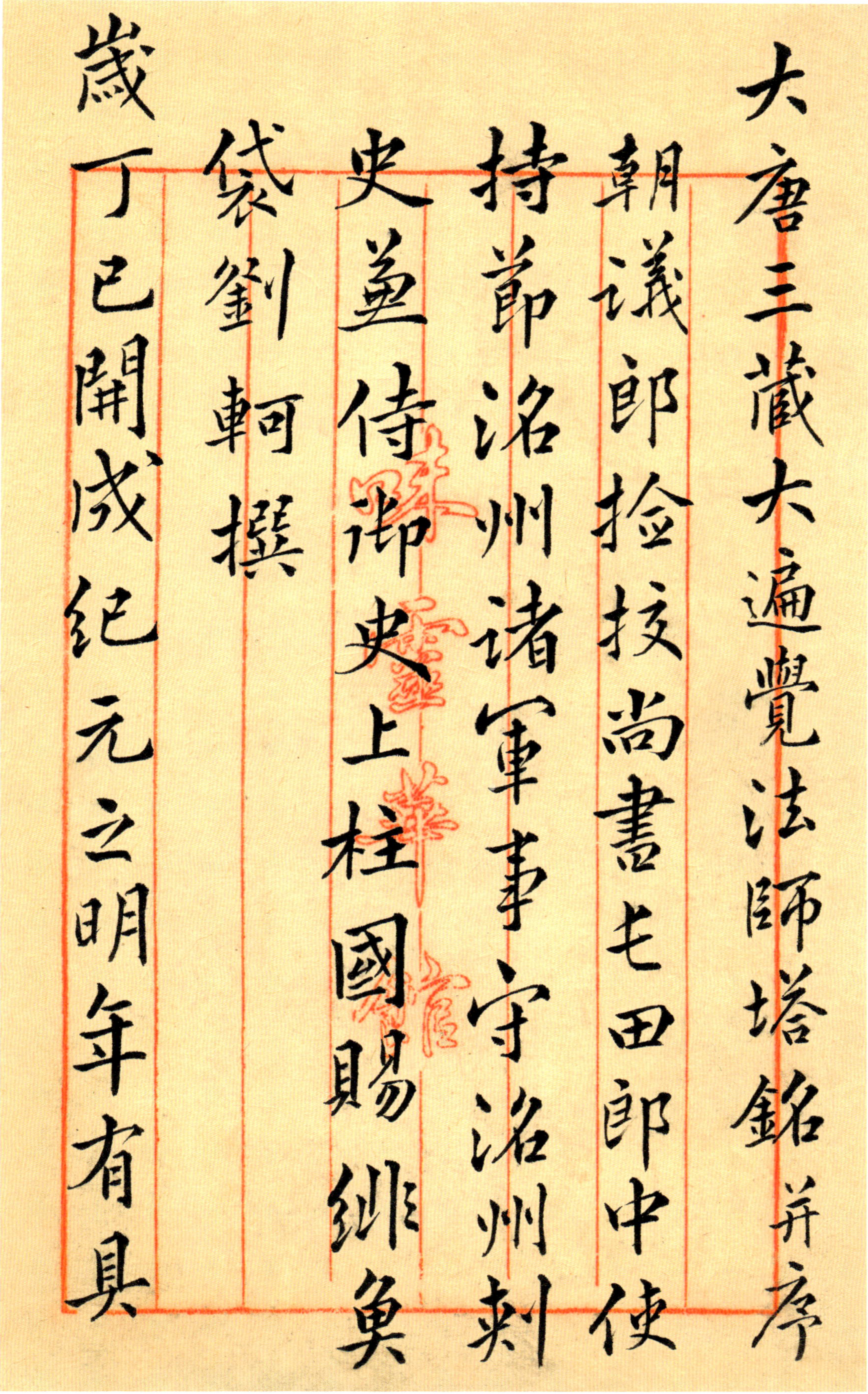
大唐三藏大遍覺法師塔銘并序
朝議郎撿挍尚書屯田郎中使
持節洺州諸軍事守洺州刺
史兼侍御史上柱國賜緋魚
袋劉軻撰
歲丁巳開成紀元之明年有具

◉行楷《大唐三藏大遍覺法師塔銘并序》冊頁之一　27×16厘米

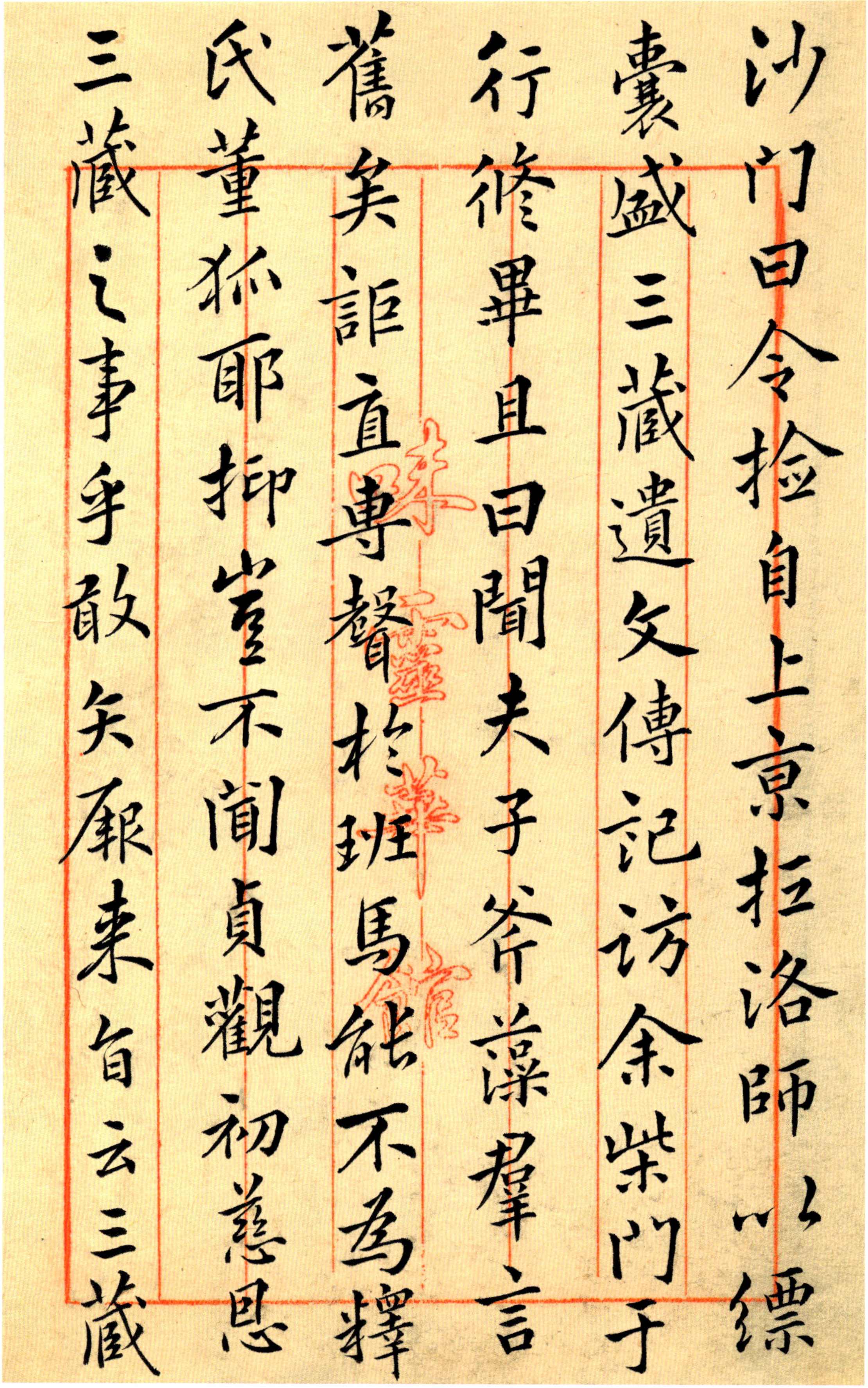

◉行楷《大唐三藏大遍覺法師塔銘并序》冊頁之二　27×16厘米

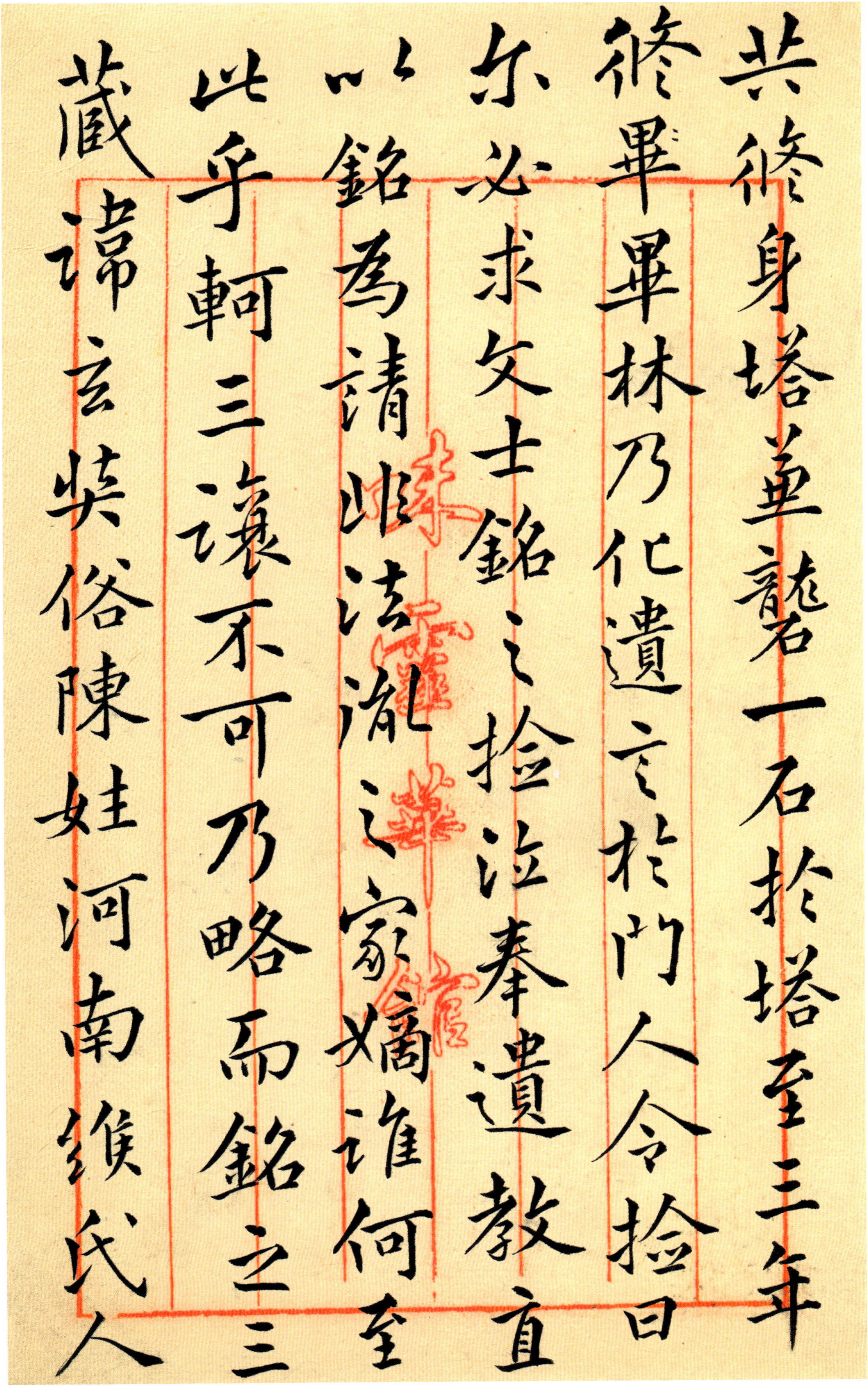

以上闕失二頁

◉行楷《大唐三藏大遍覺法師塔銘并序》冊頁之五　27×16厘米

曾父欽後魏上黨太守祖康北齊
國子博士父惠英長八尺美鬚眉
魁岸沈厚號通儒時人方漢郭林
宗有子四人奘其季也年十三依兄
捷出家於洛屬隋季失御乃隨
高祖神堯於晉陽俄又入蜀學

◉ 行楷《大唐三藏大遍覺法師塔銘并序》冊頁之六　27×16厘米

攝論毗曇於基暹二法師武德五
年受具於成都精究篇聚又學
成實於趙州深學俱舍於長安岳
於是西經經前來者無不貫綜矣
初中國學者多以實相性空通貫
羣説俾彖彖蹄筌注注失奥兔於

◉行楷《大唐三藏大遍覺法師塔銘并序》冊頁之七 27×16厘米

淂意之路至於星羅碁布五法三
性析毫以矢名相界地生彙各有
似霧曾未暇也大遍覺乃興之曰佛
理圓極片言支說未足師決固是
經來未盡吾常求所未聞俾跋眇
皃視履必使解行如函蓋始可為

◉行楷《大唐三藏大遍覺法師塔銘并序》冊頁之八　27×16厘米

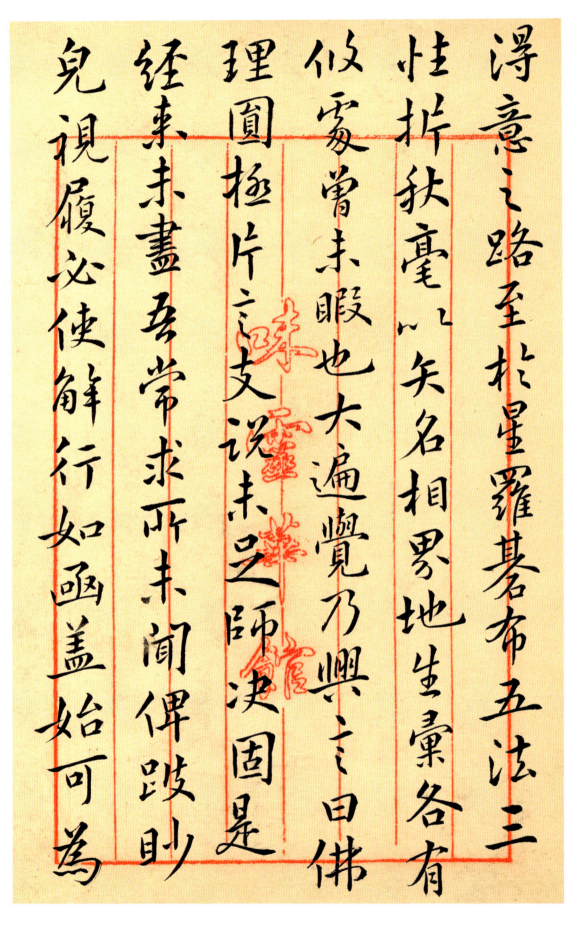

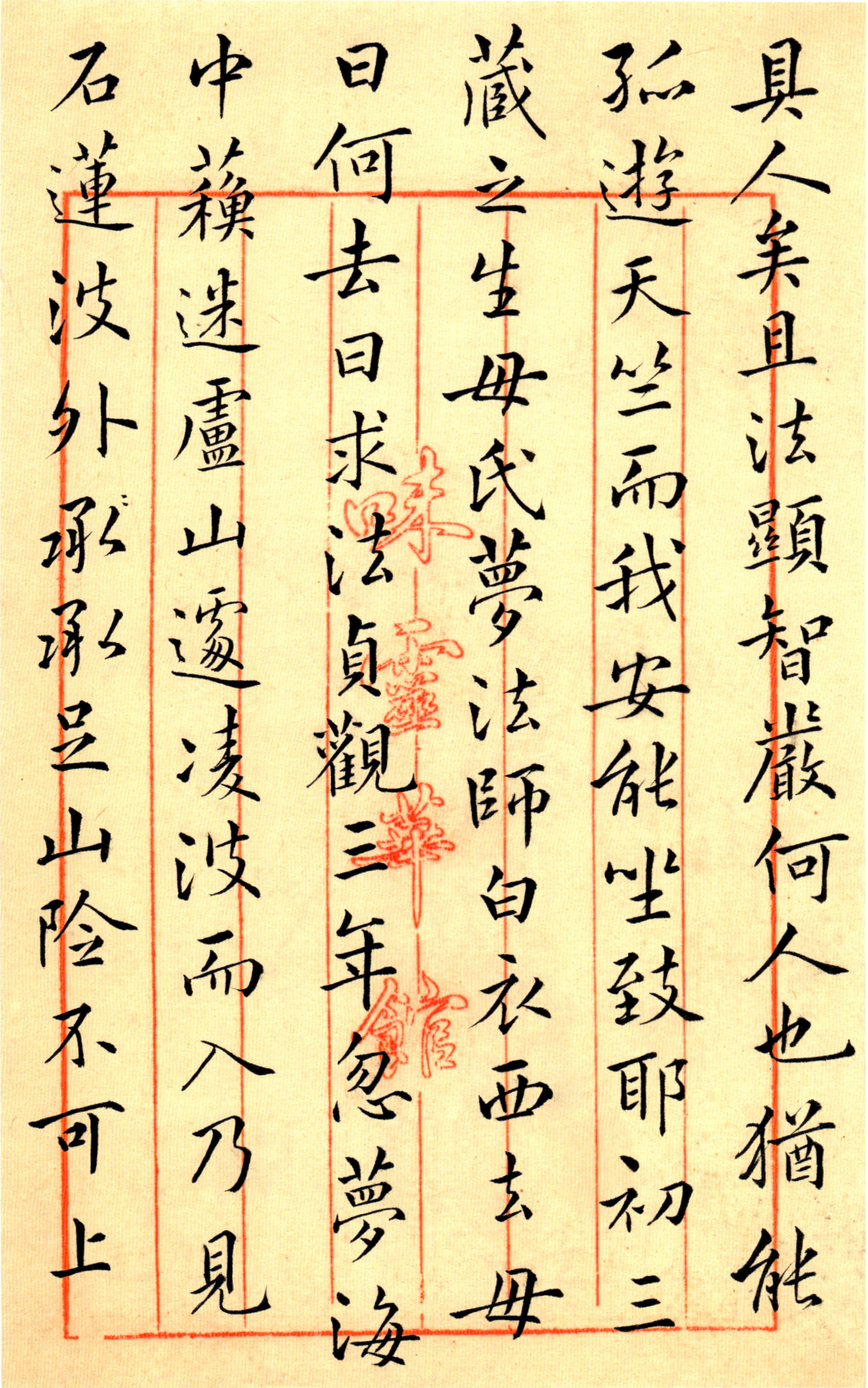
具人矣且法顯智嚴何人也猶能
孤遊天竺而我安能致耶初三
藏之生母氏夢法師白衣西去母
曰何去曰求法貞觀三年忽夢海
中蘇迷盧山遂淩波而入乃見
石蓮波外承承足山險不可上

◉行楷《大唐三藏大遍覺法師塔銘并序》冊頁之九　27×16厘米

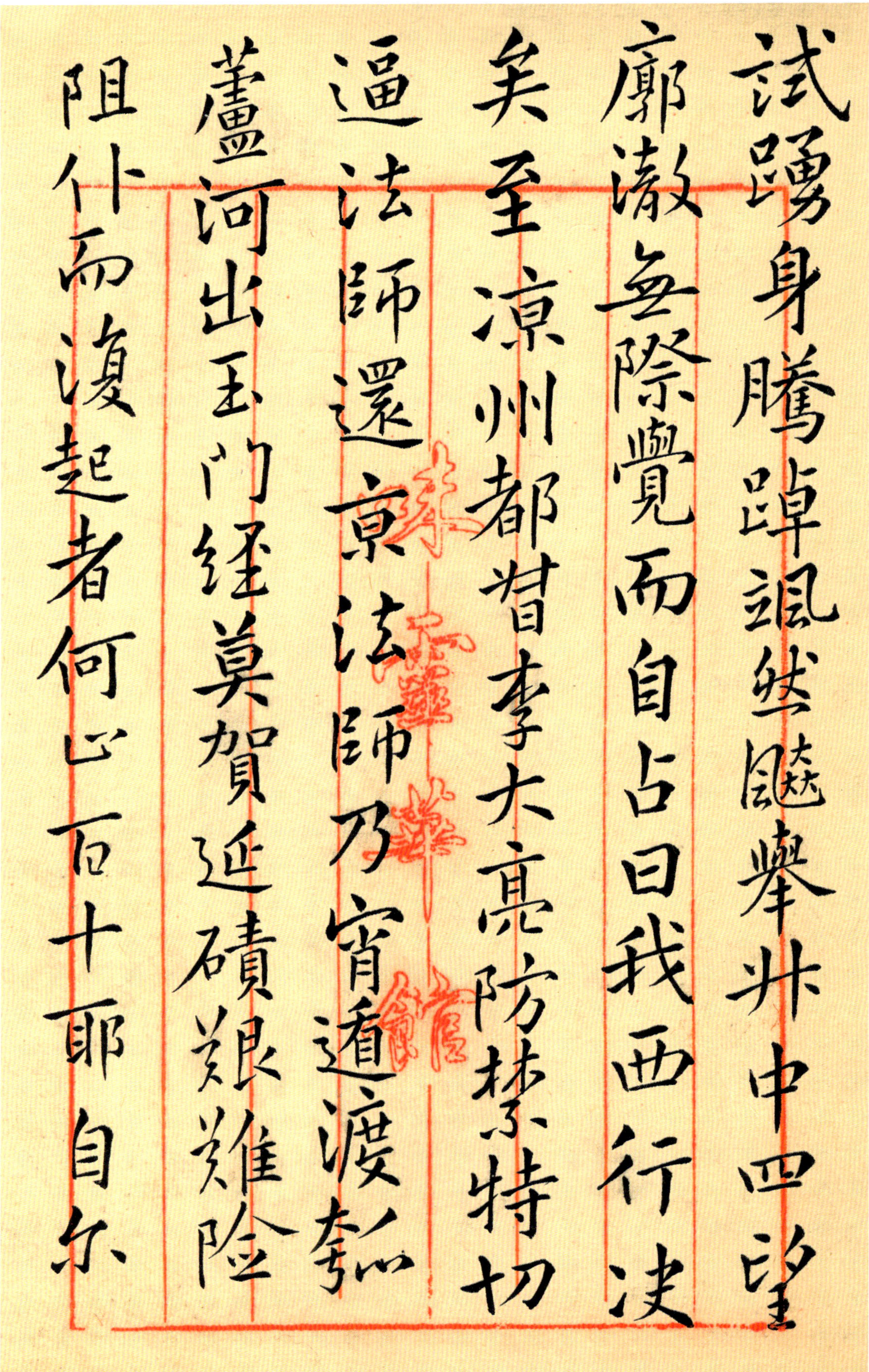
試躡身騰踔颯然飈舉升中四望
廓澈無際覺而自占曰我西行決
矣至涼州都督李大亮防禁特切
逼法師還京法師乃宵遁渡瓠
蘆河出玉門經莫賀延磧艱難險
阻仆而復起者何啻百十耶自尓

◉行楷《大唐三藏大遍覺法師塔銘并序》冊頁之十　27×16厘米

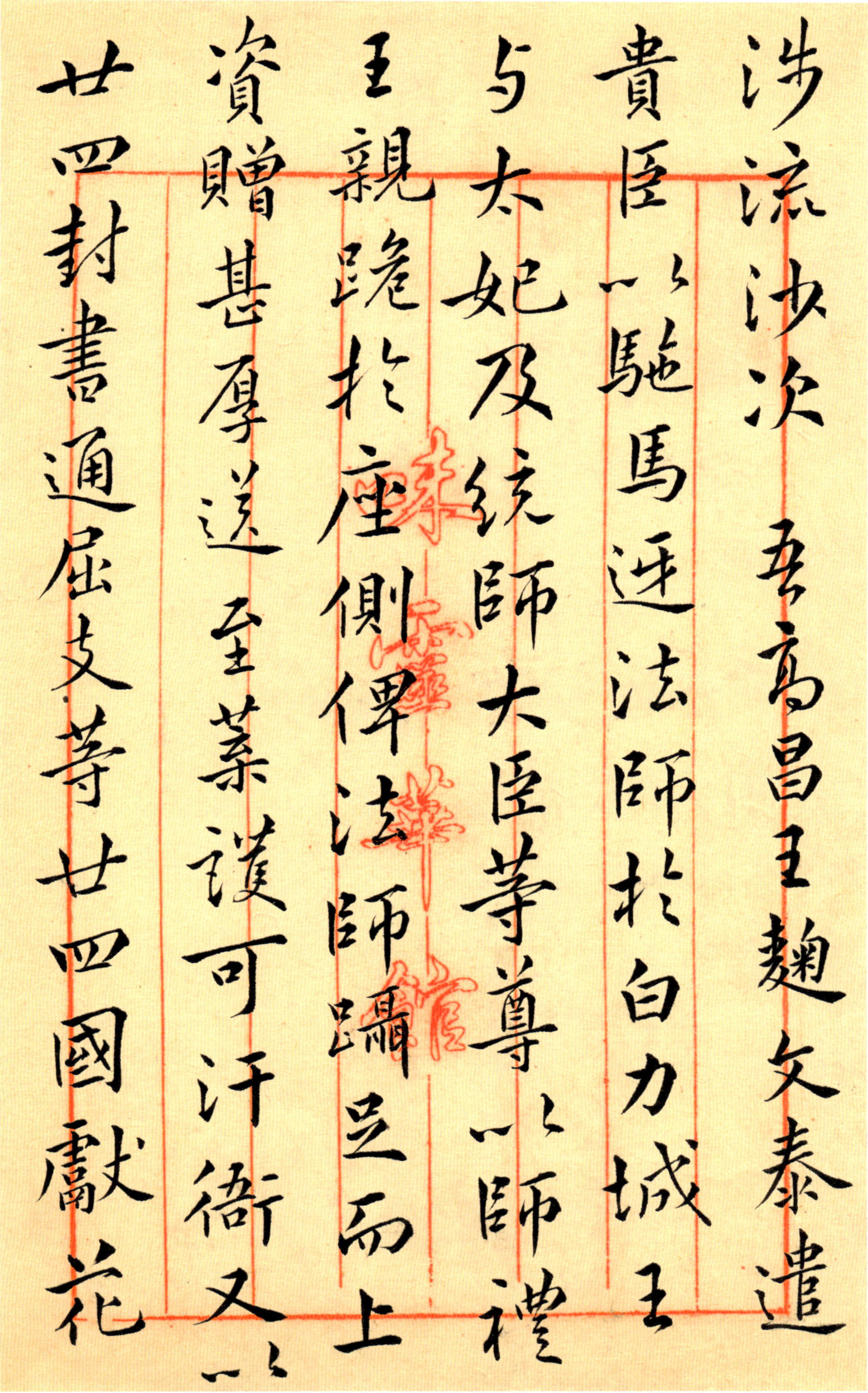

◉行楷《大唐三藏大遍覺法師塔銘并序》冊頁之十一　27×16厘米

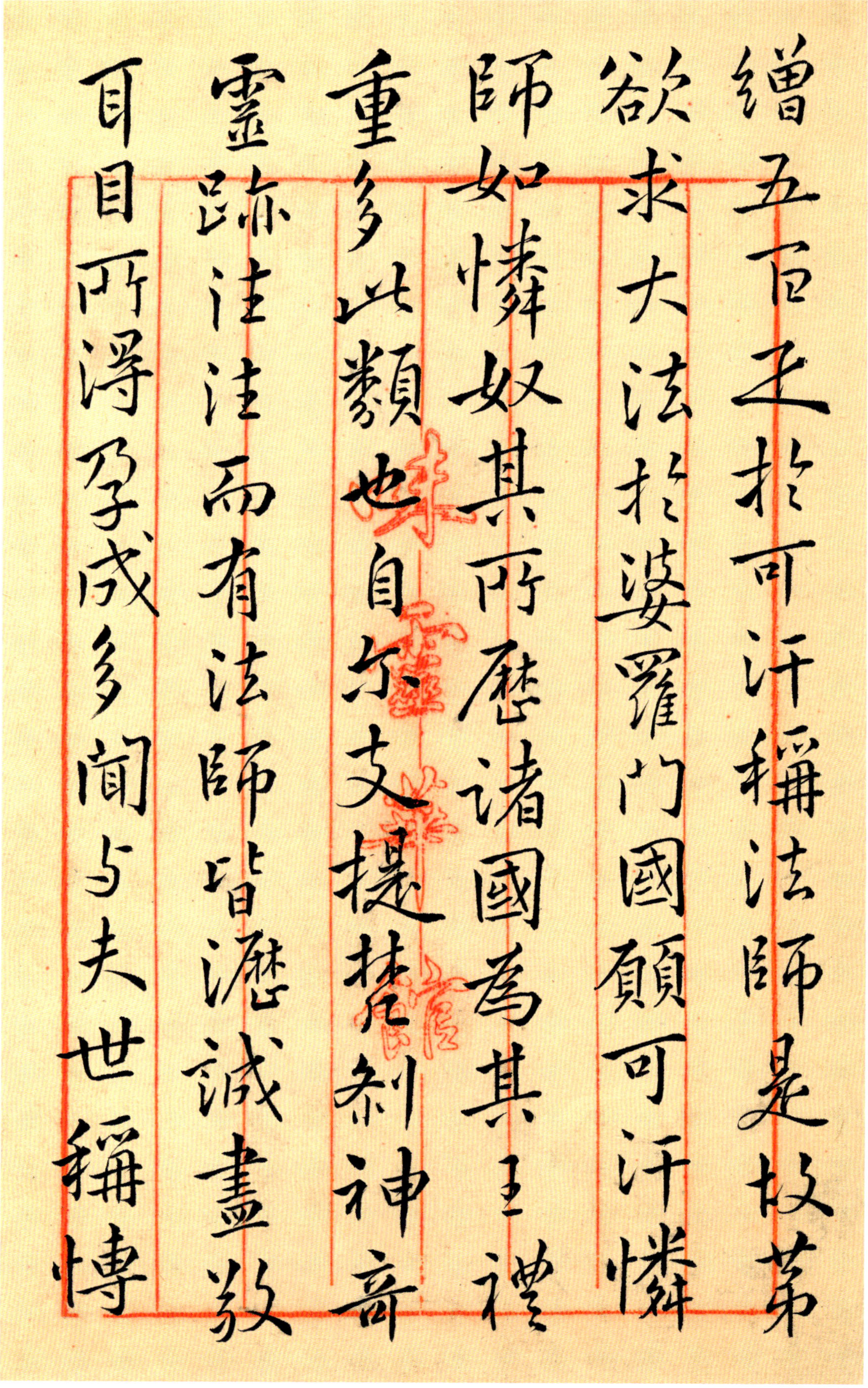
缯五百疋於可汗稱法師是故苐
欲求大法於婆羅门國頗可汗憐
師如憐奴其所歷諸國為其王禮
重多此類也自尔支提梵刹神奇
靈跡往往而有法師皆歷識盡敬
耳目所得孕成多聞与夫世稱博

◉行楷《大唐三藏大遍覺法師塔銘并序》冊頁之十二　27×16厘米

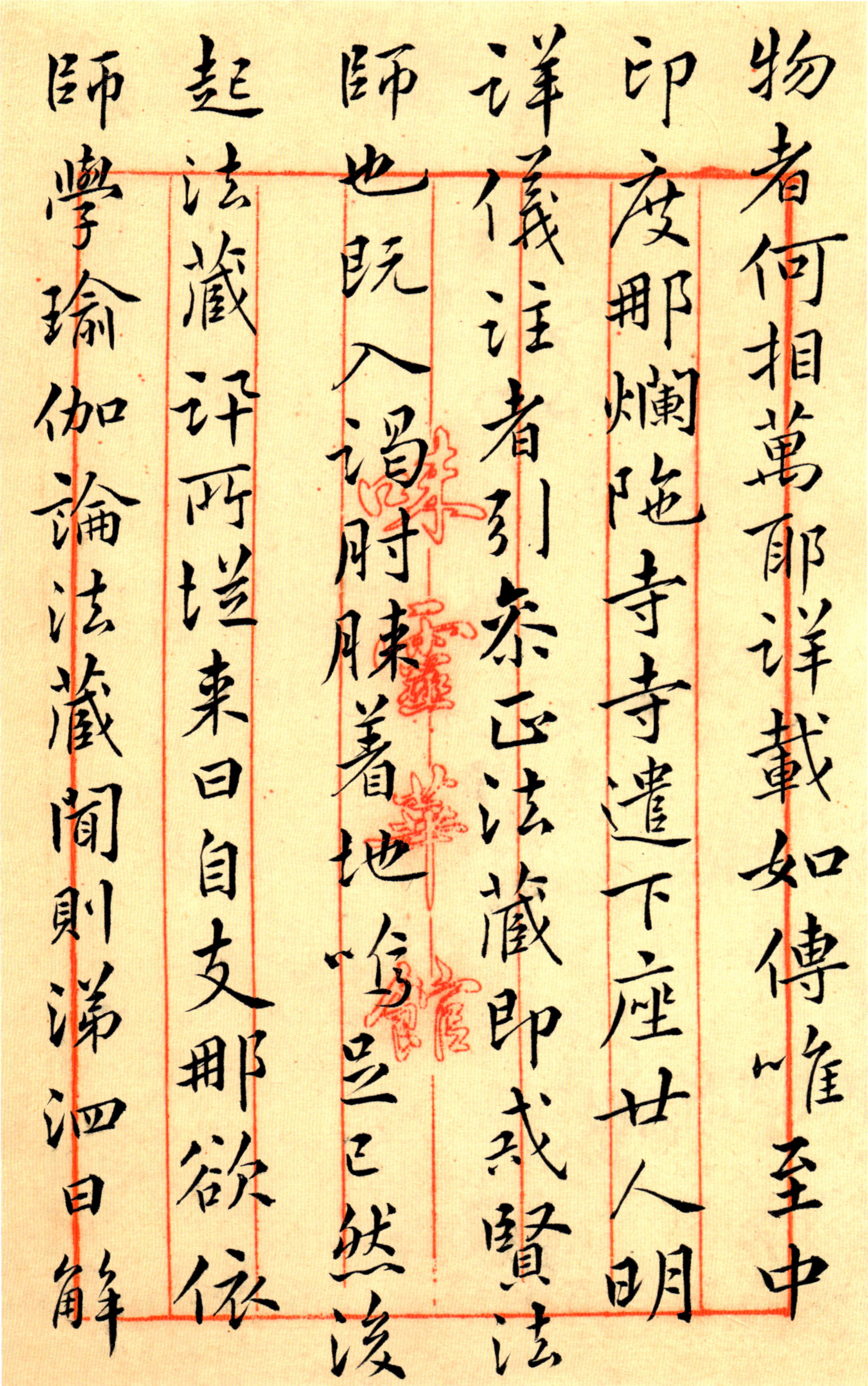
物者何相萬耶詳載如傳唯至中
印度那爛陁寺寺遣下座廿人明
詳儀注者引奈正法藏即戒賢法
師也既入謁時膝着地嗚足已然後
起法藏詰所從來曰自支那欲依
師學瑜伽論法藏聞則涕泗曰解

◉行楷《大唐三藏大遍覺法師塔銘并序》冊頁之十三 27×16厘米

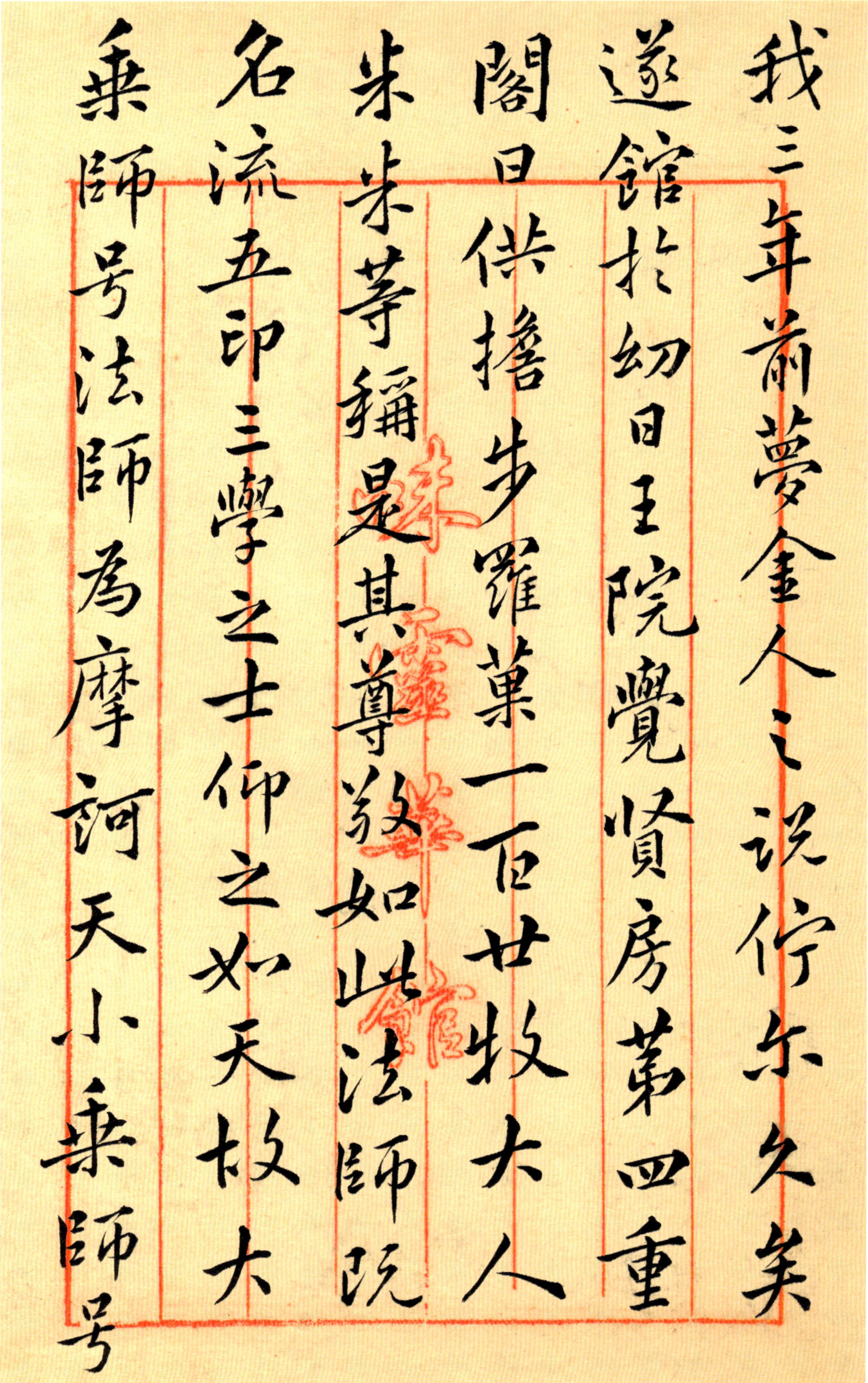
我三年前夢金人之説佇久矣
遂館於幼日王院覺賢房第四重
閣日供擔步羅葉一百廿枚大人
米米薺稱是其尊敬如此法師既
名流五印三學之士仰之如天故大
乘師號法師爲摩訶天小乘師號

◉行楷《大唐三藏大遍覺法師塔銘并序》冊頁之十四　27×16厘米

解脱天乃白大法藏請留〻法師曰
師等豈不欲支那之人開佛慧眼
耶不數曰東印度王拘摩邏迎法師
哉曰王聞法師在拘摩羅遣使謂
拘摩曰急遣支那僧來拘摩曰我
頭可淂僧不可淂哉曰

以下闕失

◉行楷《大唐三藏大遍覺法師塔銘并序》冊頁之十五　27×16厘米

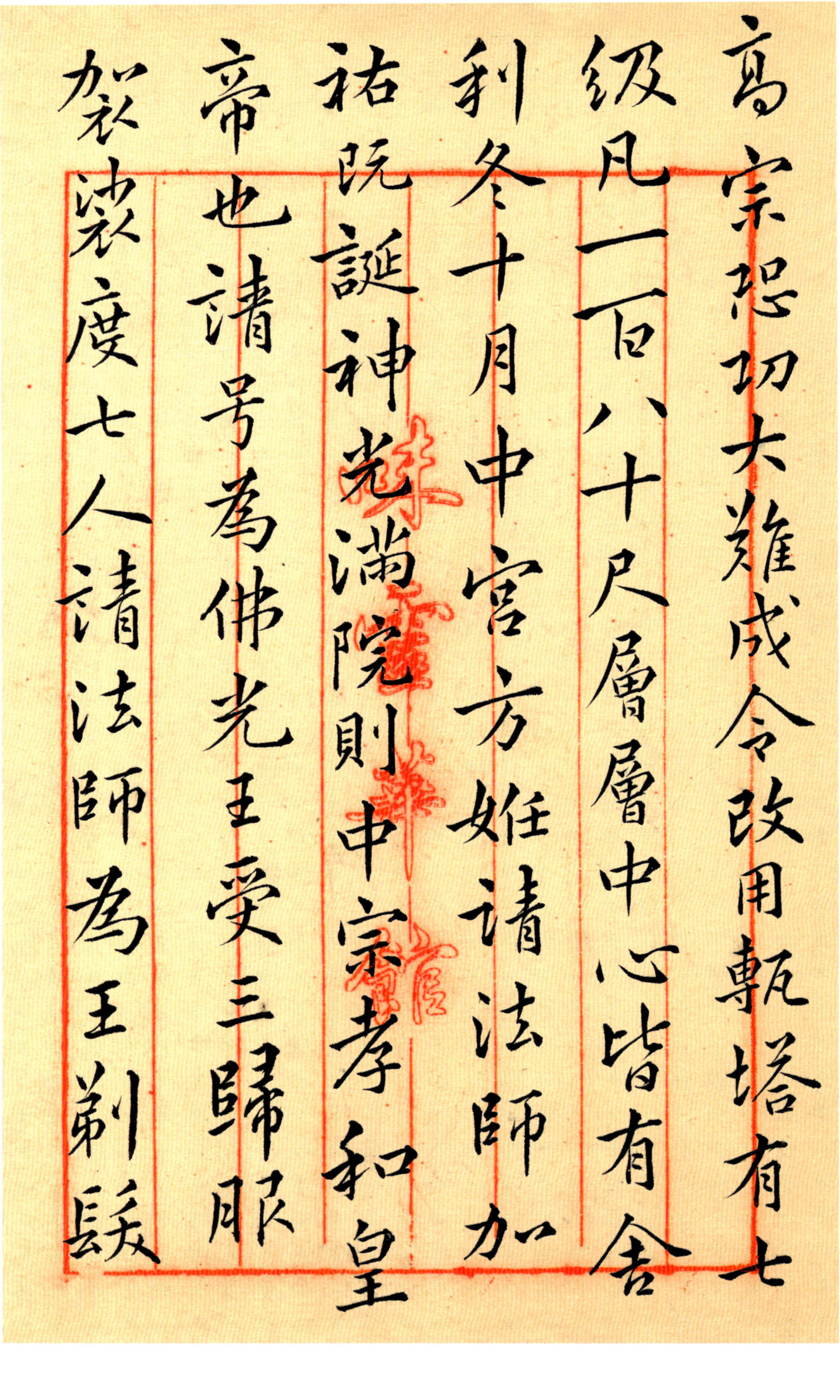

高宗悲切大難成令改用甎塔有七
級凡一百八十尺層層中心皆有舍
利冬十月中宮方娠請法師加
祐既誕神光滿院則中宗孝和皇
帝也請號為佛光王受三歸服
袈裟度七人請法師為王剃髮

◉行楷《大唐三藏大遍覺法師塔銘并序》冊頁之十六　27×16厘米

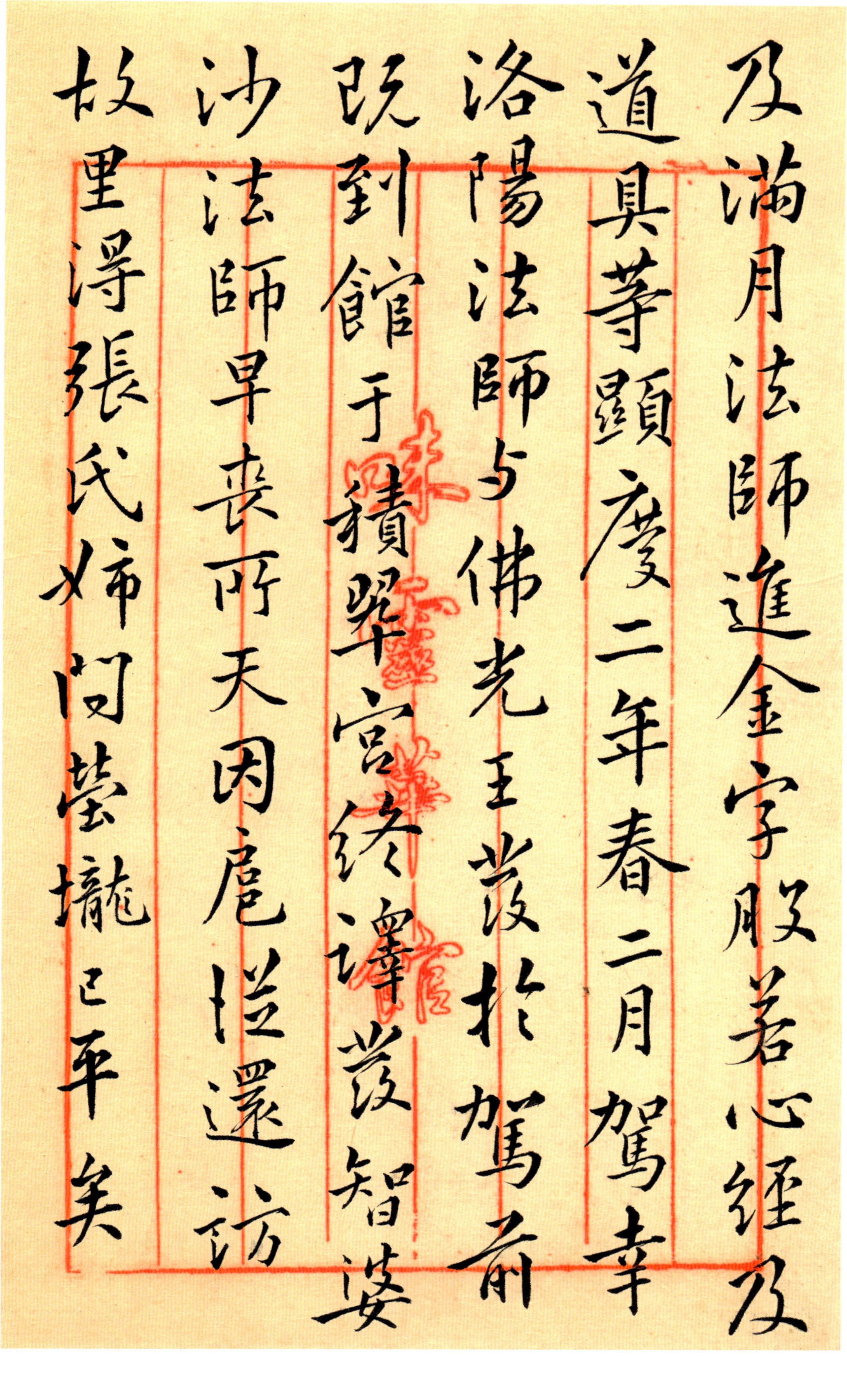
及滿月法師進金字般若心經及
道具等顯慶二年春二月駕幸
洛陽法師與佛光王發於前
既到館于積翠宮續譯發智婆
沙法師早喪所天因暇還訪
故里得張氏姊問塋壠已平矣

◉行楷《大唐三藏大遍覺法師塔銘并序》冊頁之十七　27×16厘米

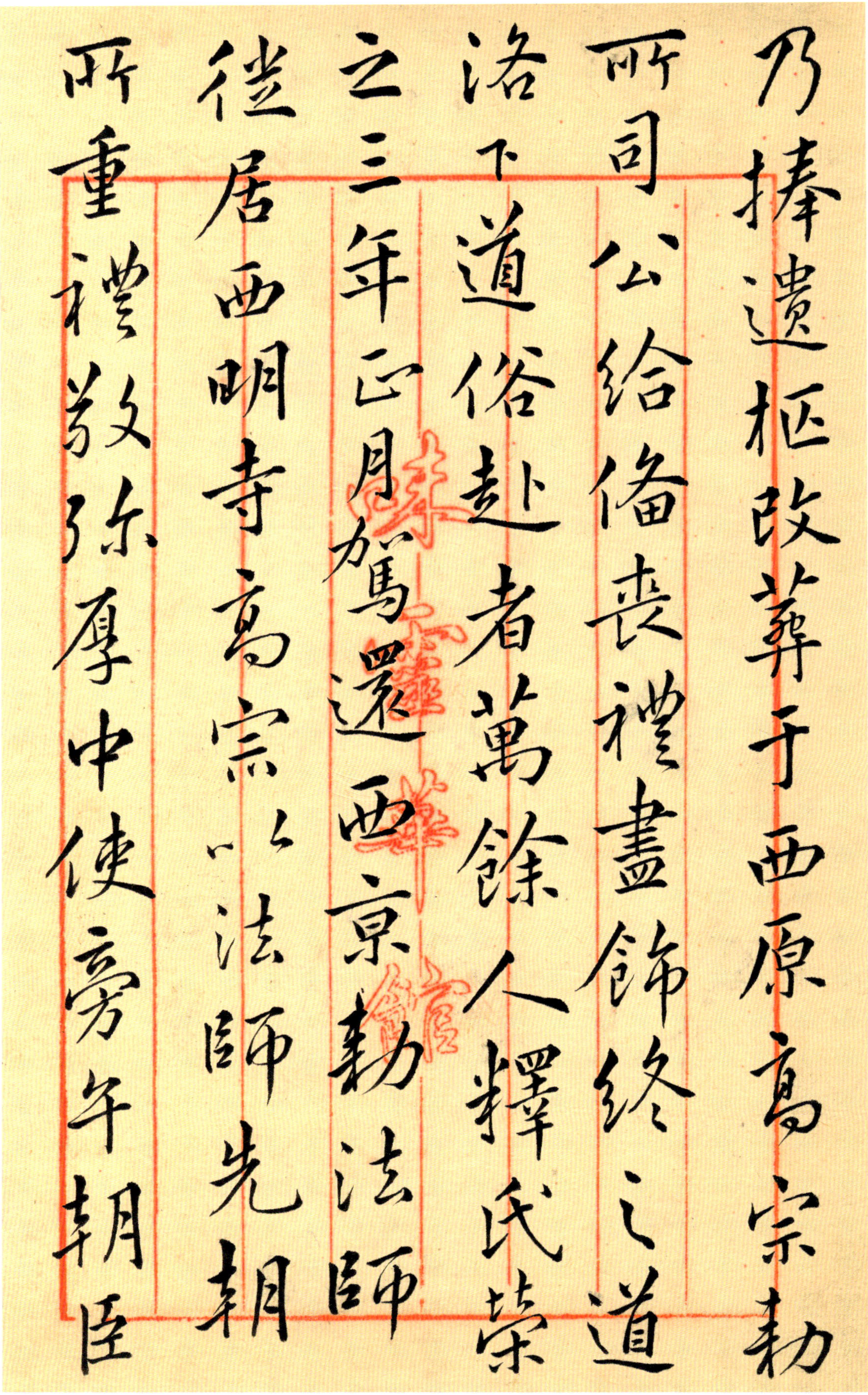

乃捧遺柩改葬于西原高宗勑
所司公給備喪禮盡飾終之道
洛下道俗赴者萬餘人緱氏榮
之三年正月駕還西京勑法師
從居西明寺高宗以法師先朝
所重禮敬彌厚中使旁午朝臣

◉行楷《大唐三藏大遍覺法師塔銘并序》冊頁之十八

27×16厘米

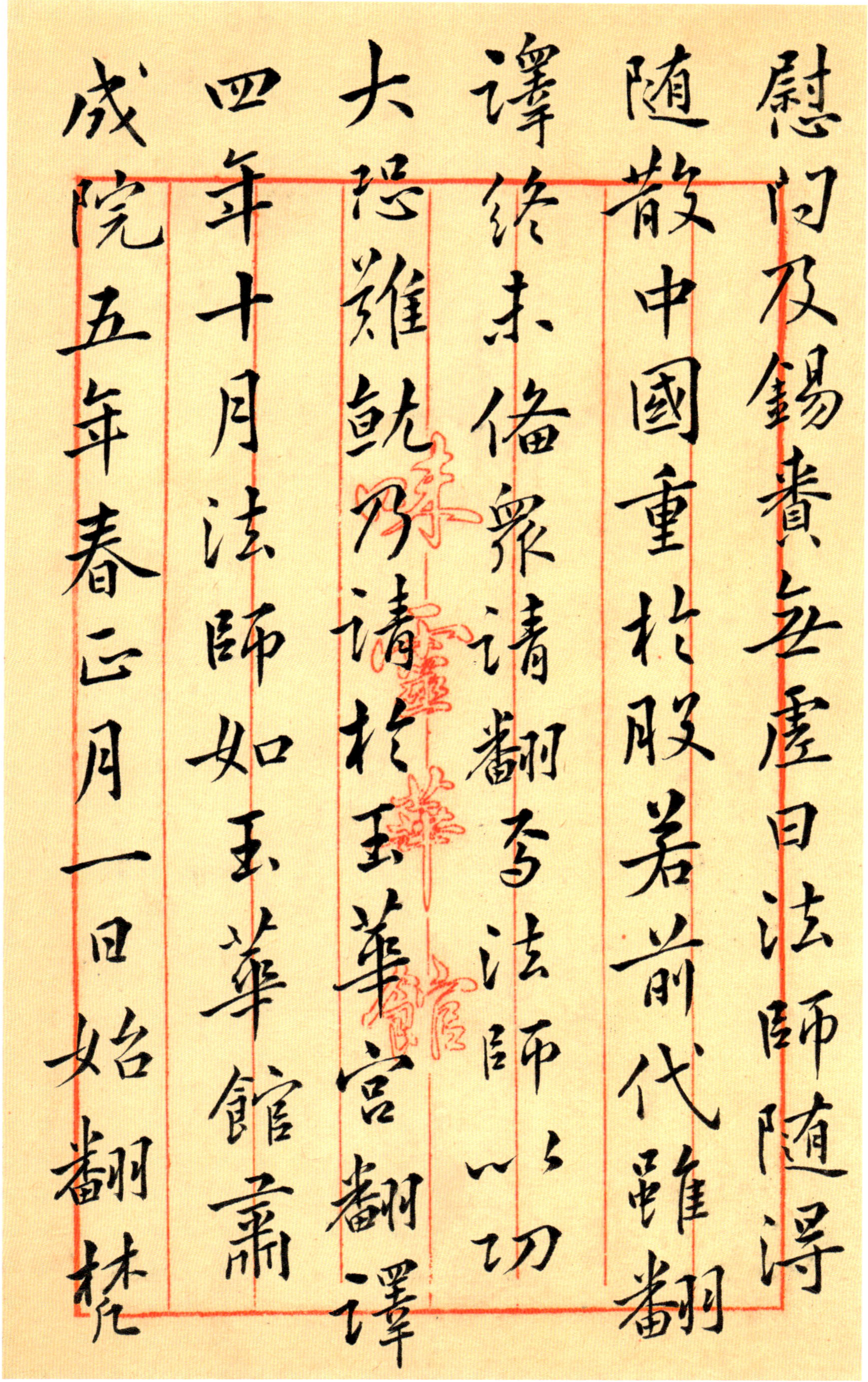
慰問及錫賚無虛日法師隨得
隨散中國重於般若前代雖翻
譯終未備衆請翻爲法師以功
大恐難就乃請於玉華宮翻譯
四年十月法師如玉華肅
成院五年春正月一日始翻梵

◉行楷《大唐三藏大遍覺法師塔銘并序》冊頁之十九　27×16厘米

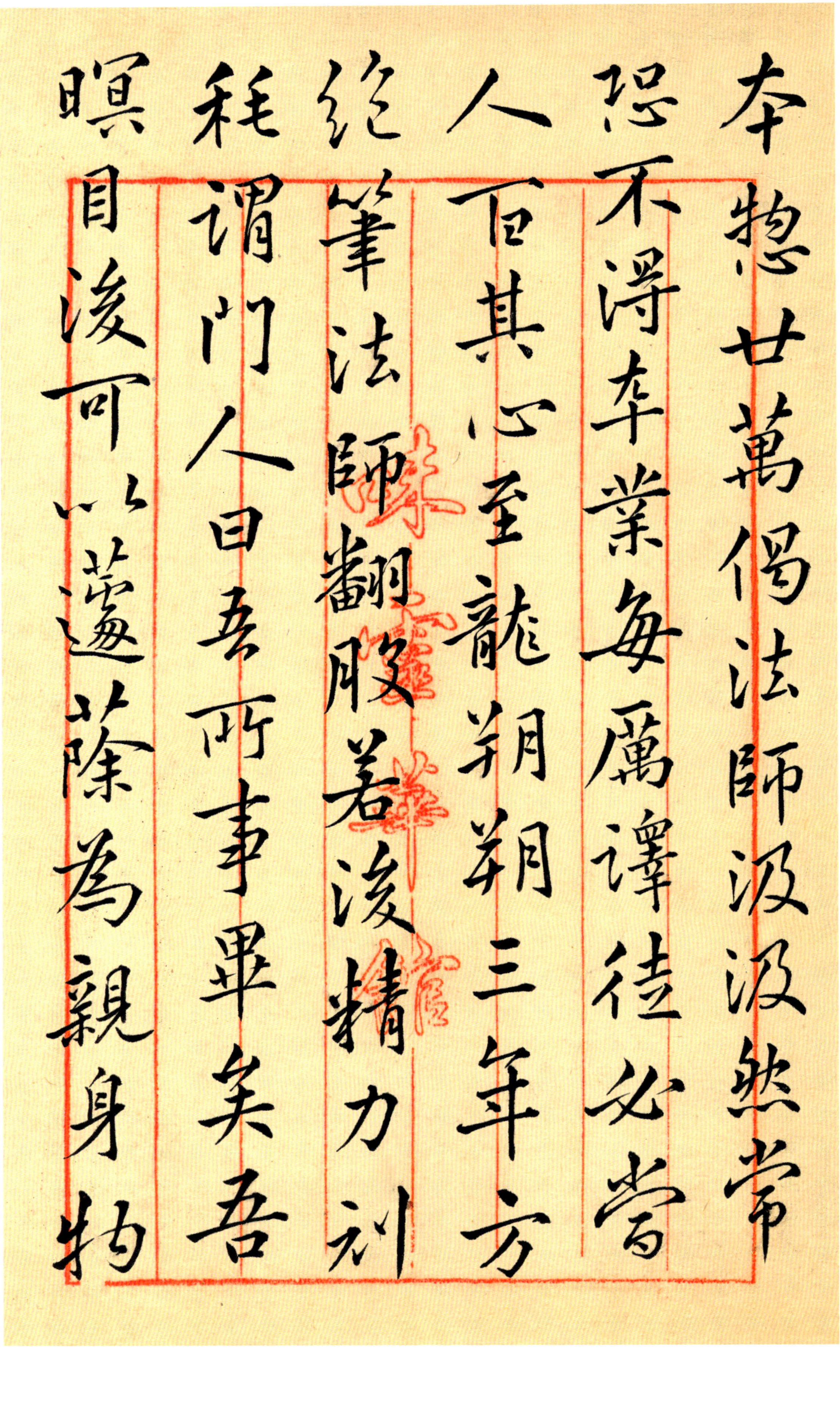

◉行楷《大唐三藏大遍覺法師塔銘并序》冊頁之二十

27×16厘米

門人雨治且曰和上何遽發此
言法師曰吾知之矣麟德元
年春正月八日門人玄覺夢
一大浮圖倒法師曰此吾滅
度之地遂命嘉尚法師具錄
所翻經論合七十四部惣一千

◉行楷《大唐三藏大遍覺法師塔銘并序》冊頁之二十一　27×16厘米

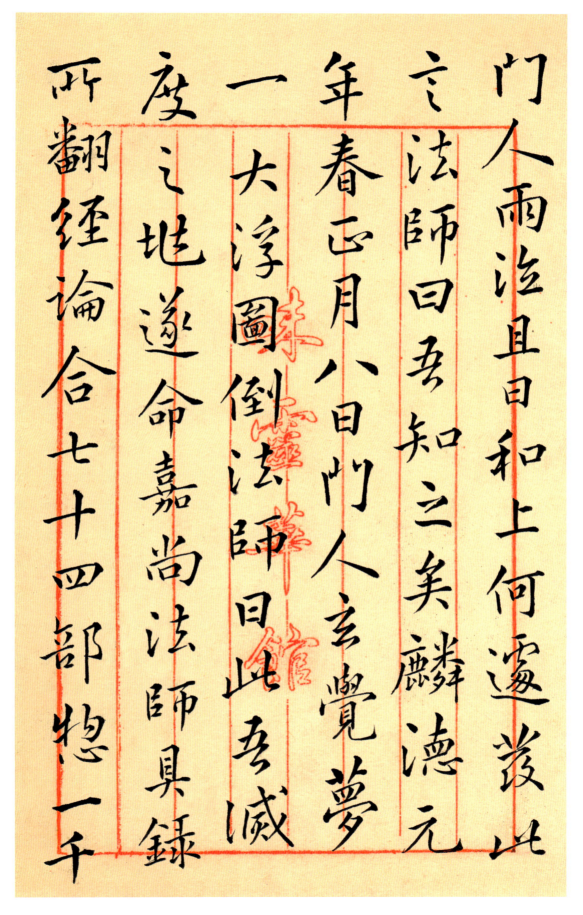

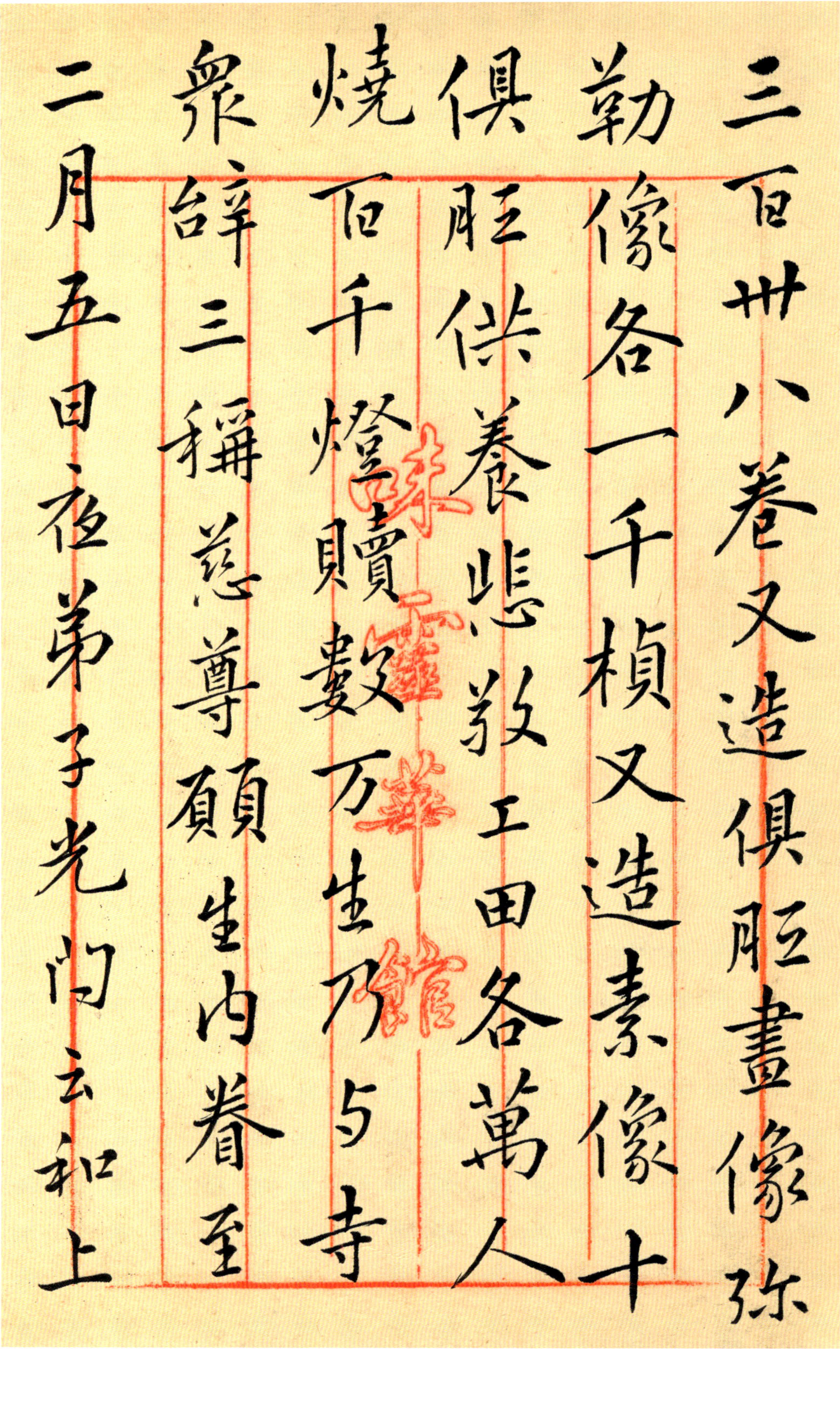
三百卌八卷又造俱胝畫像弥
勒像各一千幀又造素像十
俱胝供養悲敬工田各萬人
燒百千燈贖數万生乃与寺
衆辭三稱慈尊頂生內眷至
二月五日夜弟子光問云和上

◉行楷《大唐三藏大遍覺法師塔銘并序》冊頁之二十二　27×16厘米

決定淂生彌勒內衆否領云
淂生俄而去春秋六十九矣
初高宗聞法師疾作御醫
相望於道及坊州奏至帝
哀慟為之罷朝三日勅坊
州刺史竇師倫令官給葬

◉行楷《大唐三藏大遍覺法師塔銘并序》冊頁之二十三　27×16厘米

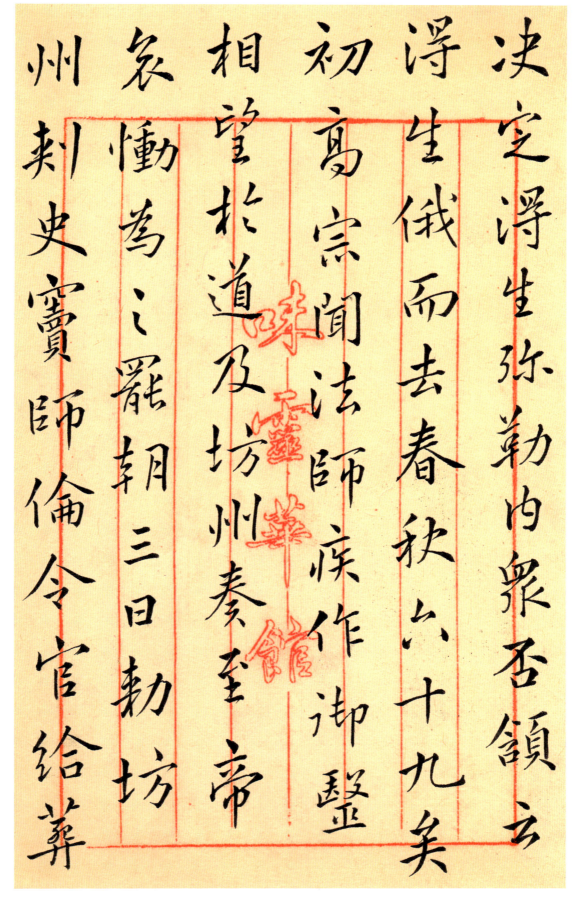

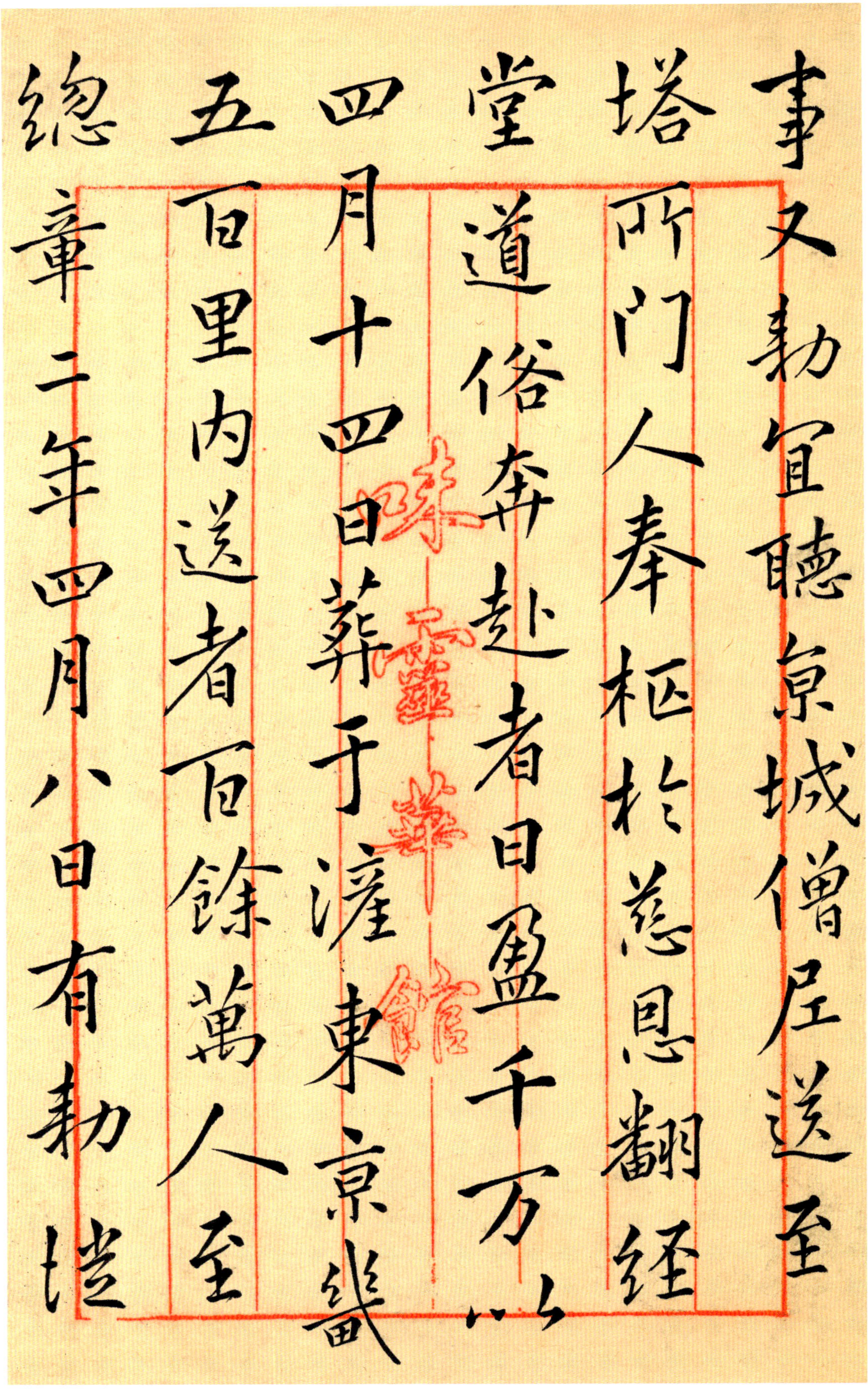

事又勅冝聽京城僧尼送至
塔所门人奉柩於慈恩翻經
堂道俗奔赴者日盈千万以
四月十四日葬于滻東京畿
五百里内送者百餘萬人至
總章二年四月八日有勅遣

◉行楷《大唐三藏大遍覺法師塔銘并序》冊頁之二十四　27×16厘米

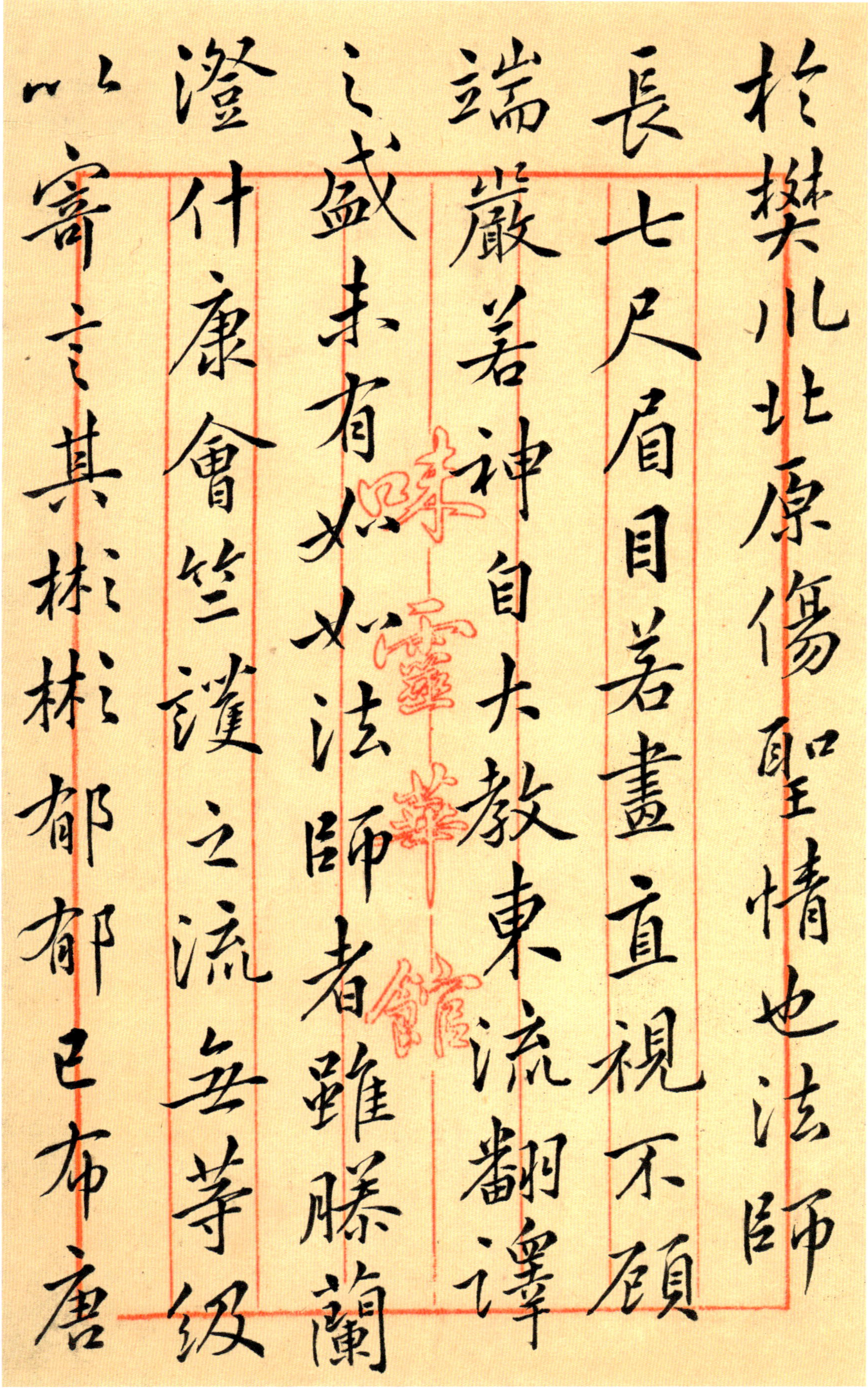

於樊川北原傷聖情也法師
長七尺眉目若畫直視不顧
端嚴若神自大教東流翻譯
之盛未有如如法師者雖滕蘭
澄什康會竺護之流無等級
以寄之其彬彬郁郁已布唐

◉行楷《大唐三藏大遍覺法師塔銘并序》冊頁之二十五

27×16厘米

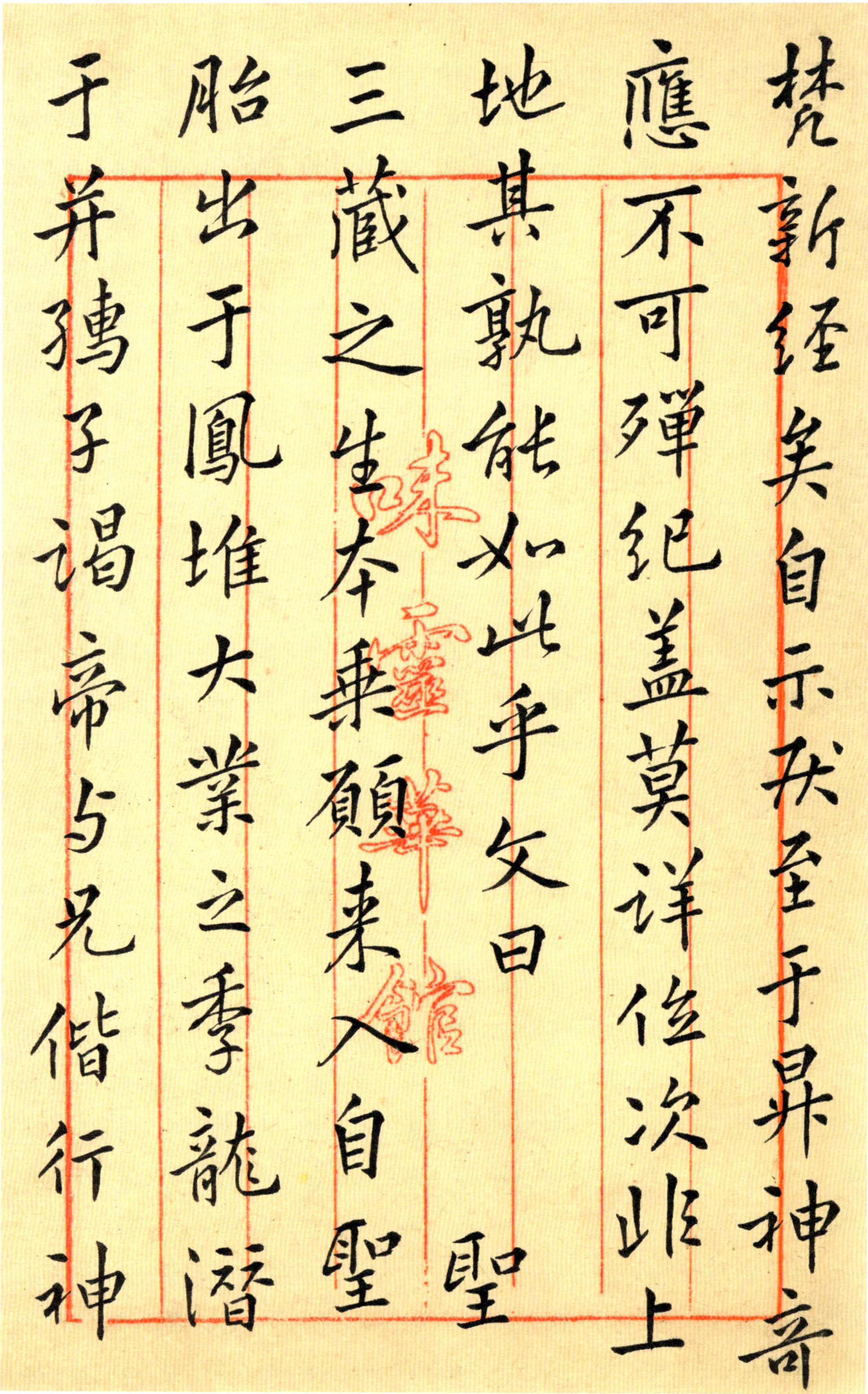

◉行楷《大唐三藏大遍覺法師塔銘并序》冊頁之二十六　27×16厘米

堯高之善果度之不為人臣必
為人師師法未足自洛徂蜀學
無常師師鳥必擇木跡窮夷夏
更討身毒寺入爛陀師遇尸羅
王逢戒日論淂瑜伽瑜伽師地
地藏教泉府蝟螺名數靈抽聖

◉行楷《大唐三藏大遍覺法師塔銘并序》冊頁之二十七 27×16厘米

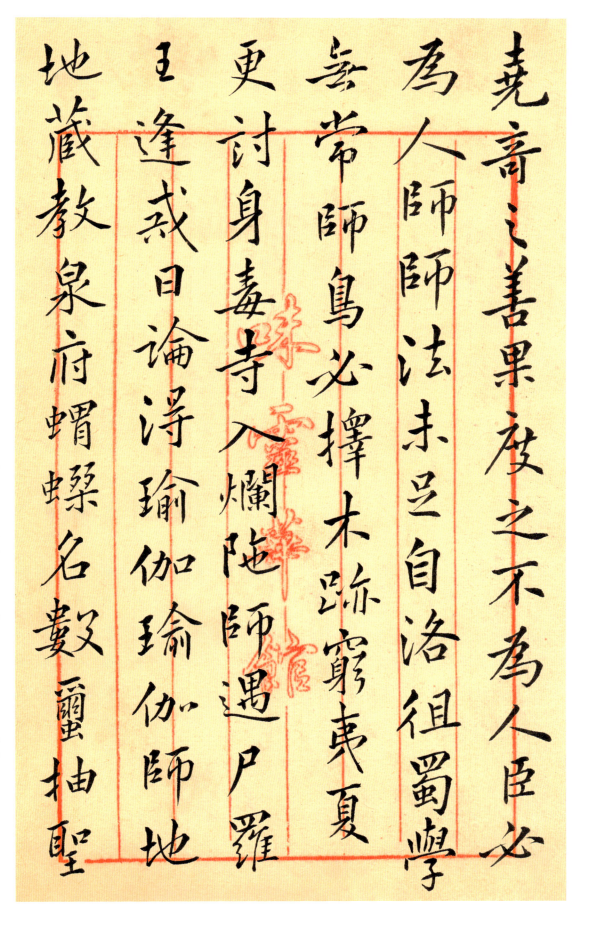

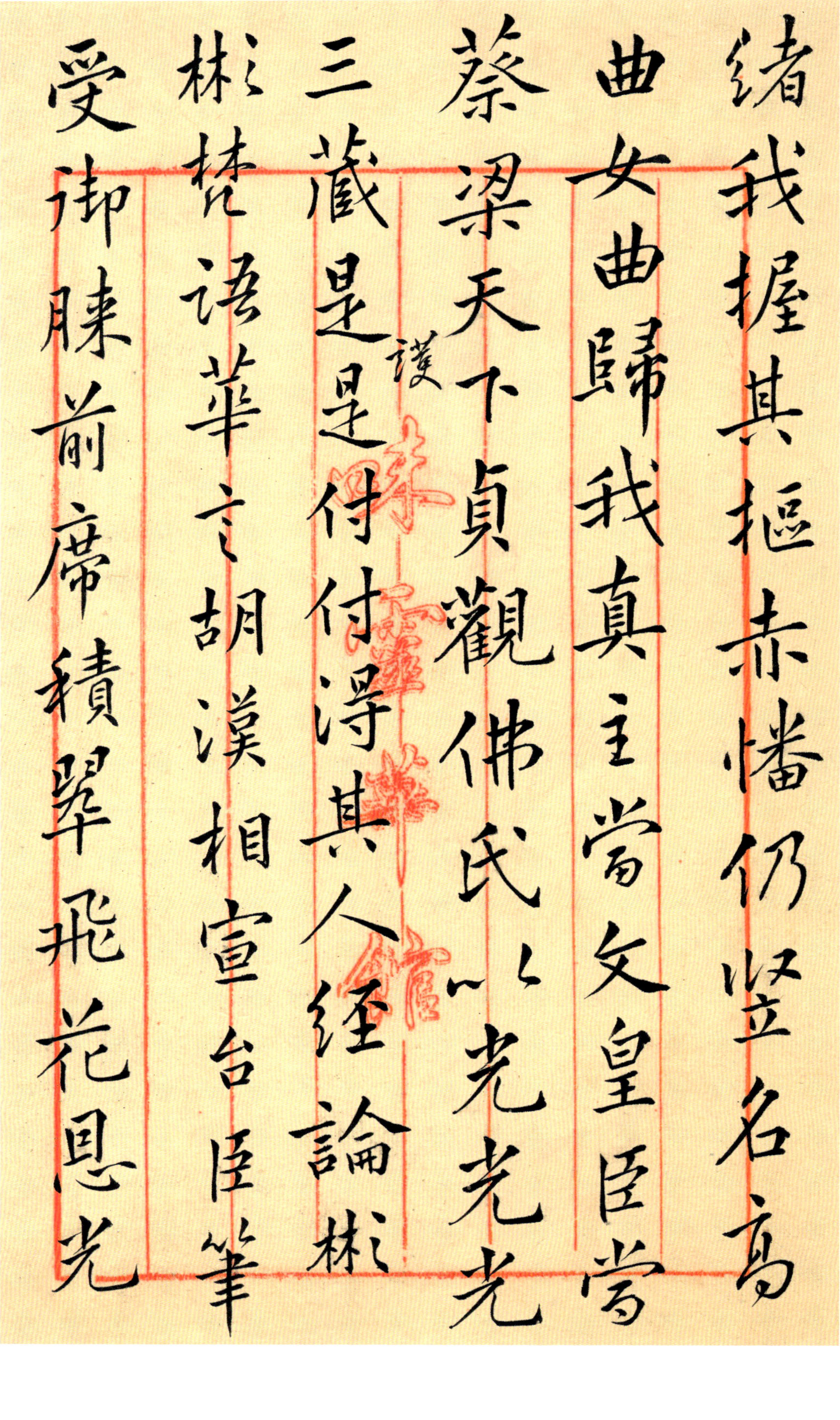

緒我握其樞赤幡仍竪名高
曲女曲歸我真主當文皇臣當
蔡梁天下貞觀佛氏以〻光光光
三藏是是付付浮其人經論林〻
護
林〻梵語華〻胡漢相宣台臣筆
受御牀前席積翠飛花恩光

◉行楷《大唐三藏大遍覺法師塔銘并序》冊頁之二十八

27×16厘米

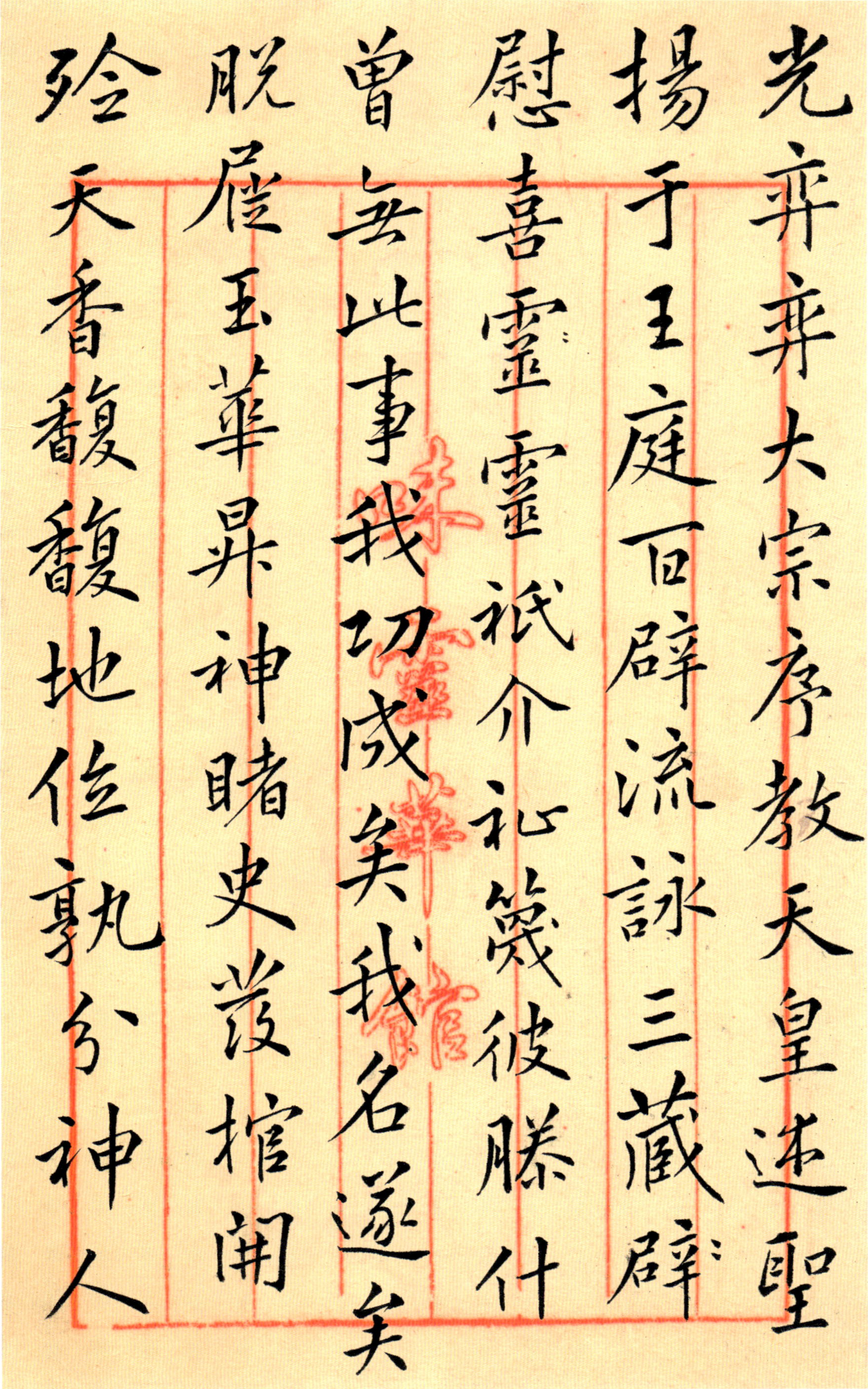
光弃弃大宗序教天皇述聖
揚于王庭百辟流詠三藏辟
慰喜靈靈祇介祉篋彼縢什
曾無此事我切成矣我名遂矣
脱屣玉華昇神睹史發揎閘
殄天香馥馥地位孰分神人

◉行楷《大唐三藏大遍覺法師塔銘并序》冊頁之二十九 27×16厘米

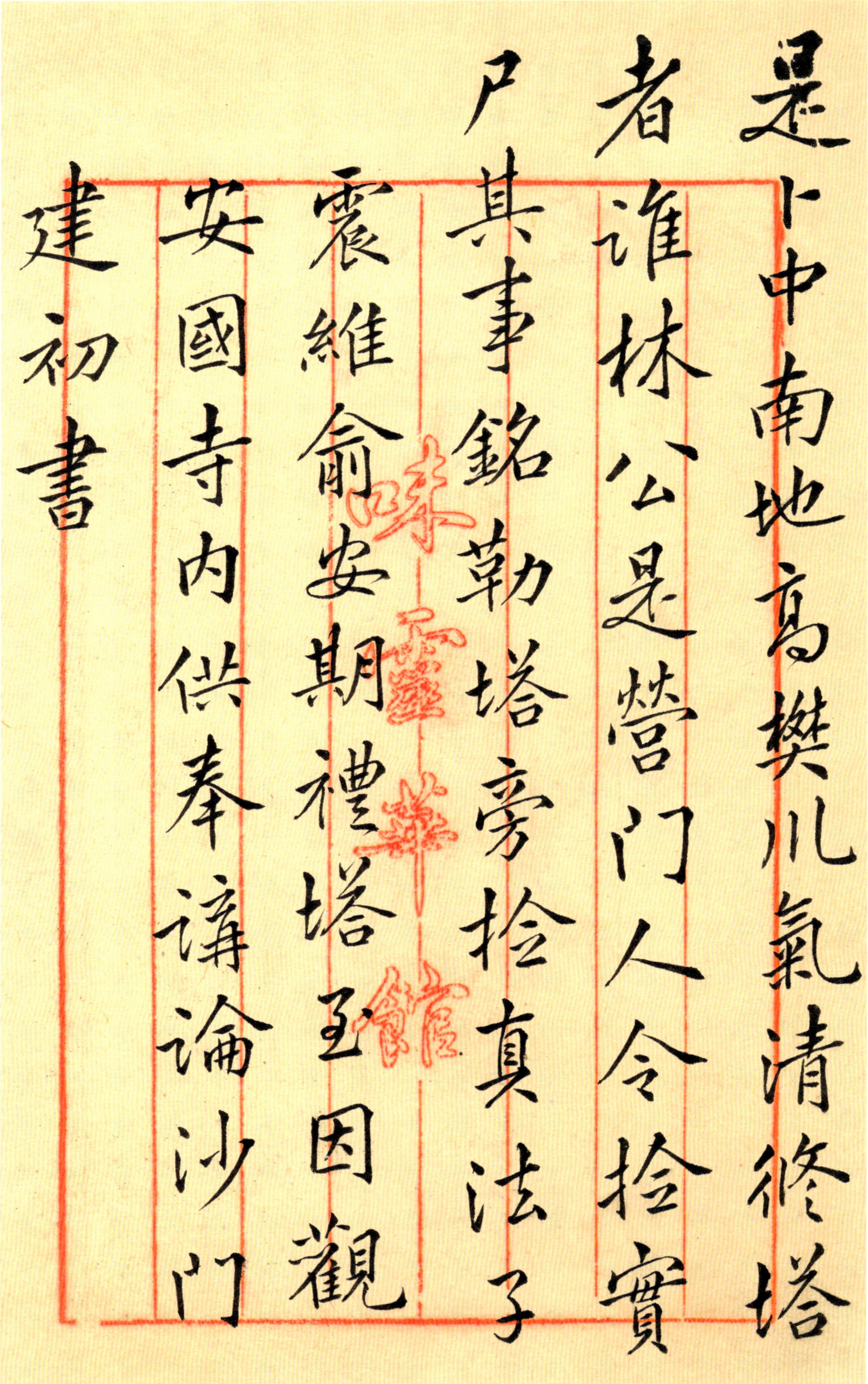
是卜中南地高樊川氣清脩塔
者誰林公是營门人令撿實
尸其事銘勒塔旁撿真法子
震維俞安期禮塔至因觀
安國寺內供奉講論沙门
建初書

◉行楷《大唐三藏大遍覺法師塔銘并序》冊頁之三十　27×16厘米

印文：玉蓮仙館

商廷修先生

字少芝 又字梅生 號蒲澗舊樵

公元一八六〇—一九一一年

商廷修先生傳略

編校者

商廷修先生，字少芝，又字梅生，號蒲澗舊樵。廣州駐防漢軍正白旗人。生於咸豐十年庚申（一八六〇年）。為商廷煥先生之從堂弟，即明德公《味靈華館詩》卷六《喜聞二十四弟梅生殿拔入選並寄懷徐君計甫太史劉君蔭堂倪君受之兩主政》詩中所記之二十四弟者。詩中註曰：『丙戌春闈，捷南宮者三人。二十四弟殿選與太史、主政相繼允為駐防之盛。』此處『丙戌』當為公元一八八六年，時商廷修先生虛齡應在二十七歲。殿拔入選後，開始就任戶部江西司七品小京官。光緒十五年己丑（一八八九年），應順天鄉試，中式舉人。光緒二十四年戊戌（一八九八年）科進士，中式第一百二十六名貢士，殿試二甲第一百三十名。旋入庶常館學習三年，之後任欽加四品銜戶部主事。宣統三年辛亥（一九一一年）十月十六日罹患急病辭世，享年五十有二。於先生故去當日，乃姪商衍鎏先生日記載云：『叔京官二十餘年，清苦自持，窮愁備至，無百金之產，無蔪新之衣。祇遺詩稿數尺，畫冊數簏。文人之困，至斯極矣。』先生卒後，友人陳步墀有詩悼曰：『畫裏梅花見性真，分曹風骨更無人。如何吹到江城笛，亂落羅浮五月春。』可想見其平生風度行誼之磊落高潔。商廷修先生兼擅詩畫，尤喜繪梅竹。山水畫作筆墨雅淡，深具濃郁文人畫氣息。行書、隸書古樸瀟灑，楷書妍美娟秀，皆臻達很高之藝術境界。可惜先生詩書畫作大多久已散佚。有《居庸疊翠》一圖，『辛亥革命』前二年，在京任職時寫予乃姪衍鎏而得以保存，一九七三年由衍鎏先生之子商承祚先生贈給廣東省博物館。今收錄於本書，以作紀念。另外，香港藝術館所藏一幅先生之楷書扇面，蒙館方提供翻拍正片一幀，今亦一並製版刊出。《繡詩樓叢書》收有商廷修先生《題畫山水》一詩云：『渺渺滄江樹，悠悠遠岸山。偶然留畫趣，何必問荊關。』謹以此作為先生小傳之結束。時公元二〇〇九年八月三日。

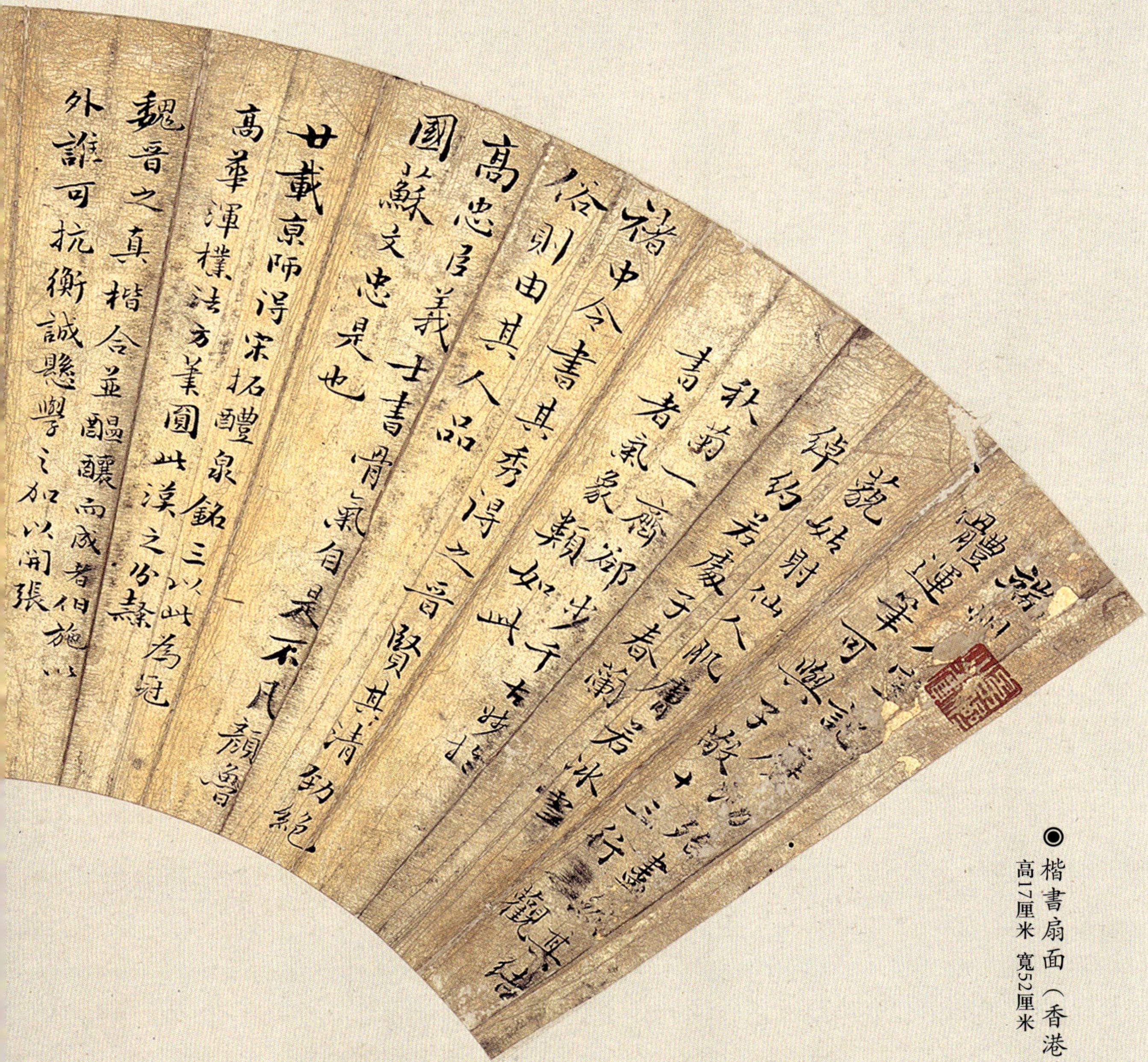

◉楷書扇面（香港藝術館藏）
高17厘米　寬52厘米

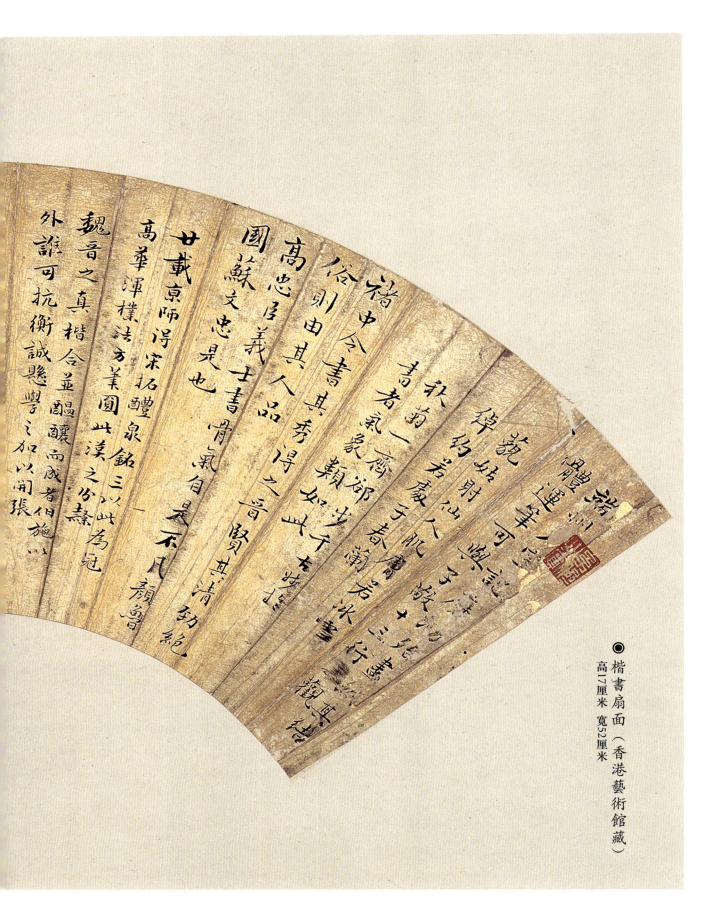

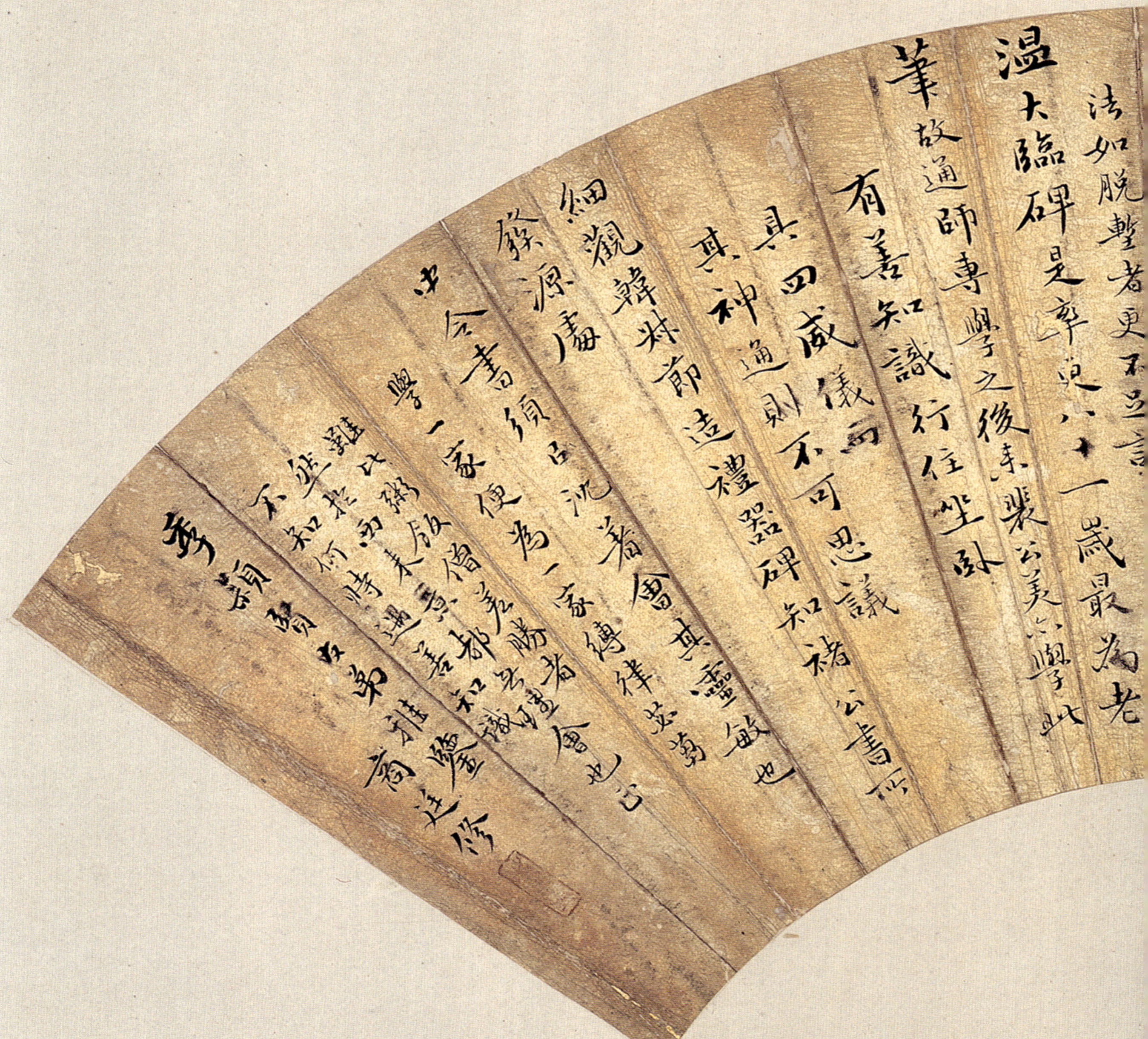

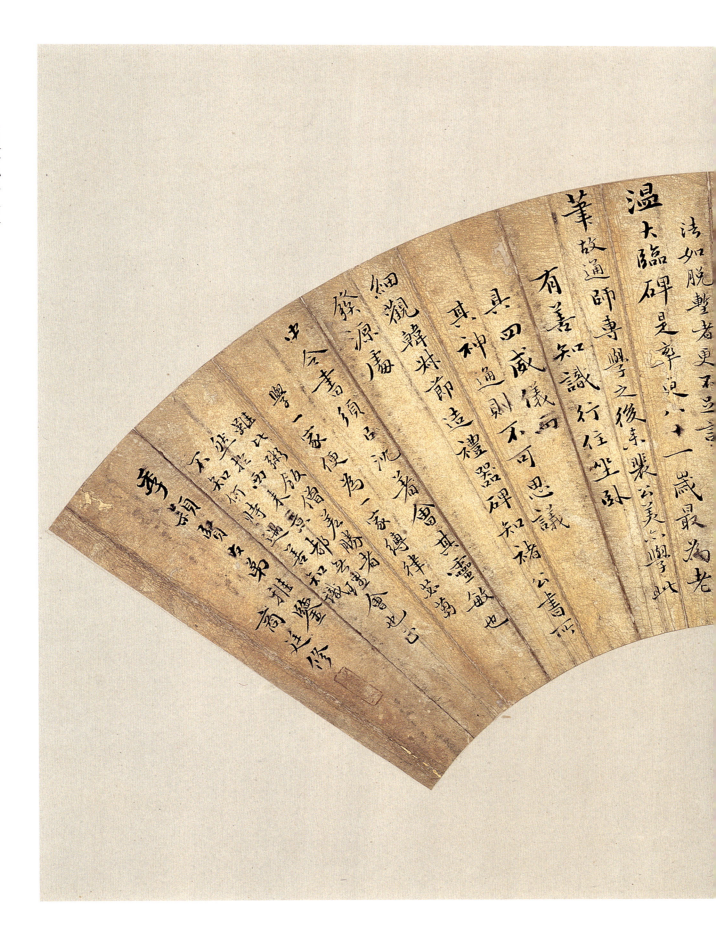

◉居庸疊翠圖
一九〇九年作
37.5×175厘米

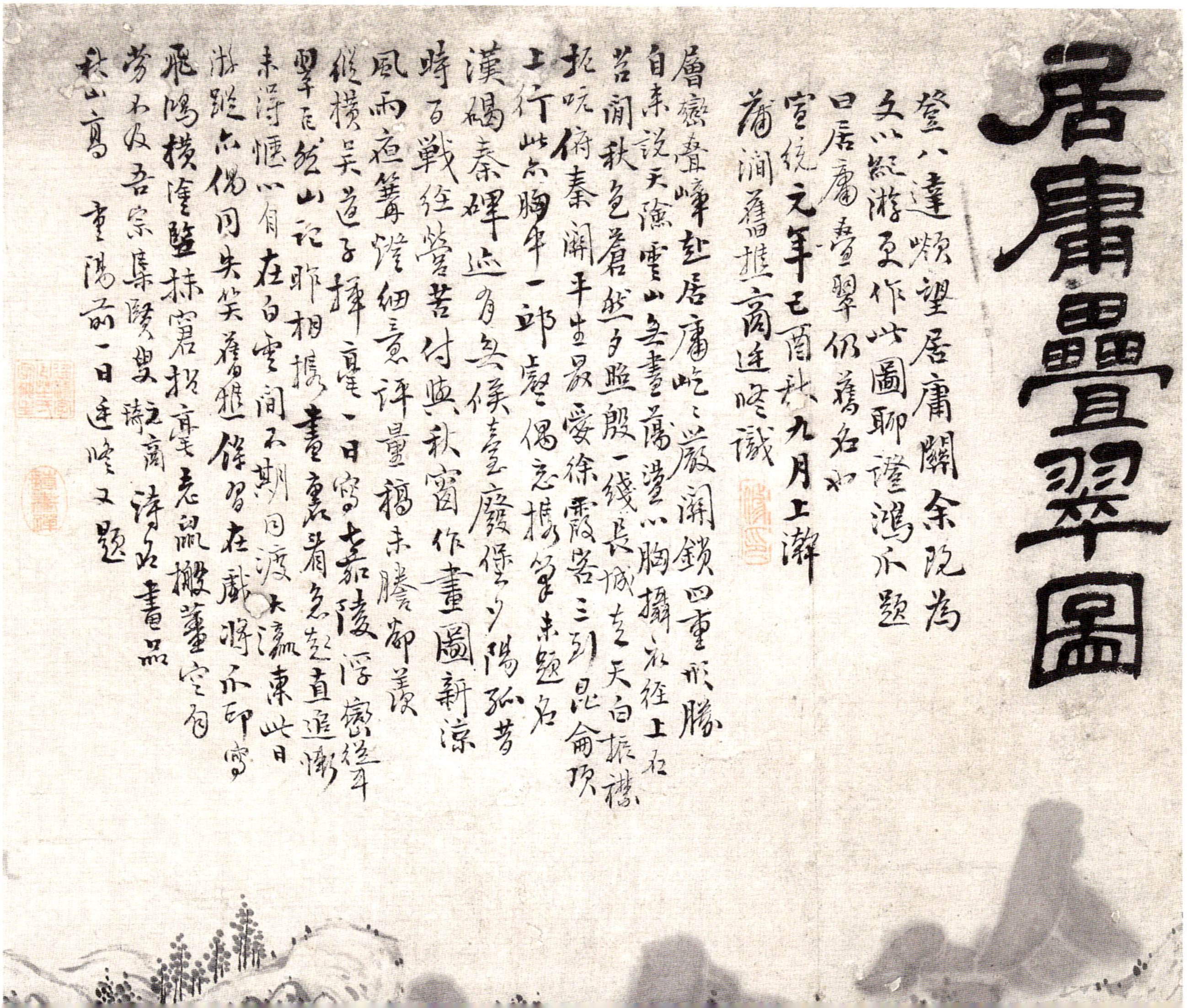
居庸疊翠圖
登八達嶺望居庸關余既為
文以紀游更作此圖聊證鴻爪題
曰居庸疊翠仍舊名也
宣統元年己酉秋九月上澣
庸澗舊樵商廷修識
重陽前一日廷修又題

商衍瀛先生

字雲汀　號丹石

公元一八七一——一九六〇年

商衍瀛先生傳略

商志蓉

祖父商衍瀛先生，字雲汀，亦作銙汀或雲亭，號丹石。

關於祖父的籍貫，光緒二十九年癸卯科的金榜，及北京國子監的進士碑分別標註為『廣州駐防正白旗漢軍人』和『漢軍正白旗人』。我們商氏祖籍原在天津商家林，後遷至遼寧瀋陽。先祖國秀公於康熙二十一年壬戌（一六八二年），隨軍駐防廣州，為商氏遷粵之始祖。以後祖祖輩輩都在嶺南生活，因而祖父又常以『番禺商氏』自稱。

祖父同治十年辛未四月二十四日（一八七一年六月十一日）生於廣州省城西門內蓮花巷祖居老屋，是我曾祖父明德公（譜名廷煥，字明章）的長子。

祖父虛齡六歲時，啓蒙受業於馮端（子莊）師。次年入鄉塾。九歲學對句，十歲學作詩，十二歲時，《孝經》《詩經》《論語》《大學》《中庸》《孟子》《書經》《易經》《左傳》《禮記》《周禮》等祖父皆已讀畢，『所讀諸經皆明德公手自句讀，正音訓，兼及旁註。』（據祖父《衍瀛自編年譜》）① 在曾祖的教導下祖父開始學作八股文。

光緒十一年乙酉（一八八五年），曾祖明德公病，自知年壽不永，乃將家事漸付祖父。次年，曾祖病重，祖父與衍鎏三叔祖同侍左右。曾祖仍不令廢讀，命從馮子莊師學詩文。再次年春，曾祖考終。從此，年僅十七歲的祖父不但要繼續求學，而且肩負起了家庭的重任。

光緒十六年庚寅（一八九〇年），於廣東該年的院試中祖父以第一名的成績『與弟同案入學』，取中生員。家貧，祖父就館於廣州，『得月脩四元』。這時的祖父尚不滿二十週歲。

光緒十八年壬辰（一八九二年），祖母馮氏寶珊來歸。祖母為祖父同里甲戌科進士、浙江黃巖縣知縣健公（松齋）之第四女，生於同治十一年壬申十二月十二日（一八七三年一月十日），卒於一九五九年己亥六月初二日（陽曆七月七日），享年八十八歲。

光緒二十年甲午（一八九四年），祖父晉北京應順天鄉試，中式第一百八十四名舉人。

光緒二十三年丁酉（一八九七年），曾祖母岳恭人壽終。此後，祖父在北京教書授課。

光緒二十九年癸卯（一九〇三年），祖父由北京至河南開封，應補行辛丑、壬寅恩、正併科會試，中式第八十九名貢士，覆試一等第四十八名，殿試二甲第十八名，賜進士出身，朝考一等第七名，欽點翰林院庶吉士，入進士館習法政。兩年後，接全家由粵來京。

光緒三十二年丙午（一九〇六年），祖父進士館畢業，授翰林院編修加侍講銜，到院就職。同年，派赴日本考察政治。歸後，兼任京師大學堂（今北京大學）齋務提調。次年，調任京師大學堂教務提調。

光緒三十四年戊申（一九〇八年），『八月，升翰林院祕書郎，奏辦院事。九月，奏派赴日本考察大學學制，備開辦大學分科。』祖父接長教務後，致力推進京師大學堂的教學建設，以期使之成為初步具有現代意義的多學科綜合性大學。『茲當圖始之時，舉凡審定規制、建築堂舍、釐訂學科各事宜極為繁重，亟應派員出洋考察，以資參證。』（內閣中書沈兆祉《遺派商衍瀛、何燏時赴日本考察大學制度片》，載《學部官報》第六十四期，光緒三十四年八月初一日）祖父膺此重任前往考察，並在歸國之後統籌主持，付諸實施。因履職忠懇幹練，辦學業績卓著，於宣統元年己酉（一九〇九年），『兼任京師高等學堂監督。』

宣統二年庚戌（一九一〇年），『升清祕堂協辦院事，任資政院欽選議員。』

宣統三年辛亥（一九一一年），『八月，武昌變起。十一月，裁撤翰林院。』祖父攜家往青島，在青島特別高等專門學堂（祖父記錄中稱其為青島大學）任中文總教習。

一九一四年，歐戰事起，青島被兵。夏六月，舉家避居青州。是年冬，祖父就任張勳徐州幕府顧問之聘，開始了『書劍關河幾往還』（寶熙贈祖父詩中句）的生活，為遜清皇室驅馳於北洋軍閥諸派系和外國公使之間。

一九一五年春，由青州遷家曲阜。一九一七年夏，在外奔波多時的祖父回到曲阜，接全家至天津，繼移北京。祖父在外的這段期間，經歷了籌劃討伐袁世凱的行動和丁巳復辟的失敗。祖父或曾遇到的危險，今天我們已不得而知。

一九二二年遜帝溥儀大婚，賚『秉心丹石』匾額。取『丹可磨而不可奪其赤，石可破而不可奪其堅』之意，祖父由是以『丹石』為號。

一九二四年，祖父受溥儀委派至奉天（今瀋陽），會辦內務府皇產事宜。三年後，又奉派赴熱河，任清室辦事處總辦。

一九二八年，華北戰亂，『難民麕集天津，為廣設收容所。』此外，祖父還常年於河南、河北、陝西等省從事賑濟，據說當時村民所建誌碑至今尚存。一九二九年，出任天津紅卍字會名譽會長（據《中央文史研究館館員傳略》，中華書局二〇〇一年九月第一版）。

一九三〇年，以陝旱連年，同朱慶瀾（時任國民政府賑災委員會常務委員）往陝西辦急賑。為籌集款項，祖父將皮衣及家中長物全悉變賣。溥儀聞知災情慘重，『為捐助三萬元』。

一九三一年春，祖父仍往助陝賑。溥儀『為捐房屋一所，嗣又捐皮衣三百餘件。』經眾議，『構扶風災童教養院，收容災童。又復辦一懷幼村，以備數年後，兒童漸長可以歸耕。』時至盛暑，『日在道中奔走，渴甚無水，僅買甜瓜及李子食』，罹患腹瀉，且賑務繁忙不得休息，以致遷延不愈。夏末，京漢路斷，乘隴海路遶道徐州回北京醫治。『九·一八』事變後，赴天津靜園。十一月十三日，偕雪堂太姻伯（羅振玉）迎溥儀於營口，旋隨扈到旅順，次年三月，至長春。歷任溥儀宮內府秘書，宮內府會計審查局局長，宮內府內務處處長。

一九三七年冬，祖父以老請辭。退休後，祖父專注於倡導和從事『紅卍字會』的社會慈善活動，並曾任『滿洲國赤十字社』副理事長。

一九四〇年，祖父七十壽辰，溥儀賚『養和守粹』匾額。

一九四五年八月十二日，偽滿行將崩潰。祖父辭別祖母，棄家追隨溥儀逃亡。由於戰爭、交通阻斷，以及得知溥儀被俘而試圖尋找等原因，輾轉東北近一個月後，於九月十日下午返回長春。② 嗣後，祖父『擬籌車去接尚滯留通化之三百餘人』，『又擬往奉天見上』，但『籌劃數月，兩事皆無成。』一九四六年秋，攜家暫居天津。翌年，至北平，鬻字為生。

新中國成立後，周恩來總理親自接見談話，並派工作人員多次上門慰問。一九五六年，在黨和政府的關懷下進入中央文史館任館員。在此期間，祖父據親身經歷，著述了有關清史，以及宮廷史方面的重要史料。

一九五九年十二月，溥儀在特赦後專門前往祖父病榻前探望，鼓勵祖父為新社會服務。（參見溥儀《我的前半生》五五九頁，群眾出版社一九六四年三月第一版）

一九六〇年庚子十月十一日（陽曆十一月二十九日），祖父與世長辭，享年九十歲。與祖母合葬於北京八寶山人民公墓。

祖父早年從事教育，在任職京師大學堂和兼任京師高等學堂監督期間，為我國現代高等教育體系的建立做出過重要歷史貢獻。清亡後，劬力於清遺室的事務工作和慈善賑濟事業。祖父於儒、釋、道均有深入研習，精通易理、醫術，並以書法名，工楷書、行書。祖父經常以『忠誠、正直』諄諄告誡我們晚輩，他自己也正是以此奉為圭臬，身體力行的。祖父深知天道健行不息，歷史不斷前進的法則，『恢復祖業』必終成夢幻泡影。他曾這樣描述當年親身參預的丁巳復辟：『謀疏自悔慙天日，防壞誰能障海濤』、『積習已深人易腐，眾情難合事空勞』（七律《辛未重過徐州》，一九三一年）。但作為前清舊臣，祖父始終恪守着自己最初的選擇，竭忠盡智，窮其畢生。臨終有《垂暮自題》一律云：

殉道殉身衷一是，唯從初念見其真。殺機人發天反覆，直道心存動鬼神。
稚柏能安冰刺骨，貞松寧畏麝成塵。紛紛成敗歸元理，定論留將後世人。

---

①本文主要依據《衍瀛自編年譜》撰寫，以下未註明出處之引文悉出自祖父手稿。引文內如無特別說明皆以陰曆紀月。

②據祖父記載：『乙酉年陽曆八月十一日，入內，在防空室見上，命瀛隨車同行。十二日下午五時，攜行李到車站，夜三時半，由東站開。十四日，至臨江大栗子。十八日，上夜車往通化轉飛機，欲至平壤到日本，命余候車經朝鮮往。其時，朝鮮已組新政府抗日。上轉往奉天。余無車不能行。嗣聞舊金山放送，上為蘇軍由奉天接往蘇聯，亦有云仍在奉天者。余欲急往奉天，而大栗子已無車內開。延至九月七日午後，始能到通化，住卍字會。聞四平、吉林兩線車皆不通。因日兵未解除武裝，十分危險，羣勸不可輕進。留滯二日。余心甚急，乃決行。九日，搭車至梅河口，知由四平轉瀋陽不能行，後得熟人招呼即轉吉林。聞奉天車仍不能通，十日，乃由吉林返長春。』祖父《隨行日記》一卷有更詳盡之記載，此註乃根據日記及年譜等手稿所摘錄。

商衍瀛先生詩稿選

戊辰四月大病初起題小照寄藻亭江南 一九二八年初夏作

病起方知春已去，海棠落盡燕將雛。與君江左三年別，寧識今吾是故吾。

題羅貞松遼東僑寓圖 約一九二九年作（四首），據溫肅《檗龕朋舊詩錄》稿本。

宇內干戈滿，虞淵日未迴。與君沽上住，言入海東隈。謀國心仍壯，捐家志可哀。菟裘非欲老，深意獨低徊。

亂後知誰健，聞君在九夷。蕭條江戶宅，寂寞仲舒帷。學破殷墟契，經傳魯壁詩。敢云吾道重，故國有遐思。

驀地風波惡，神州肆虎狼。扶危參密勿，出險事非常。天日虹能貫，湘沅芷不芳。楚歌雖可續，遠已隔天閶。

遼海龍飛地，松風處士家。夏長不知暑，園小自生花。歲晚驚波逝，情深望道賒。伊人思未遠，一水隔蒼葭。

函谷關車中口占 一九三〇年作

庚午四月二十四日，余六十初度。在函谷關賑糧車，天微明，聞護糧車兵惡言大詬，云在車旁殺兩人。余心悲之，起坐俯首誦《往生咒》。心中光明，無不祥感。以陝饑，民不得食，迫而為盜，上無仁政，更加以嚴刑，情殊可慘，即口占一絕。着衣起，盥漱後素食。偕同行友入谷口遊，未數里至關，繞關一水淺處，置石可履而過。甫及岸，猛見樹上掛兩人頭，鮮血模糊，面目獰惡，為之悚然。歸途仍涉河，初舉一足踏石，見對岸擡兩無頭屍來。余乃縮足，側立河干，貌極恭，視屍過，然後行。事巧至此，能無慨然？余為悲傷屢日，至今此印象尚留腦中也。

心似旭升貌轉卑，百千煩惱總菩提。眼前無限蒼生厄，一觸塵懷起大悲。

編校者註：右詩及序見於作者晚年居京詩文手稿第二冊。詩為追記一九三〇年作者於函谷關賑糧車中之口占，一九四九年補寫此段二百零五字小序。作者一九二九年出任天津紅卍字會名譽會長。時兵災頻仍，陝旱連年。作者在天津幫同收容安置難民，並常年親自前往陝西等地賑濟災民。在扶風興建災童教養院和懷幼村。一九三〇年陰歷三月與時任國民政府賑災委員會常務委員的朱慶瀾往陝西。陰歷四月廿四日凌晨在辦賑途中的運糧車上被叫罵聲驚醒，聞說押運糧食的士兵殺死兩名搶糧災民。作者有感於饑民因不得食，迫而為盜，上無仁政，更加以嚴刑的慘酷，哀憫蒼生之苦厄，起坐俯首誦《往生咒》，並口占此一絕。此日恰逢作者六十歲生日。就在這一天，作者又接連見到身首異處的屍體。事情離奇巧合，使作者慨然悲傷，耿耿於懷。此後每年值生朝，作者必素食，整日誦經。以堅貞之願，至誠之心，超度回向。一九五四年作者八十四歲生朝猶感於此，作《發悔過願》一文痛自剋責，並告誡晚輩應知足戒滿。此願文在作者一九六〇年逝世後與書籍信札等一起寄往廣州中山大學，交由商氏南支收存。

辛未重過徐州　一九三一年作

綰轂中原兵氣高，當年大義走羣豪。謀疏自悔慚天日，防壞誰能障海濤。積習已深人易腐，眾情難合事空勞。五千年結君臣局，莫更民權受貶褒。

與藻亭弟乍聚還別慨往跡之已陳念今懷之多感因物託詠同有此情試即六塵共參一乘　一九三六年立秋作

樹有南北枝，鳥有左右翼。兄弟本天親，先後因一氣。憶昔明德公，課學先辨志。童蒙惟養正，次及文與字。朝共一硯讀，暮同一榻睡。迨年十五三，真樂不知貴。悲風摧大椿，百憂集堂背。入世識艱辛，硯田分疆界。舊德神所依，扶搖登上第。衣染御爐香，明承清祕地。論思永朝夕，識每推予季。曰存不忘亡，優游豈卒歲。天亦有時荒，地亦有時老。君踰大西洋，我入東海島。縱然暫別離，歸休宜及早。豈期戰禍興，五洲劫浩浩。從此失羣雁，相呼不相保。萬里雲羅心，九秋關月道。一朝得相見，喜共開懷抱。我聞浮圖言，因緣等塵浪。我性本來空，執之成我障。大海起波濤，一漚一幻相。不如與之化，漚漚水無量。至人與天通，此志無以尚。苦樂自纏縛，放下心則曠。我苦甘如薺，人苦憫悽愴。願憑悲智力，救盡世貪妄。君性極高明，對境空倚傍。相期在精進，人我已兩忘。

己卯得藻亭聞雁詩答和 一九三九年秋作

九萬天風欲奮飛，秋來又見雁南歸。新詩歲歲君遙寄，舊約茫茫我願違。朔漠聲寒聞欲斷，雲羅影緲力知微。藻亭避亂入蜀 天涯何處無矰繳，霜落隨陽且息機。

和藻亭弟《九日懷雲兄》 一九四〇年重陽後作，據《商衍鎏詩書畫集》所附。

萬里秋風遠寄詩，三蘇祠畔夢縈之。插萸難忘西湖日，丙辰同登北高峰 去雁曾驚朔漠時。自有九花同抱冷，不妨兩路暫分馳。與君學得眉山叟，經月書來未是遲。

和藻亭弟《雲兄七十一壽》 一九四一年初夏作，據商衍鎏先生謄稿。

積陽南陸永朱明，壽我新詩冰玉清。三徑蓬蒿貧士業，小園松菊故鄉情。浮舟摠轡攜孫子，飽食安眠老弟兄。會買東西兩頭屋，硯田有歲共歸耕。

和藻亭弟《雨後用前韻再呈雲兄》 一九四一年初夏作，據商衍鎏先生謄稿。

鐙光和月照聰明，坐聽邊聲萬籟清。龍德或疑飛亢象，鴻音偏慰別離情。千山愁遠知予季，四海相望念老兄。吾道不窮寧境縛，江湖有約仗心耕。

以耕字韻作七律寄藻亭弟 一九四一年冬作，據《商衍鎏詩書畫集》所附。

硯田有歲共歸耕，經作菑畬管作城。芸省班聯糈祿薄，蓮園學散粥虀清。悲歡離合塵前夢，物我循環悟萬情。至味道腴堪自樂，芒鞋他日訪君平。

寄嘉州 一九四四年夏作（二首），據《商衍鎏詩書畫集》所附。

聞道嘉州酒，淩雲憶大蘇。江環山作障，樓小古為徒。兒女詩書伴，倩若姪女擅填詞承祺姪好學 孫男子史娛。志馥姪孫

（喜讀子史）一杯陶令醉，高臥邈黃虞。

兄弟過七十，人生稀又稀。晚晴時自泰，身健世無違。洛下稱司馬，雲間重陸機。天南星有曜，歲歲共芳菲。

藻亭苦雨相憶依韻作答 一九四六年夏作

平生久有歸畊約，下峽囬關事匪遙。世變豈期原上火，鄉心知似海門潮。（藻亭以時事日亟頗動歸鄉之念）北來三月同聽雨，南去一枝暫寄鷯。好待秋風重踐約，欃槍掃盡已寥寥。

題畫紅梅 約一九四七年作（四首）

絕世丰神入畫難，丹砂水活獨淩寒。枝頭數點紅如火，不許人間冷眼看。

瘦骨能開豔豔花，枝頭時露影橫斜。天心故作春濃色，點綴孤山處士家。

家山風月古羅浮，五十年前結伴遊。記得暗香疏影外，輪囷絳雪我為留。

寫遍穠桃又紫薇，天寒羣卉歇芳菲。紅梅饒有衡寒意，為問陽春歸未歸。

《丁巳聞見錄》編後題句 一九四七年作

紫色鼃聲久亂真，誰將野史付傳人。鐵函井底千年在，死向空山筆不神。

題畫山水 一九四七年作（四首）

茅屋柴關遠市城，桐蔭滿地月初生。不須更覓桃源住，且聽山泉到枕聲。

嶺外雲山地更幽，簾泉曾為數宵留。夢囬五十年前事，圖畫分明似舊遊。

東風吹水荻芽齊，新柳條條盡向西。睡起漁翁醒未解，一篙春雨滿前溪。

十丈青松百丈泉，幽人閒對靜中天。長安日日車塵裡，太古深山不計年。

戊子十一月既望危城枯坐念藻亭離江返粵已旬矣下月初四為其七十五生朝成詩兩章遙以為祝 一九四八年冬作（二首）

歸心夢到越王臺，卌載鄉思撥不開。江表震驚君已去，薊門烽火亂方來。紛紛爭戰嗟何劫，擾擾流離大可哀。且喜釣遊存舊俗，聊將詩酒待春囬。

臘酒新篘歲月寬，鄉音今日羨君歡。幾多親舊杯同把，七五年華指一彈。縑楮留知和氏璧，（弟題蜀書紙尾句）貂蟬空負惠文冠。天風不隔家山路，異日相逢未是難。

題張敔園駰驪在坰圖 一九四九年作（二首）

羈馽剔燒馬性悲，孫陽空繫世人思。丹青妙入神駒骨，未必駰驪感故知。

敔園奇逸世無雙，老去鹽車氣不降。天廄凡材四十萬，銀鞍錦幛碧油幢。

臘月初二得藻亭在澳九日登高見憶詩時近藻亭生朝次韻作畣並為之壽 一九五〇年一月作（二首）

九秋卦氣剝孤陽，碩果難存問彼蒼。酒熟誰過陶令宅，菊荒且宿贊公房。心縈濠鏡三更夢，書到燕臺百結腸。望八弟兄安是福，起瞻南極正稱觴。

卅年前已咲新亭，甘啜糟醨我自醒。螳斧寧知車有式，魚更不瞑髩成星。卷葹均草抽難死，大被姜年老復青。燕粵路遙人豈遠，犀心相契久通靈。

題明末遺逸詩翰 約一九五〇年代初作，據商衍鎏先生《康樂老人詩草》過錄本所附。

尚有零縑見逸民，海隅姓字未全湮。淒涼明末荒蕪日，多少山林獨往人。

題白水山人賴鏡遺墨 約一九五〇年代初作，據商衍鎏先生《康樂老人詩草》過錄本所附。

五嶺羅浮稱佐命，何年左股失蓬萊。披圖我欲從公去，水複山深杜宇哀。

題畫扇送李際唐寄澳門　約一九五〇年作

九月燕郊水見冰，故鄉濠鏡尚炎蒸。春來無此好顏色，紅樹深圍綠幾層。

瞿季剛六十初度　約一九五〇年作

太學君如玉樹春，綺年才氣軼羣倫。重逢互訝鬚眉古，少別相望耆耄人。抱負夙應當治亂，
經綸聊與裕商民。滄洲再到看桑海，喜見萊衣分外親。

題北堂授經圖　約一九五〇年作

桓君短布歸鄉日，歐母含辛課子年。畫磚直如灰畫荻，求師何異古求賢。買書不惜千金貴，
志聖常為五教先。處士家風儒行席，紫陽一脈世相傳。

八十初戴花鏡　一九五〇年作

中年爛爛光生電，老去昏昏耄始知。燈下細書今賴汝，花空再起問何時。

和藻亭重陽登高見懷　一九五一年作。丙辰（一九一六年）重九，與藻亭同遊西湖，登北高峰。下山忽聞兵起，滬杭路斷，改從海道歸。

閒中得弟重陽句，棖觸杭州北高峰。驀聽鼓鼙斷歸路，悵今塵海尚兵衝。時艱懶對菊花酒，
老健思為臺笠農。白塔巍巍宅畔峙，登臨補我一扶笻。

不見　約一九五一年作

不見嶔崎磊落人，滿腔肝膽自輪囷。華嚴難界十重海，禹跡驚飛九片塵。萬古風雲哀末劫，
一時功烈歎無倫。神州乍轉洪濤定，應有黃虞皞皞民。

答藻亭有感原韻 一九五一年作

紇干山下凛寒威，三海篸中愛晚暉。有客忘寒尤避熱，常隨四序養天機。

辛卯仲冬讀量行先生述祖德詩敬賦一律 一九五一年冬作

香江豪傑老鴟夷，祖德孤吟靈運詩。列肆遠分寰海國，雄才妙合古人師。仁聲萬口傳中外，義行千般首孝慈。九十五年疇福備，詒謀代代頌昌期。

埋憂 約一九五三年作

錐存有地可埋憂，曠劫悲心無盡愁。骨硬自忻冰雪暖，腸剛終是貌言柔。名爭鼠穴千般計，酒入詩懷萬事休。醉裏不知垂翼大，南溟風浪等浮漚。

藻亭八十生日值吾兄弟鄉舉重逢未能聚首以詩為祝 一九五四年一月作（二首）

耄年兄弟喜康強，甲午重逢共舉鄉。（明年甲午為吾兄弟重宴鹿鳴）常棣習聞同玉署，巍科今見賸靈光。（鼎甲餘第一人）法書自有連城價，（弟題潤格後語）寫竹能兼大草長。（弟畫竹二十餘年入蜀後習大草甚勤純以寫草之法寫竹故能瀟灑圓勁）舊稿詩刪留雅正，（弟近刪選舊日存稿）任渠時世有新妝。

亂後纔歸兩度來，殷勤壽我手中杯。（丁亥自蜀辛卯自粵皆為余生日來京）聯牀未遂徂冬願，（本欲過冬方歸終以事阻未果）夜雨常添去日懷。四代孫曾安是福，三行兒女用能才。名榮家慶皆堪慰，留取餘歡亦善哉。

遺山壽趙受之律灰韻押入懷字詩經懷字本音皆讀回

酬藻亭八十生日之作 一九五四年初作（二首）

歷歷緣隨八十年，悲歡覺後見吾天。硯田有穫仍豐樂，心氣能平即道詮。歲月未虛歸老計，精神同葆性真先。菩提百八常降住，兩地無妨共一禪。（答前三首）

散處兒孫各異能，南支分粵嗣名稱。始遷譜系傳家法，遷粵家譜成後近與藻亭議修南支北支分譜繼世雲礽接武興。文伯勤勞慈有訓，溫公儉德代相承。知君祝我枝爭發，我亦掀髯一笑膺。答第四首

藻亭先生《癸巳八十自壽》詩見《商衍鎏詩書畫集》戊子年增補本上編第一三五頁，文物出版社二〇〇八年五月第一版。

題香江送別圖 一九五五年初作（二首）

北塞冰霜南暑雨，海枯石爛見交情。風雲變滅人天事，回首何堪問死生。

海天櫂影久模糊，忍說當年別意無。萬古劫灰飛不盡，有兒辛苦抱殘圖。

乙未九秋重理舊稿三種抄成題一長律 一九五五年秋作

兀兀騰騰耄歲過，心光湛湛未消磨。兀兀不動騰騰不知其所以然便至八十五齡機忘久已無哀樂，境化爭能有黨頗。萬語千言真一吷，與亡得失揔陳窠。長安人海七尺榻，晨夕經聲洗病魔。西鄰古廟晨夕課誦木魚經聲無一日斷洗我之耳洗我之心身心安和病魔一洗

丁酉漢臘四日藻亭弟八十四生朝近以書札往來各抒所見初有同異終與相合喜而賦此因以為壽 一九五八年一月作（二首）

智樂知從顛沛見，天懷朗澈自悠哉。三年海外驚奇劫，八載川西慶復回。境逆嘗因寬獲福，心平何慮事成災。隨緣便是長生訣，我亦忘年壽一杯。

世事紛紛類轉蓬，每於客裏見家風。人生有別情方密，遇合無因道始公。支派不妨存南北，孫曾常喜任西東。歸根自有相同地，寧待安排在老翁。

垂暮自題 一九六〇年作，詩題為編校者所加。

殉道殉身衷一是，唯從初念見其真。殺機人發天反覆，直道心存動鬼神。稚柏能安冰刺骨，貞松寧畏麝成塵。紛紛成敗歸元理，定論留將後世人。

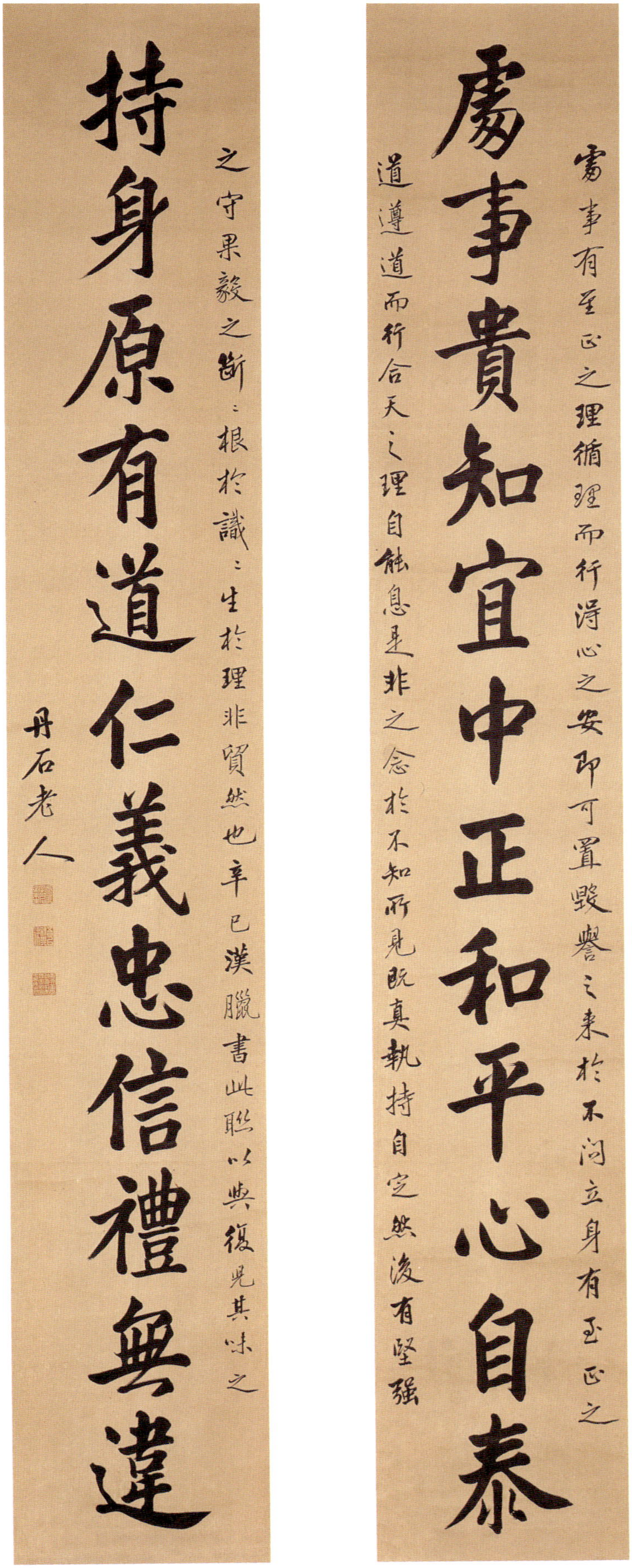

◉楷書十二言聯
一九四二年初書示三子承慈
每幅165×27厘米

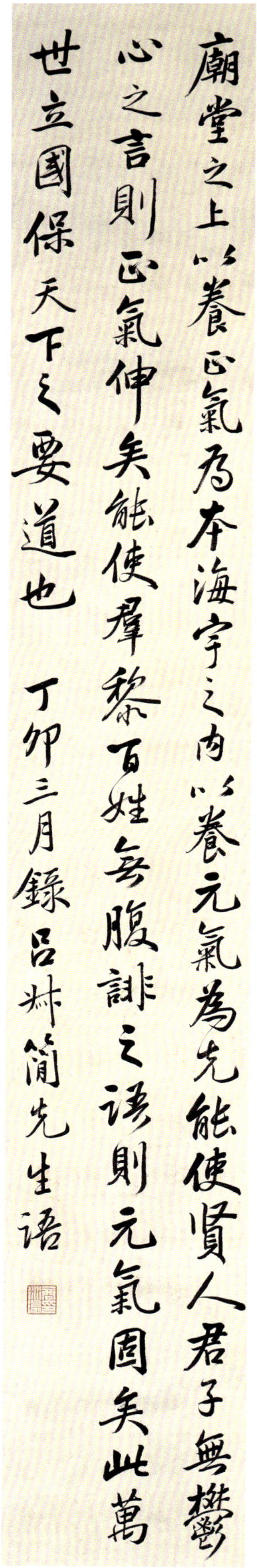
廟堂之上以養正氣為本海宇之內以養元氣為先能使賢人君子無鬱
心之言則正氣伸矣能使羣黎百姓無腹誹之語則元氣固矣此萬
世立國保天下之要道也 丁卯三月錄呂叔簡先生語

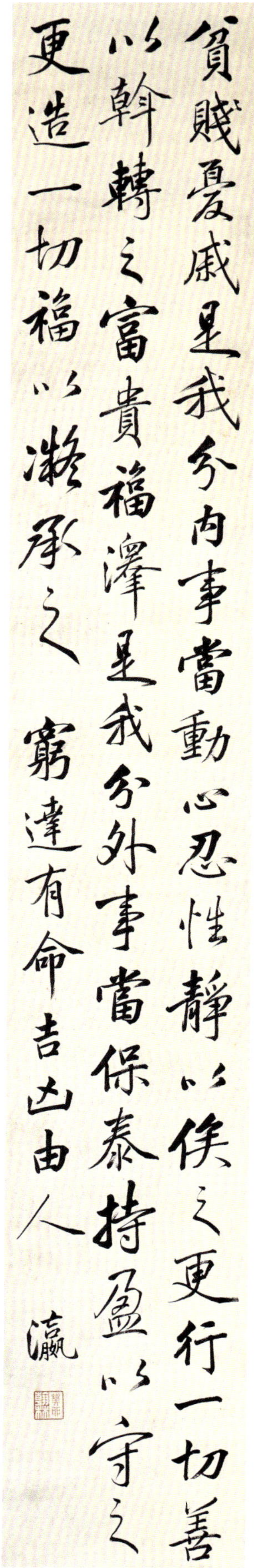
貧賤憂戚是我分內事當動心忍性靜以俟之更行一切善
以斡轉之富貴福澤是我分外事當保泰持盈以守之
更造一切福以凝承之 窮達有命吉凶由人
瀛

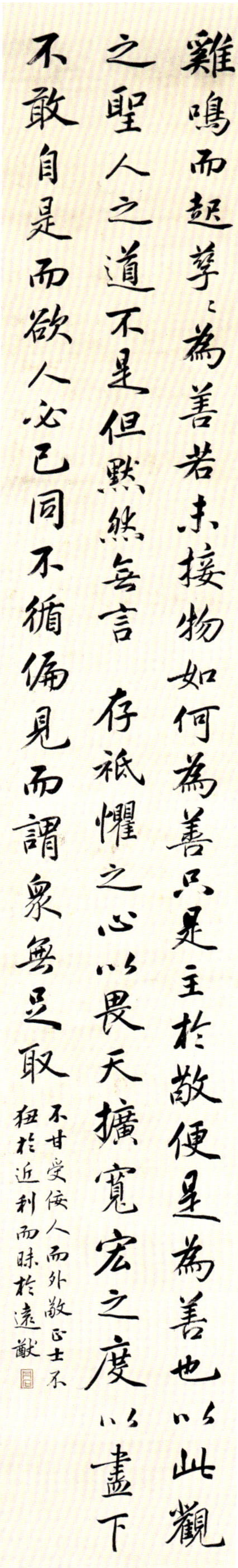
雞鳴而起孳孳為善若未接物如何為善只是主於敬便是為善也以此觀
之聖人之道不是但默然無言 存祇懼之心以畏天擴寬宏之度以盡下
不敢自是而欲人必己同不循偏見而謂衆無足取
不甘受佞人而外敬正士不狃於近利而昧於遠猷

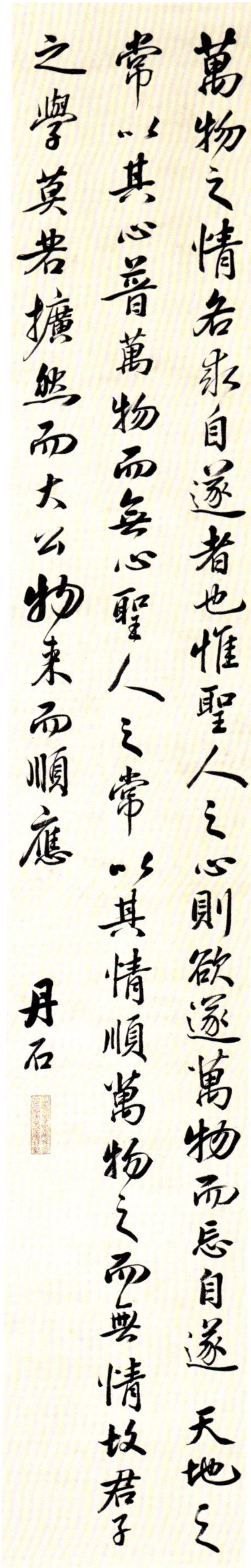
萬物之情各求自遂者也惟聖人之心則欲遂萬物而忘自遂 天地之
常以其心普萬物而無心聖人之常以其情順萬物之而無情故君子
之學莫若擴然而大公物來而順應
丹石

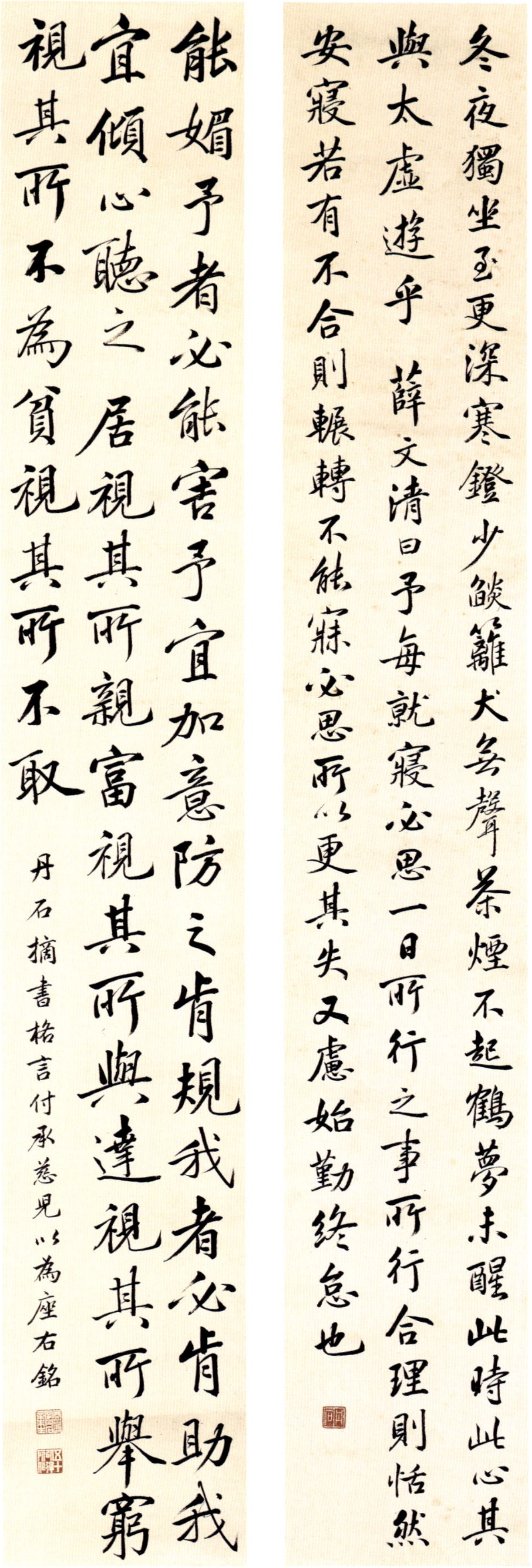
冬夜獨坐至更深寒鐙少燄籬犬無聲茶煙不起鶴夢未醒此時此心其
與太虛遊乎 薛文清曰予每就寢必思一日所行之事所行合理則恬然
安寢若有不合則輾轉不能寐必思所以更其失又慮始勤終怠也
能媚予者必能害予宜加意防之肯規我者必肯助我
宜傾心聽之 居視其所親富視其所與達視其所舉窮
視其所不為貧視其所不取
丹石摘書格言付承慈兒以為座右銘

◉行書六條屏
一九二七年春書示三子承慈
每幅131×20厘米

味道

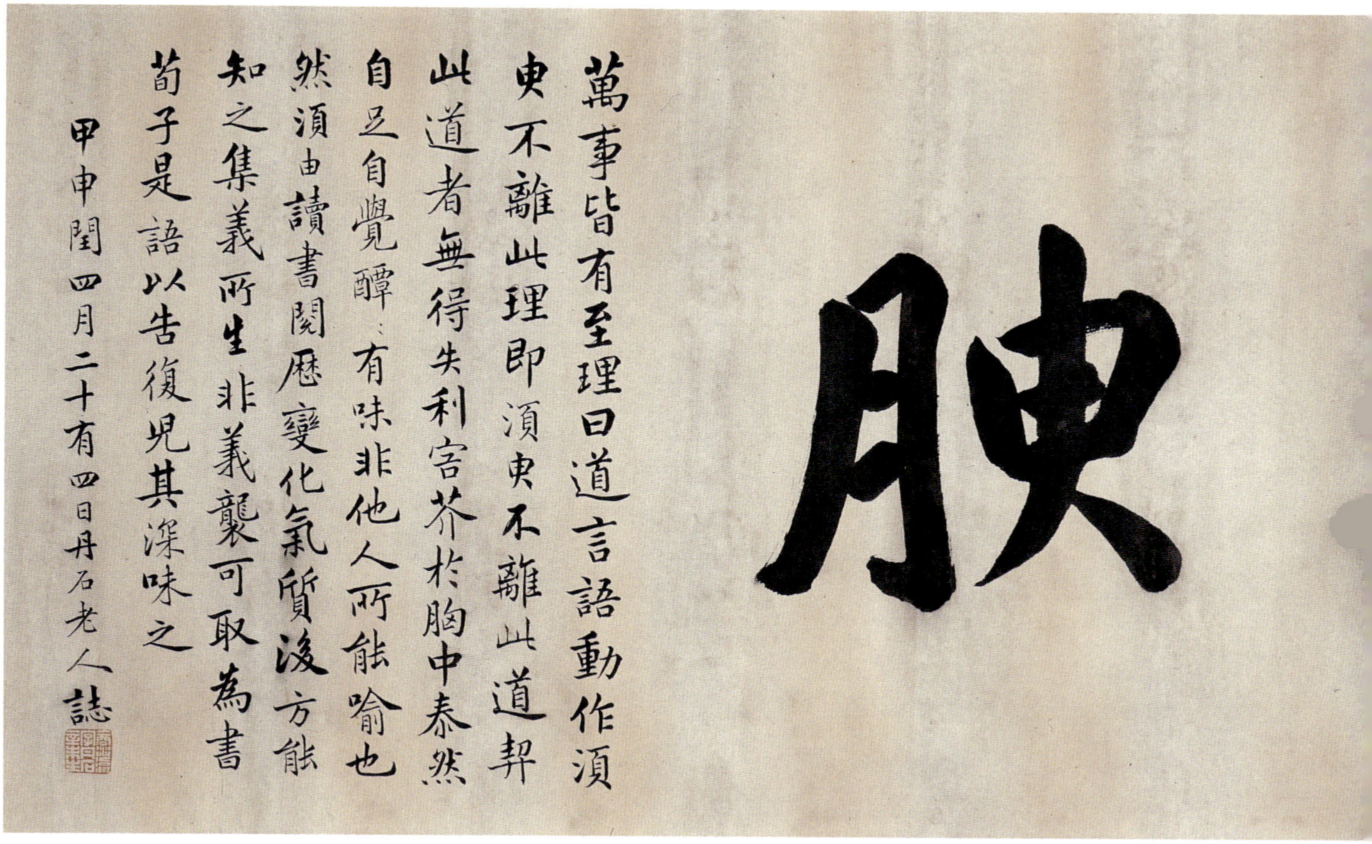
腴
萬事皆有至理曰道言語動作須
臾不離此理即須臾不離此道舁
此道者無得失利害芥於胸中泰然
自足自覺醰醰有味非他人所能喻也
然須由讀書閱歷變化氣質後方能
知之集義所生非義襲可取為書
荀子是語以告復兒其深味之
甲申閏四月二十有四日丹石老人誌

◉楷書匾額
一九四四年夏書示三子承慈
142×37.5厘米

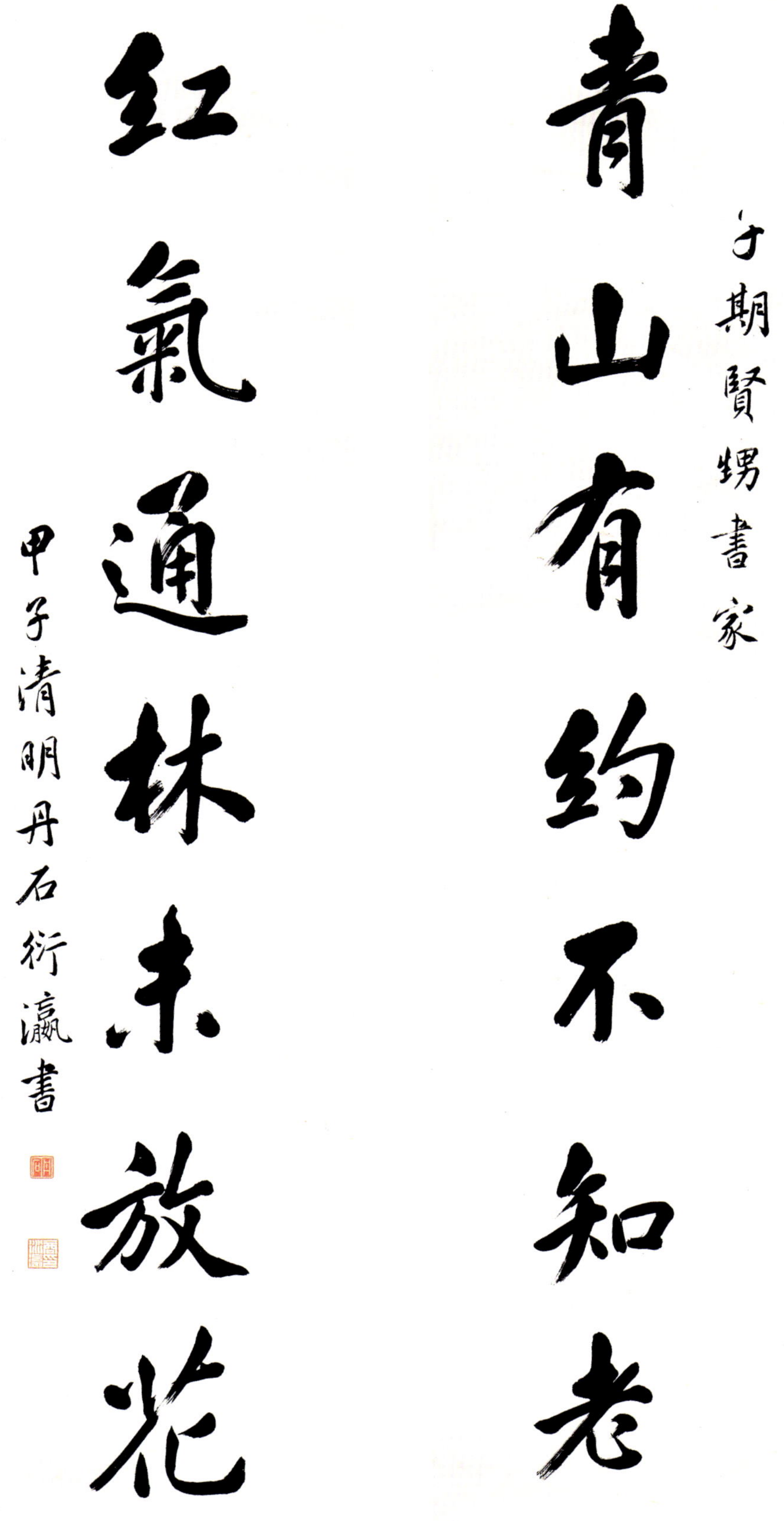

◉行楷七言聯
一九二四年春書贈女婿羅福頤
每幅131×31.2厘米

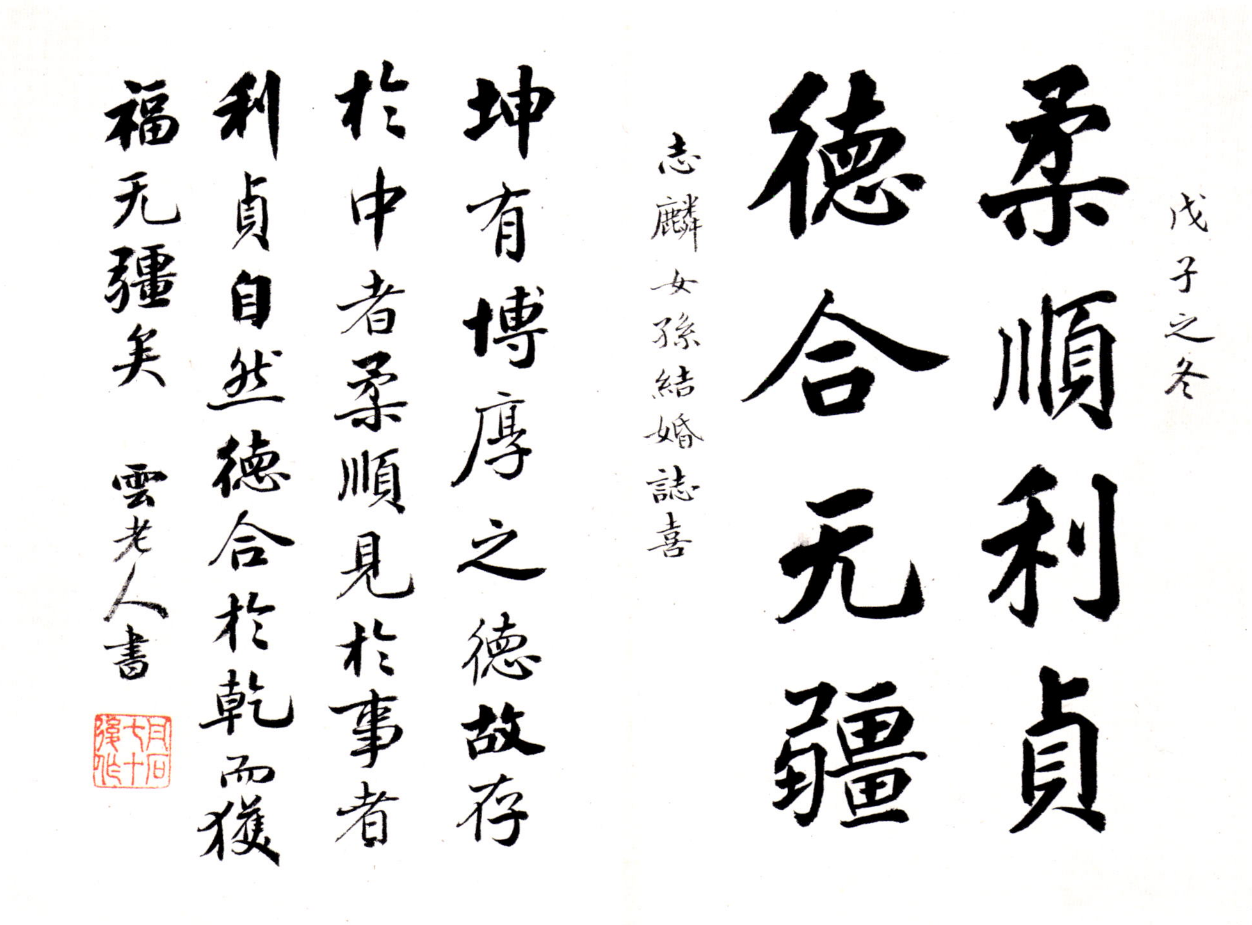
戊子之冬
柔順利貞
德合无疆
志麟女孫結婚誌喜
坤有博厚之德故存
於中者柔順見於事者
利貞自然德合於乾而獲
福无疆矣
雲老人書

◉ 楷書冊頁
一九四八年冬書示孫女志麟
《集錦添華》冊頁之一
32×25厘米

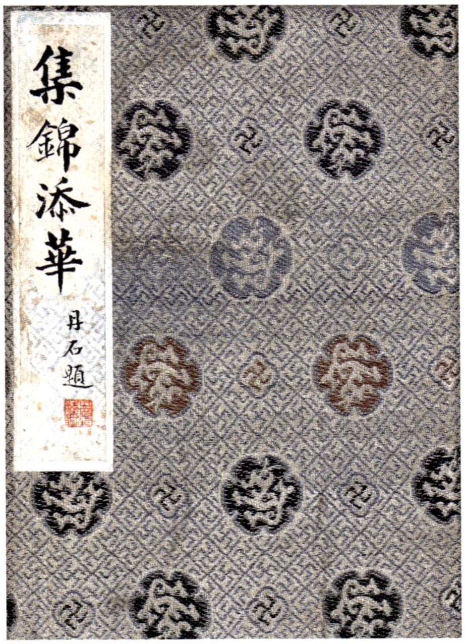
集錦添華
丹石題

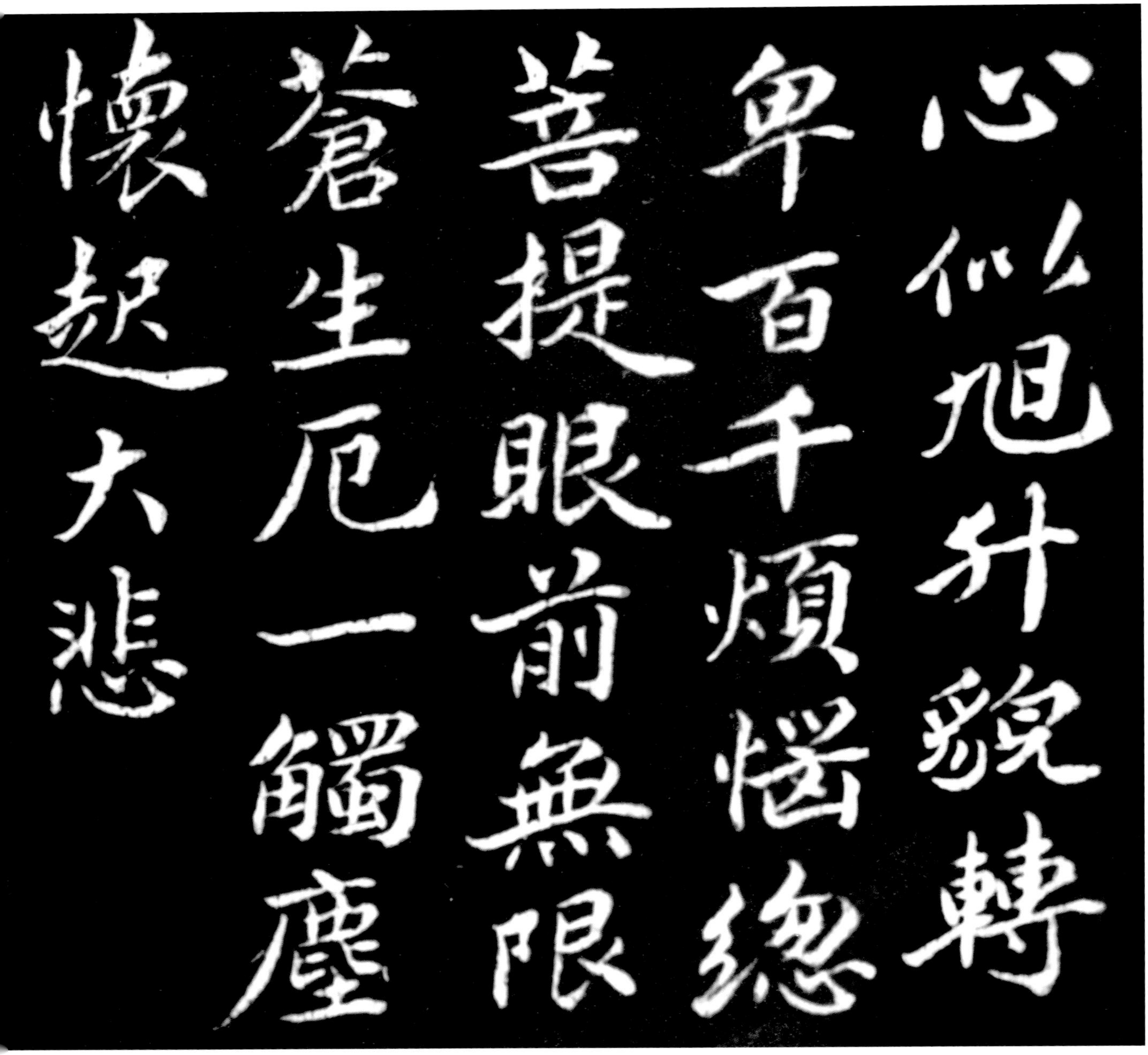
心似旭升貌轉
卑百千煩惱總
菩提眼前無限
蒼生厄一觸塵
懷起大悲

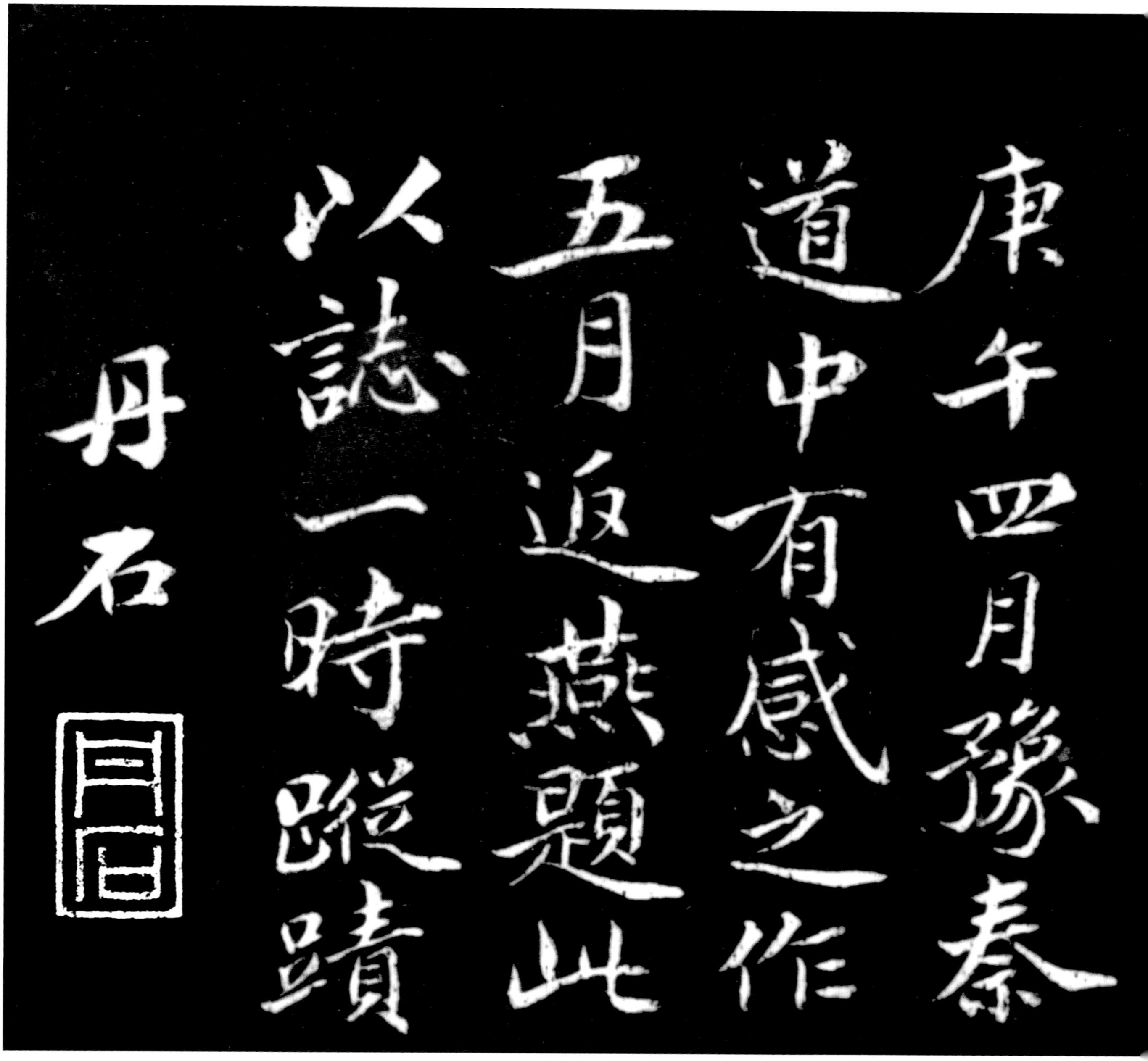
庚午四月豫秦
道中有感之作
五月返燕題此
以誌一時蹤蹟
丹石

◉楷書橫幅
一九三〇年夏作
據一九三〇年代所攝照片修訂，作品原大未知。

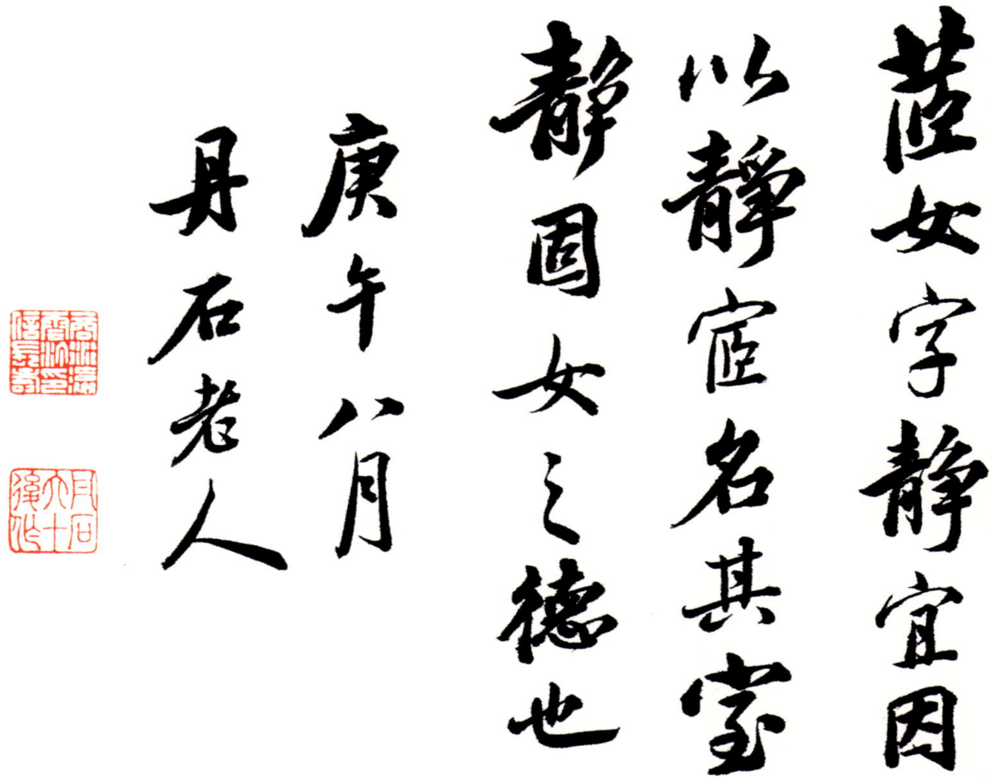

◉行楷匾額
一九三〇年秋書示次女靜宜
48×14厘米

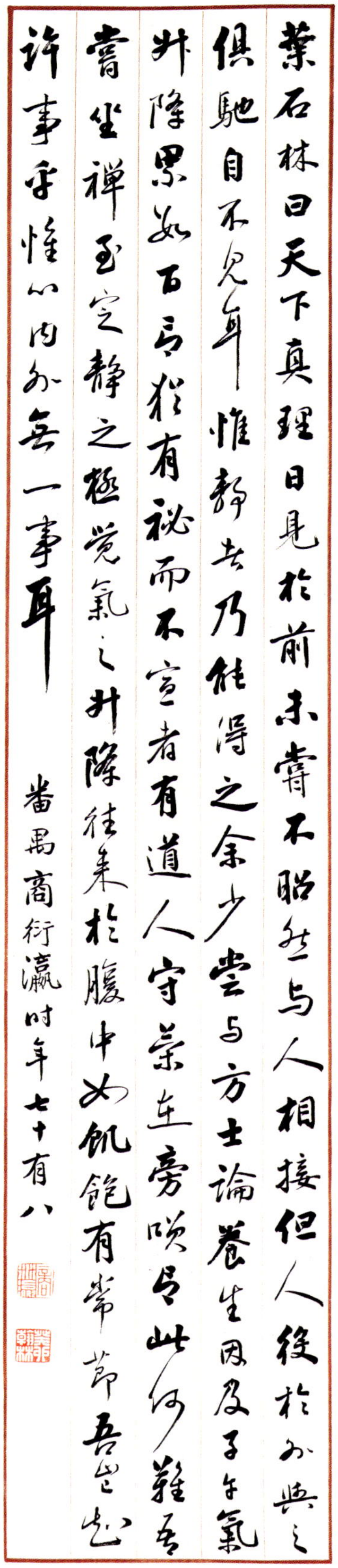

◉行書五行立軸
一九四八年作
130×32厘米

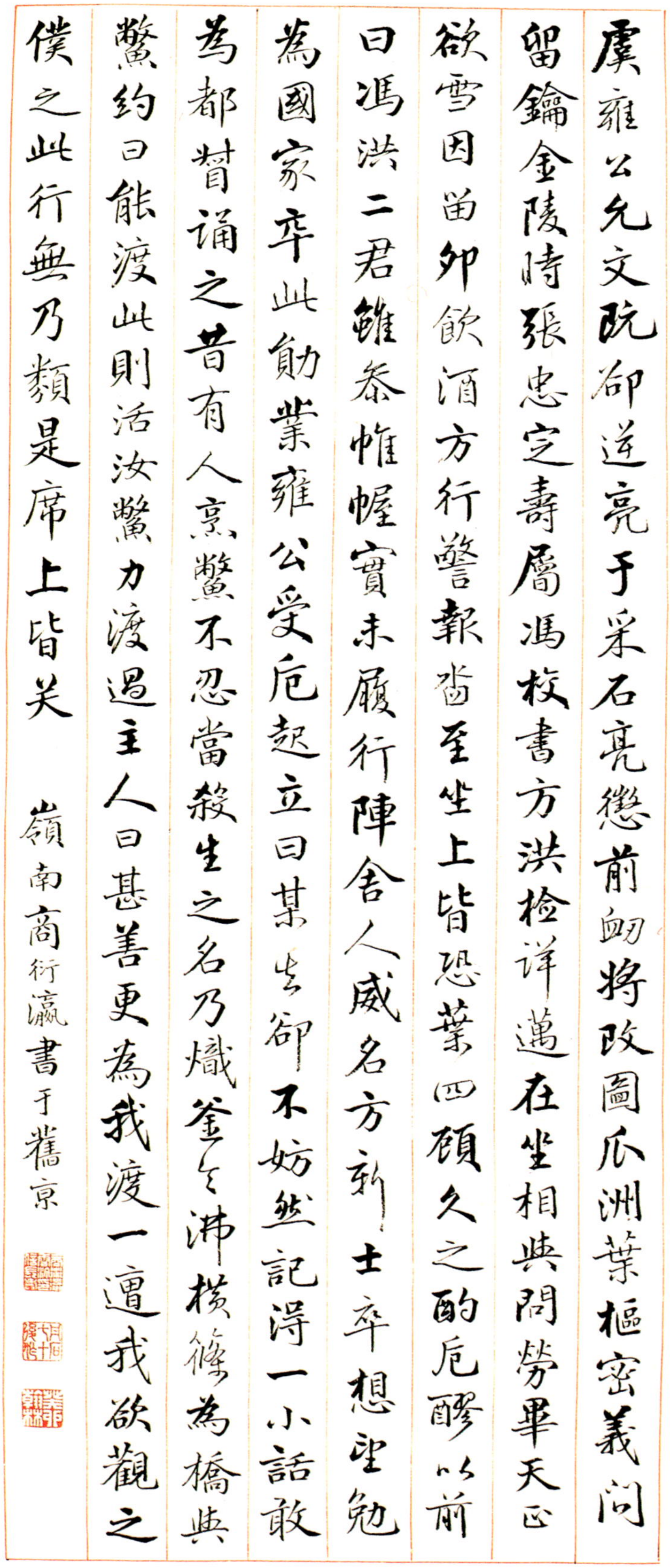
虞雍公允文既卻逆亮于采石亮懲前衂將改圖瓜洲葉樞密義問
留鑰金陵侍張忠定壽屬馮校書方洪檢詳邁在坐相與問勞畢天正
欲雪因留卯飲酒方行警報沓至坐上皆恐葉四顧久之酌巵酹以前
曰馮洪二君雖參帷幄實未履行陣舍人威名方新士卒想望勉
為國家卒此勛業雍公受巵起立曰某生卻不妨然記得一小話敢
為都督誦之昔有人烹鱉不忍當殺生之名乃熾釜水沸橫篠為橋與
鱉約曰能渡此則活汝鱉力渡過主人曰甚善更為我渡一遭我欲觀之
僕之此行無乃類是席上皆笑
嶺南商衍瀛書于舊京

◉行書八行立軸
約一九四八年作
163.4×25.5厘米

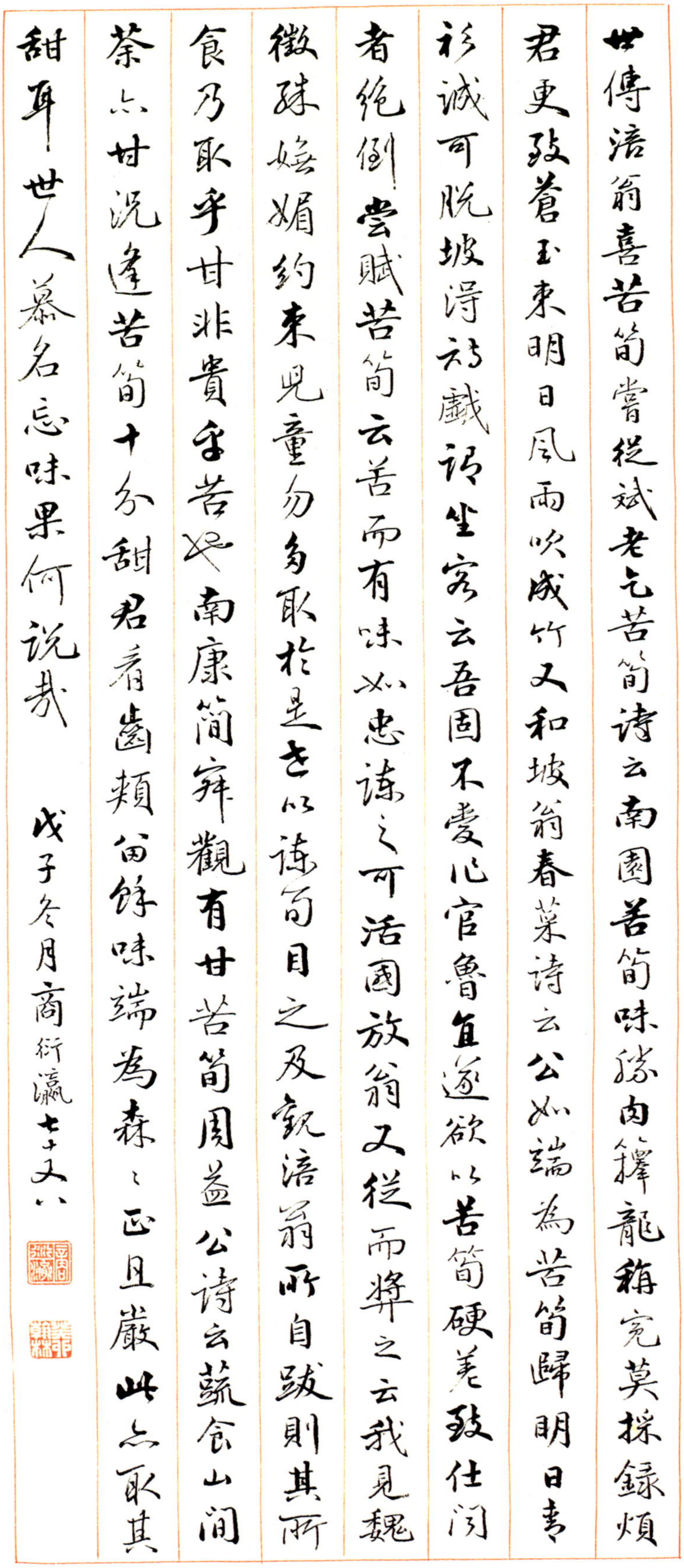
世傳涪翁喜苦筍嘗從誠老乞苦筍詩云南園苦筍味勝肉籜龍稱冤莫採錄煩
君更致蒼玉束明日風雨吹成竹又和坡翁春菜詩云公如端為苦筍歸明日青
衫誠可脫坡得詩戲語坐客云吾固不愛作官魯直遂欲以苦筍硬差致仕聞
者絕倒嘗賦苦筍云苦而有味如忠諫之可活國放翁又從而獎之云我見魏
徵殊嫵媚約束兒童勿多取於是世以諫臣目之及觀涪翁所自跋則其所
食乃取乎甘非貴乎苦也南康簡寂觀有甘苦筍周益公詩云蔬食山間
茶亦甘況逢苦筍十分甜君看齒頰留餘味端為森森正且嚴此亦取其
甜耳世人慕名忘味果何說哉
戊子冬月商衍瀛七十又八

◉行書八行立軸
一九四八年作
163.4×25.5厘米

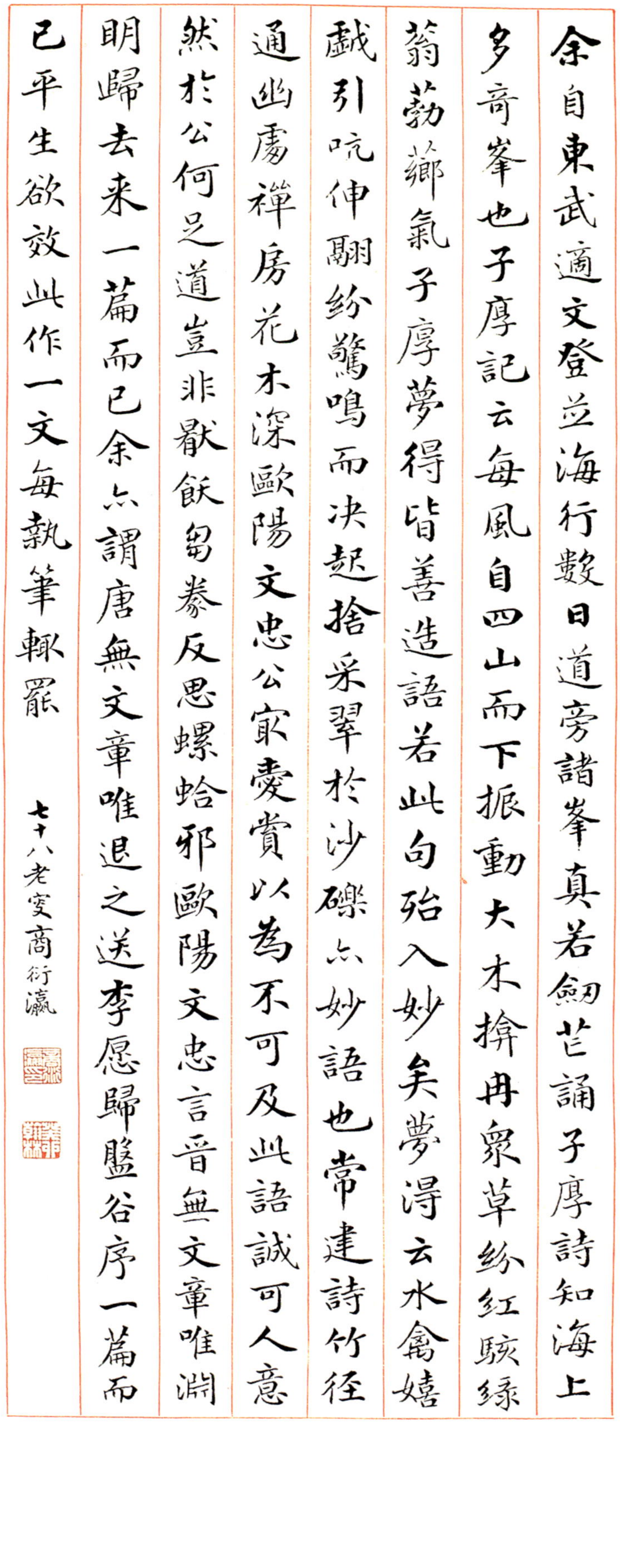
余自東武適文登並海行數日道旁諸峯真若劒芒誦子厚詩知海上
多奇峯也子厚記云每風自四山而下振動大木掩冉衆草紛紅駭綠
蓊葧薌氣子厚夢得皆善造語若此句殆入妙矣夢得云水禽嬉
戲引吭伸翮紛驚鳴而決起拾采翠於沙礫亦妙語也常建詩竹径
通幽處禪房花木深歐陽文忠公最愛賞以為不可及此語誠可人意
然於公何足道豈非猒飫芻豢反思螺蛤邪歐陽文忠言晉無文章唯淵
明歸去來一篇而已余亦謂唐無文章唯退之送李愿歸盤谷序一篇而
已平生欲效此作一文每執筆輒罷
七十八老叟商衍瀛

◉行楷八行立軸
一九四八年作
163.4×25.5厘米

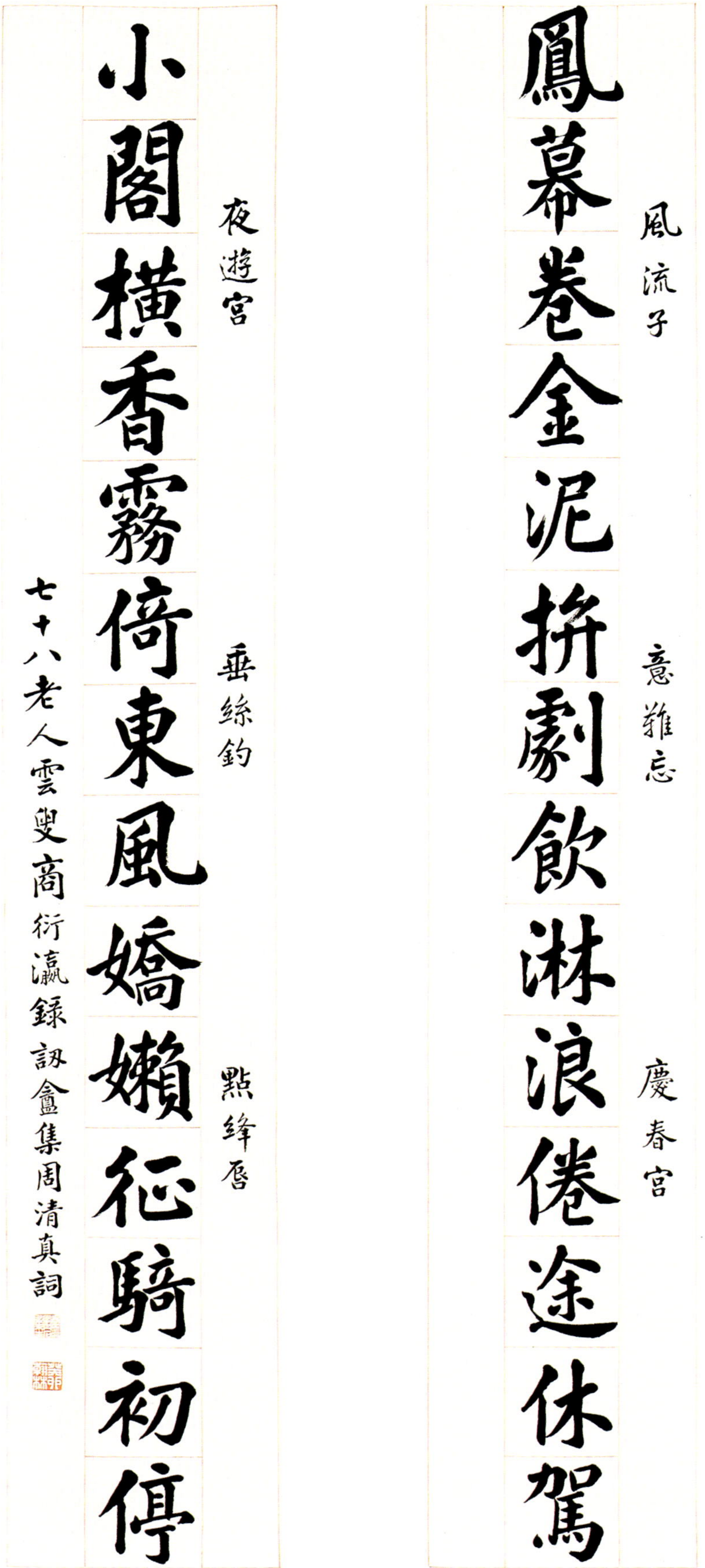
鳳幕卷金泥拚劇飲淋浪倦途休駕
風流子
意難忘
慶春宮
小閣横香霧倚東風嬌嬾征騎初停
夜遊宮
垂絲釣
點絳唇
七十八老人雲叟商衍瀛録訒盦集周清真詞

◉楷書十四言聯（深圳市博物館藏）
一九四八年作
每幅140.5×25.5厘米

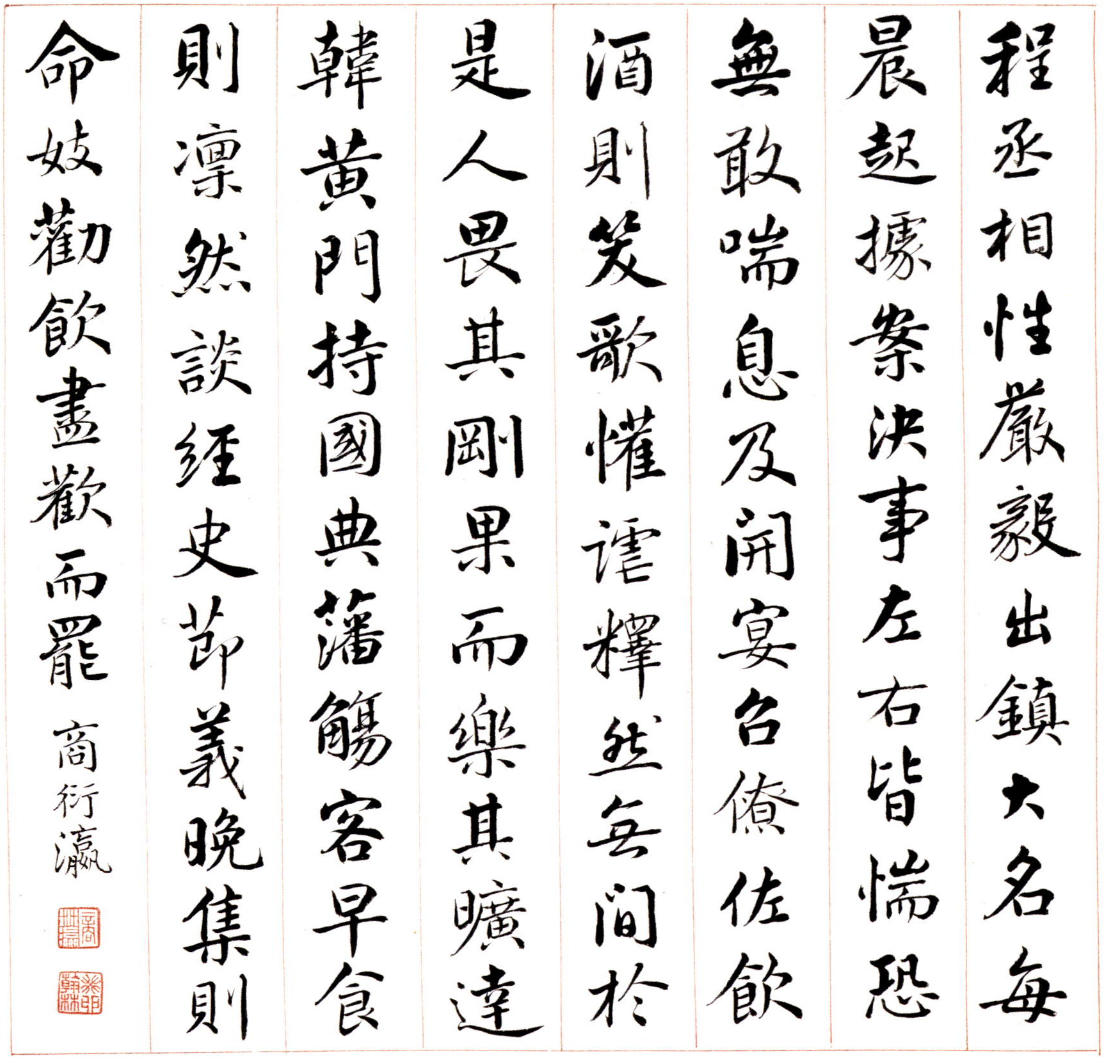
程丞相性嚴毅出鎮大名每
晨起據案決事左右皆惴恐
無敢喘息及開宴召僚佐飲
酒則笑歌懽譆釋然無間於
是人畏其剛果而樂其曠達
韓黃門持國典藩觴客早食
則凜然談經史節義晚集則
命妓勸飲盡歡而罷
商衍瀛

◉行楷鏡片
約一九四八年作

◉ 楷書成扇
一九四八年作
高18厘米 寬50厘米

◉ 行書扇面
一九三七年暮春作
高16.5厘米 寬52厘米

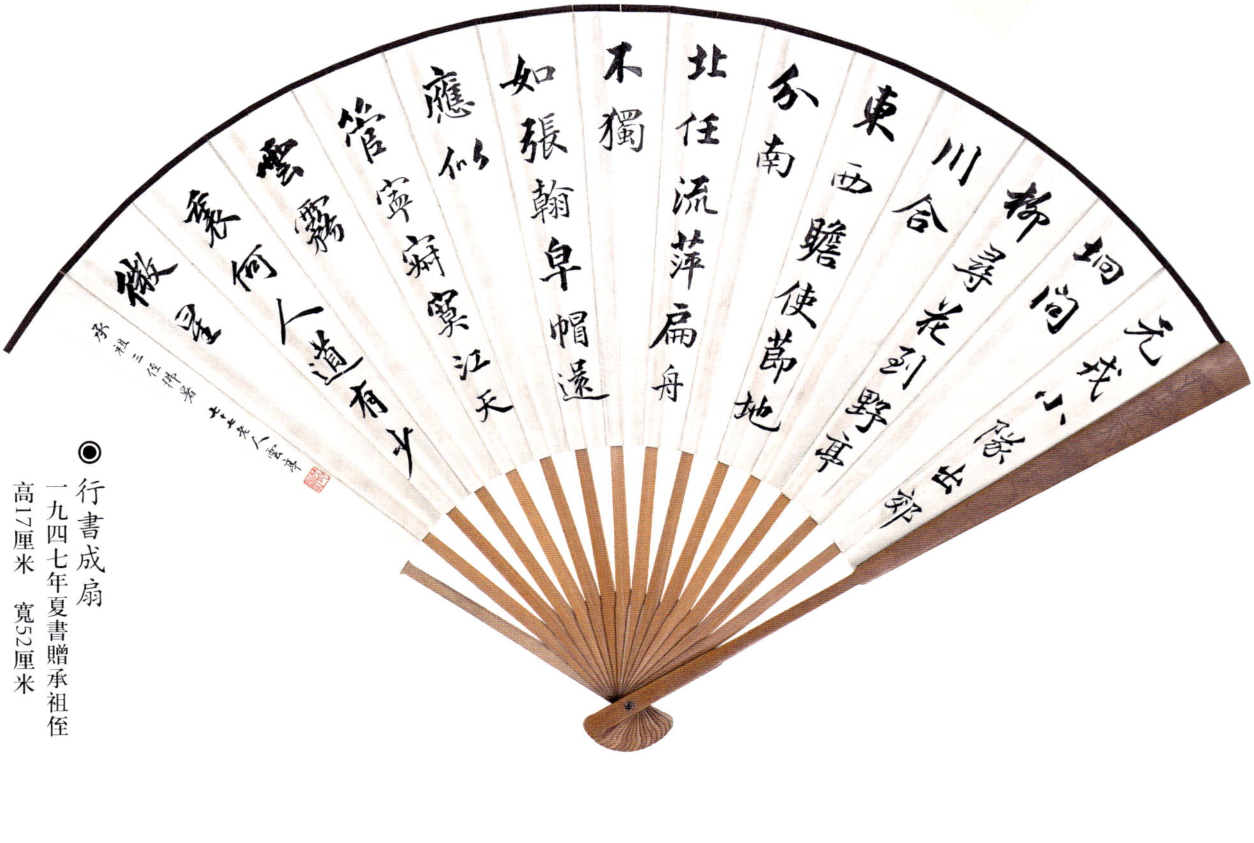

◉ 行書成扇
一九四七年夏書贈承祖侄
高17厘米 寬52厘米

題玉虹樓讀書圖

一代清芬唐子西　長春短頌不知疲　老年回憶專心鑑
味□似荷衣上字時　吾儕積習欣文字蠵蠡生
渥□□雄思言窮學妻夫　就窗邊自扉□來

著蘇亭有感重韻

統千山下渾實感三海移中愛晚睛有家忘
寒尤逼热常随四序卷天樣

美扇倩美法媚　戊子月

風上露鶯□去　八月天六朝人物氣如仙才筆早下
溫嶠脆吟詠浪舍道飆賢坤芝雁葦為春临南睡
在浙美詩為物家觀好春添妾舉墨相莊到□□

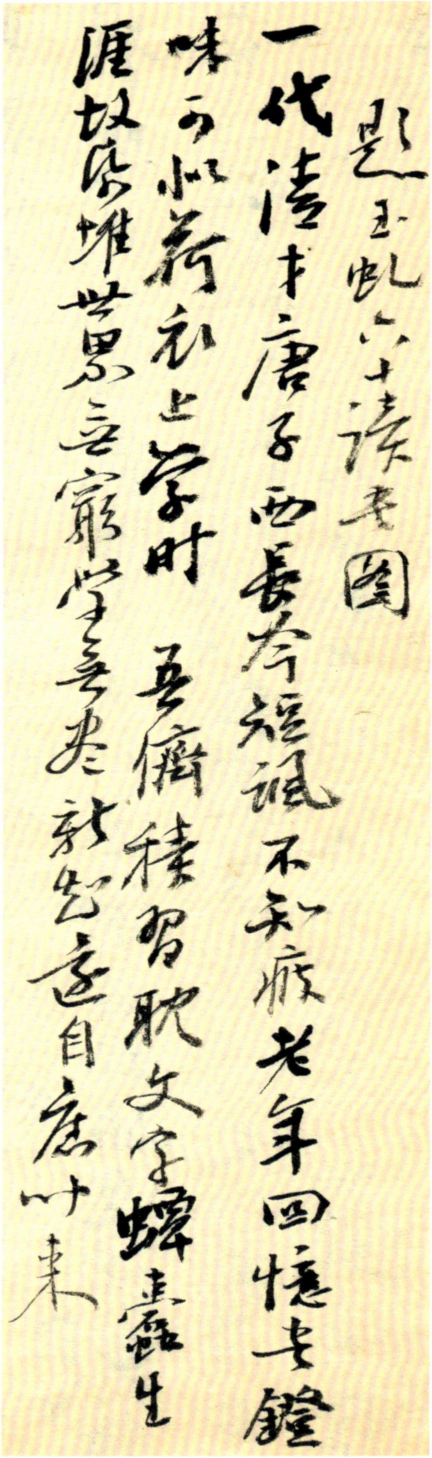

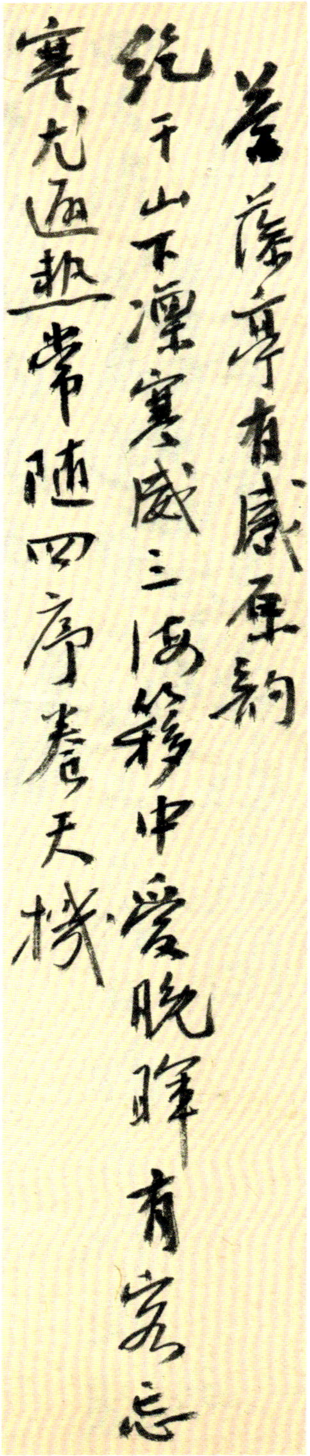

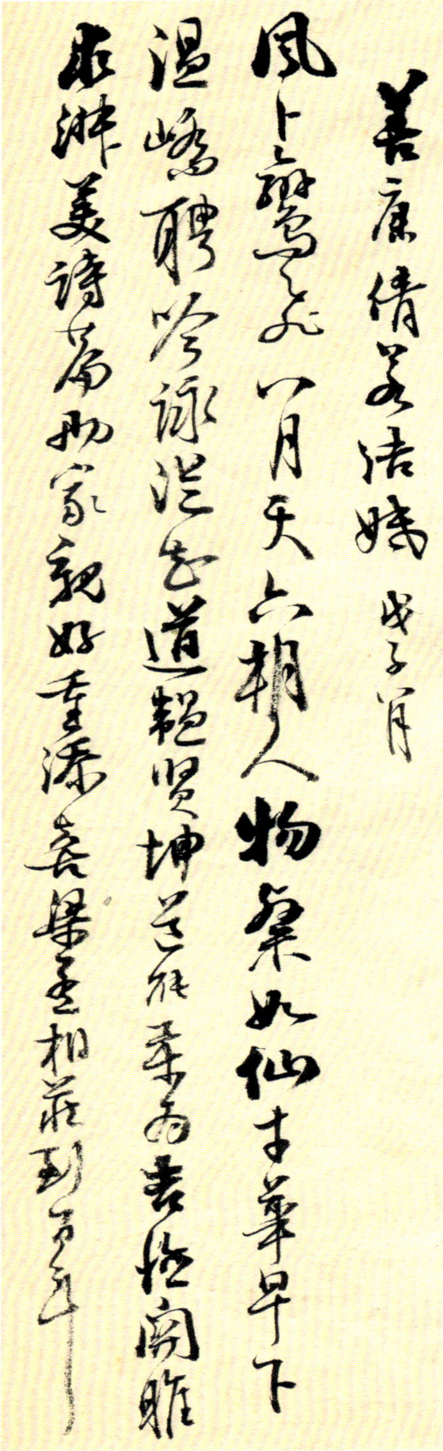

和魯琪同年壹宴之庚鳴

和韻志報生七十

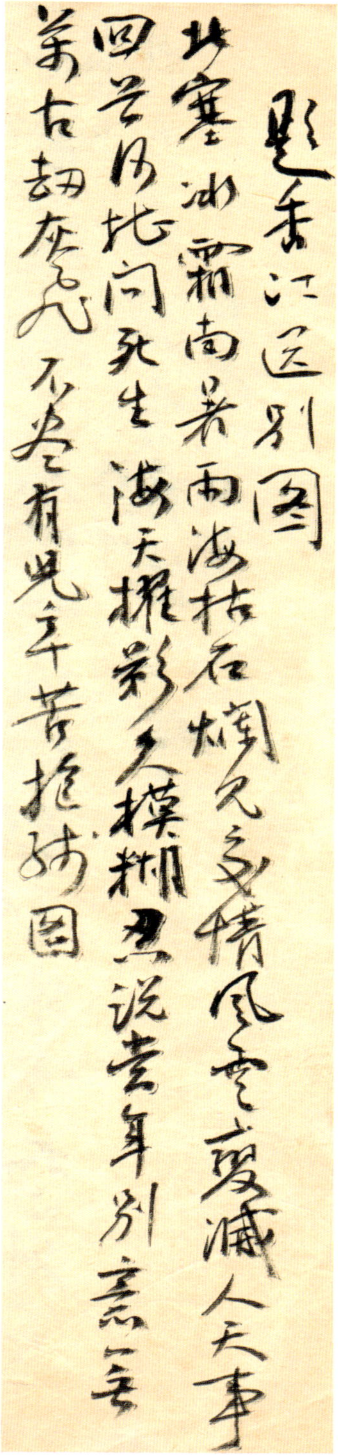

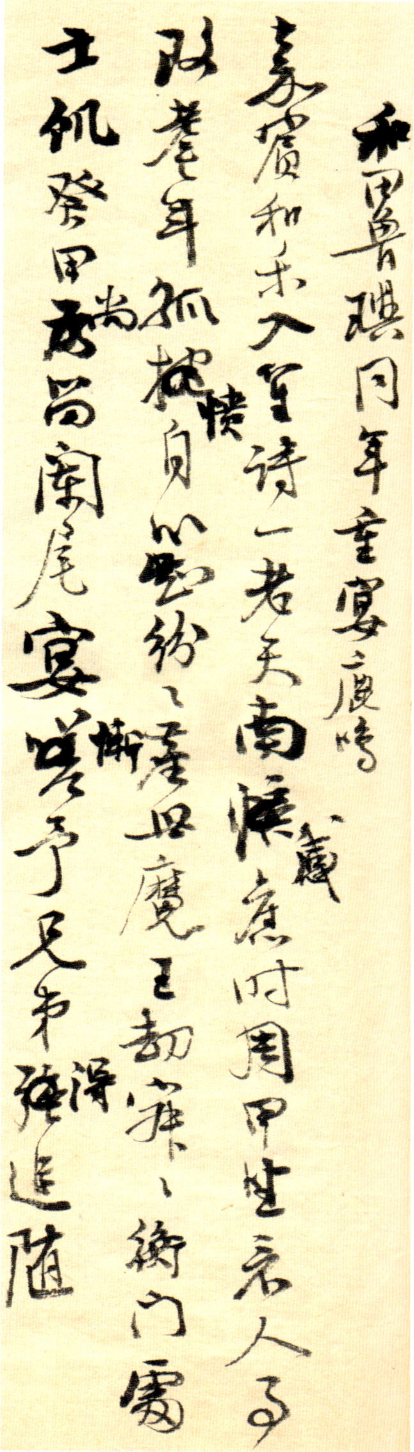

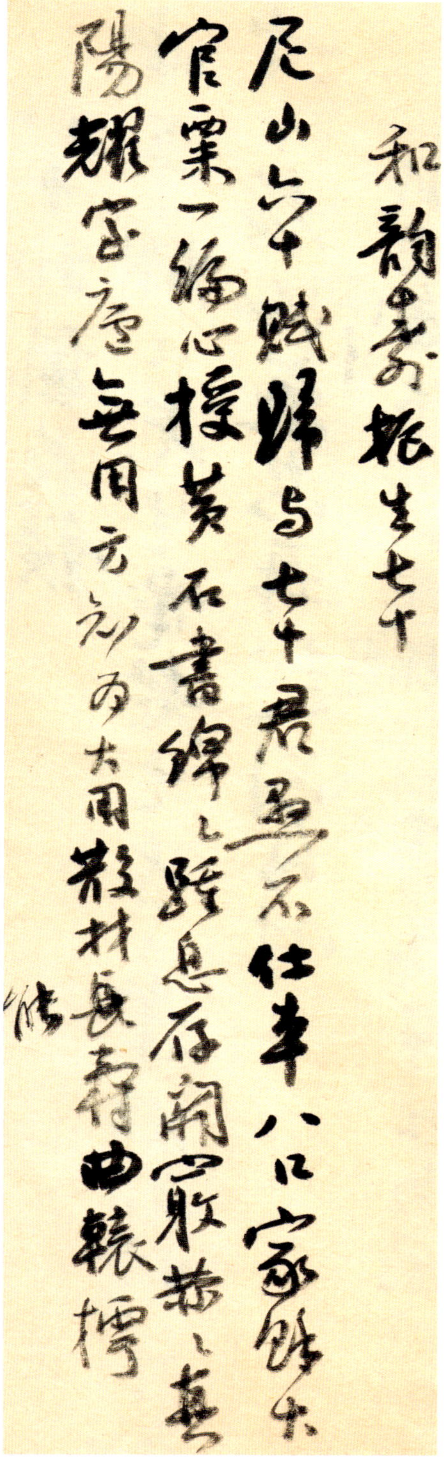

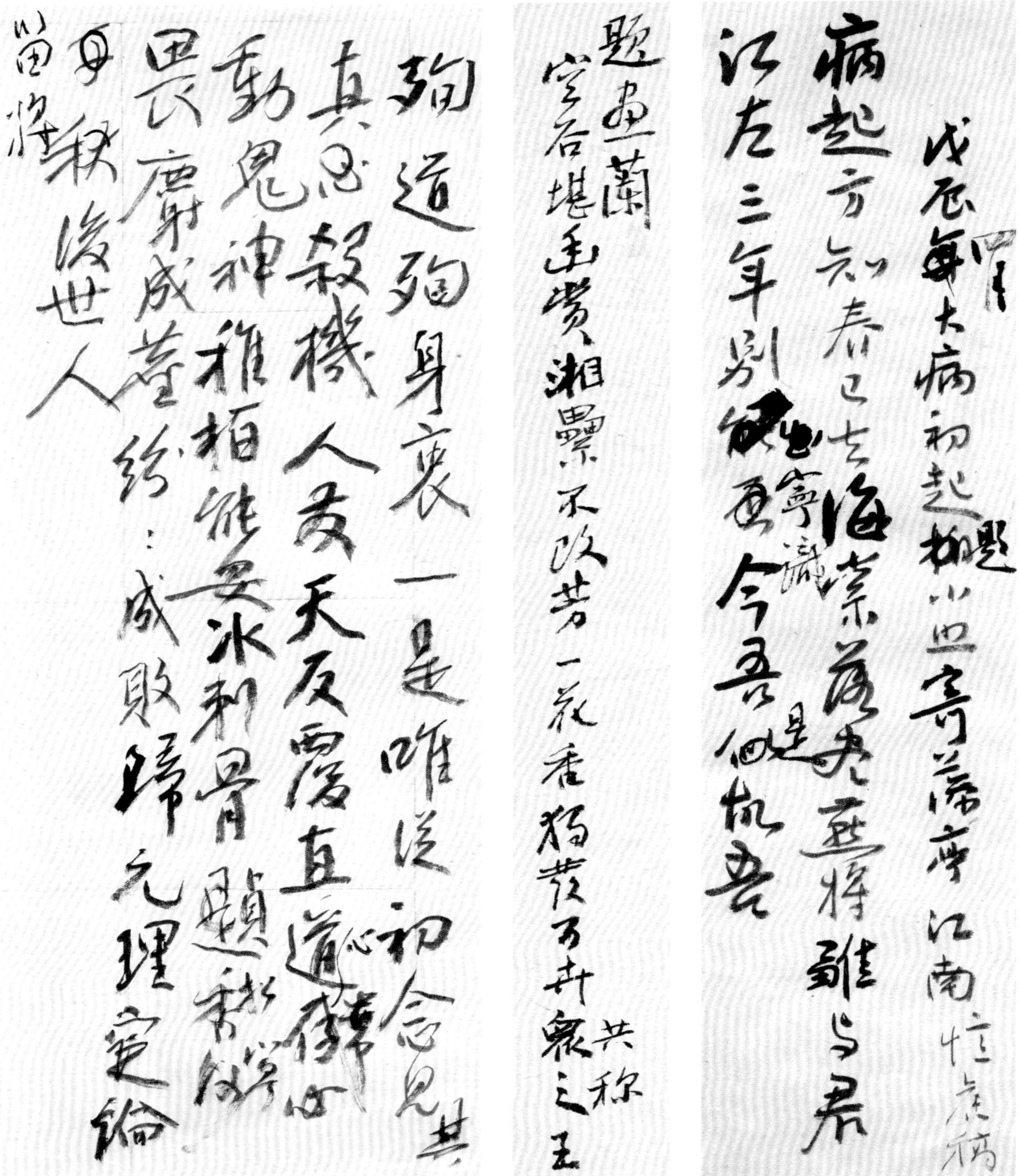

◉詩稿節選

以上九圖節選自作者晚年居京詩稿。近似原大。一至八幀寫於一九四七年至一九五五年間，未按寫作時間順序排列，其中第七幀爲憶録一九二八年所作舊稿，第九幀寫於一九六〇年作者臨終之前，詩本無題，在本書之作者詩選中由編校者加爲《垂暮自題》。

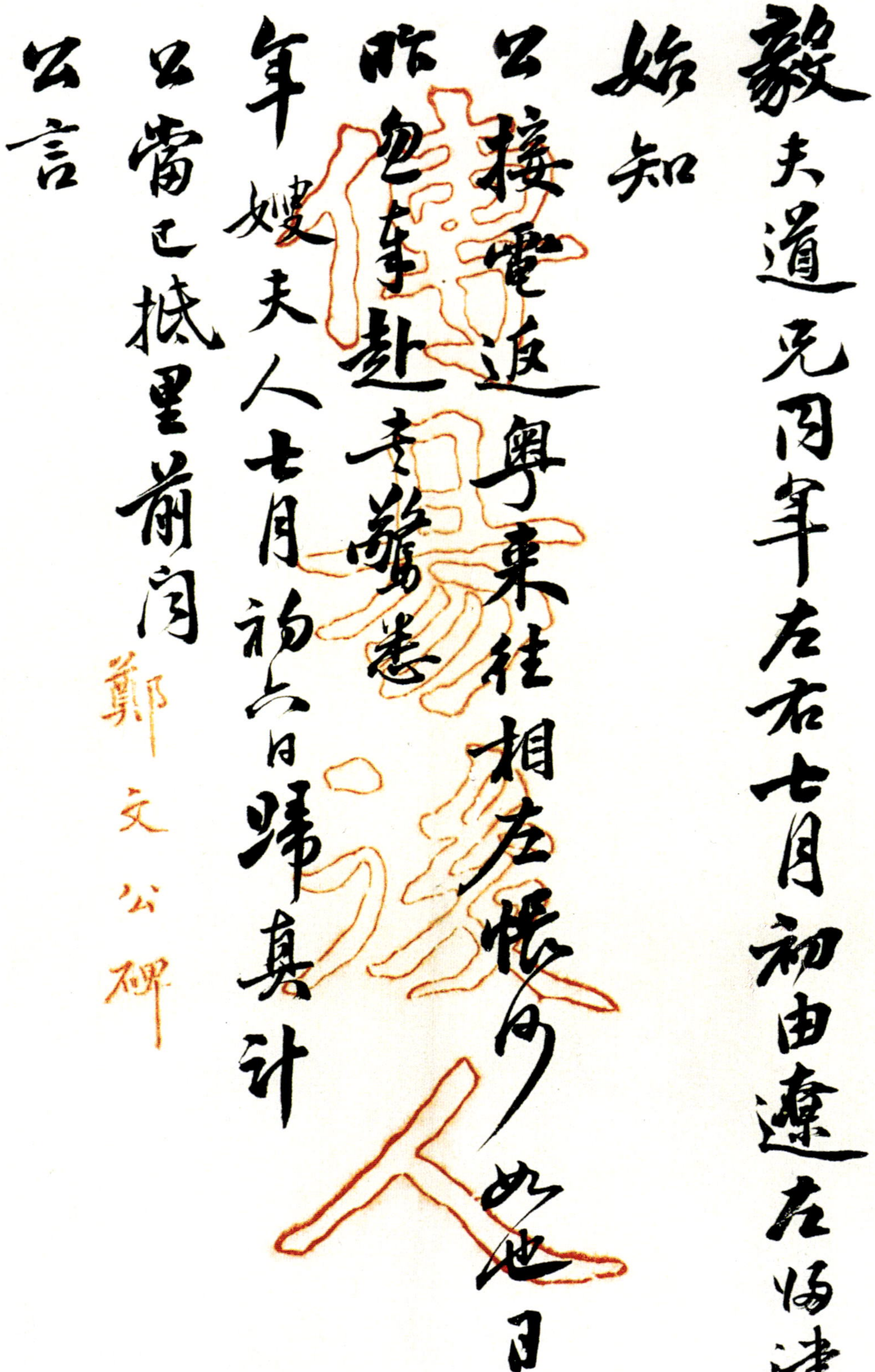

毅夫道兄同年左右七月初由遼左晤津
公接電返粵來往相左悵何如也日
昨忽奉赴告驚悉
年嫂夫人七月初六日歸真計
公當已抵里前聞
公言

◉致溫肅手札之一　一九二九年作　近似原大

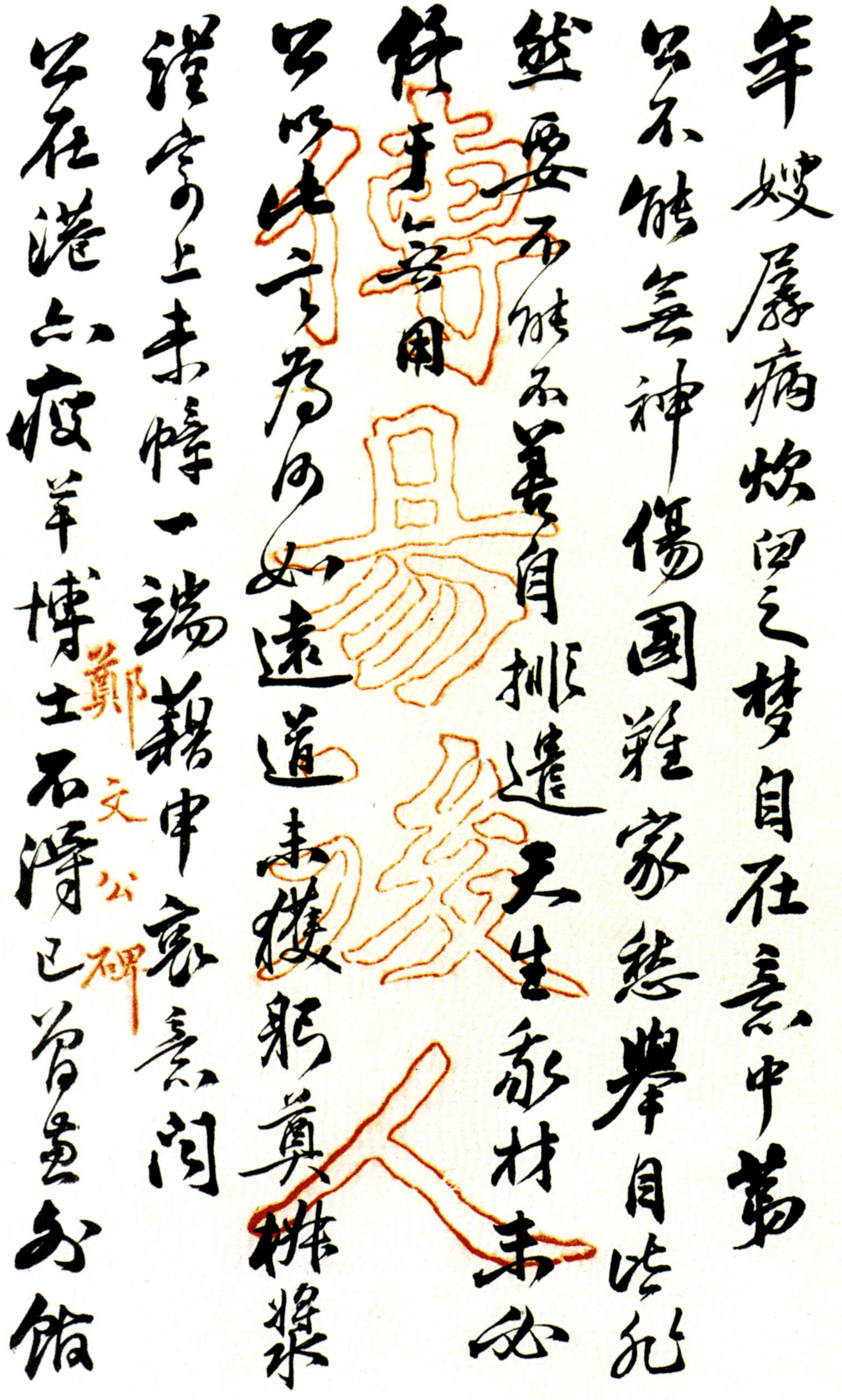

◉ 致溫肅手札之二　一九二九年作　近似原大

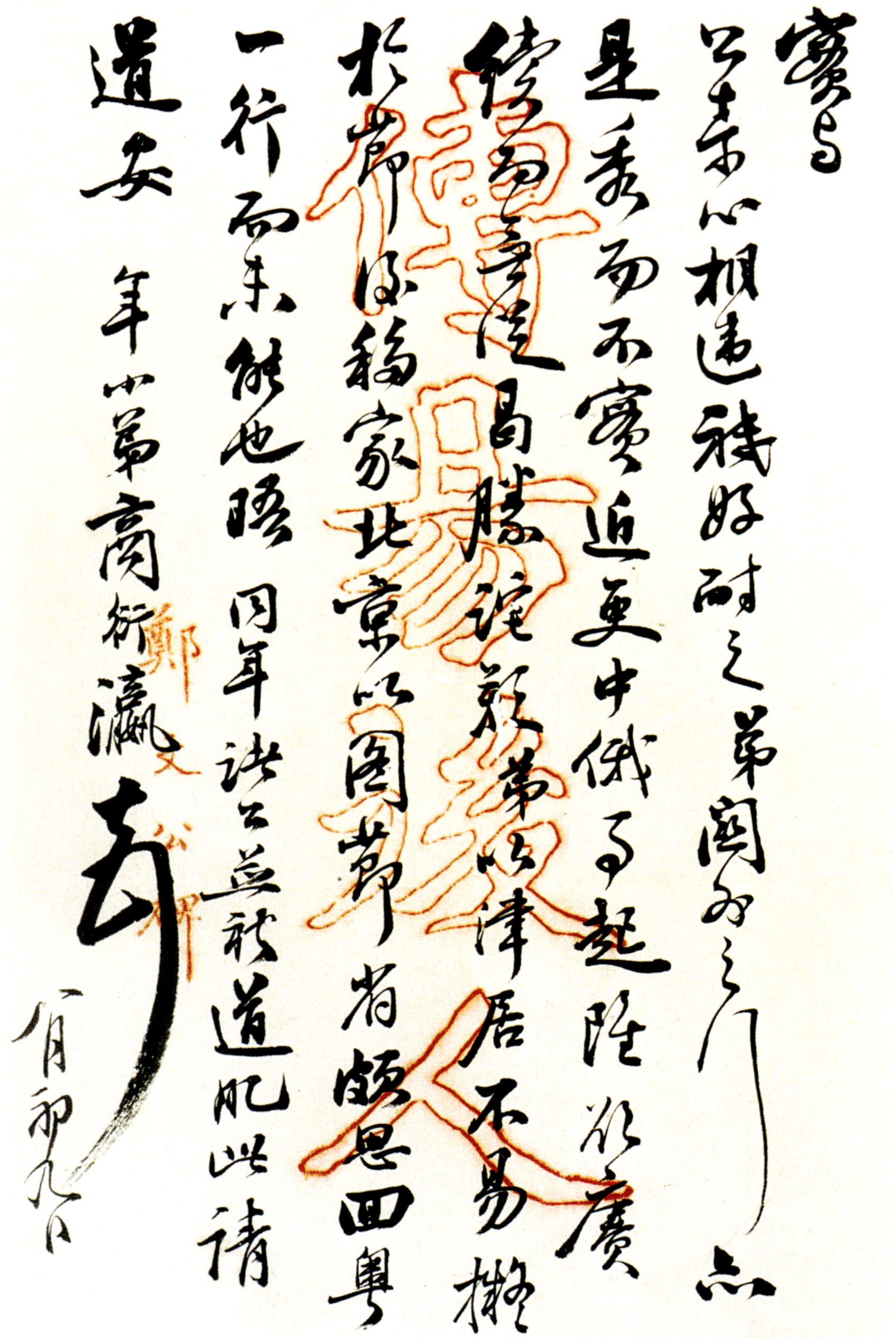

◉致溫肅手札之三 一九二九年作 近似原大

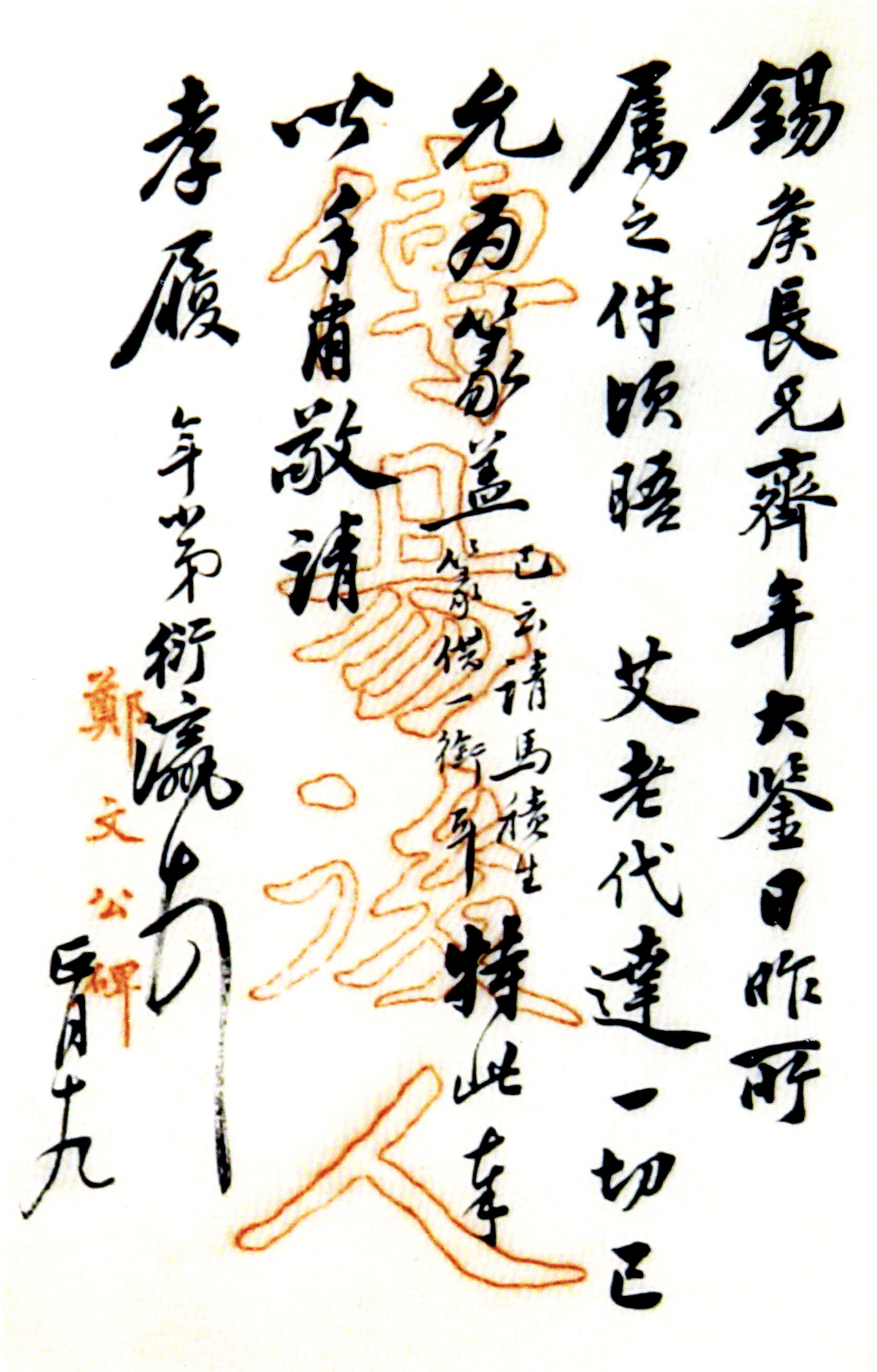
錫侯長兄齋年大鑒：日昨所屬之件，頃晤丈老代達一切，已允爲籌薦，已云請馬稜生籌借一衡年，特此奉聞，手肅敬請孝履。年弟衍瀛頓首　正月十九

◉致金梁手札　近似原大

商氏長房印信

印文：商氏伯子

印文：御賜 秉心丹石
（此印為羅福頤治）

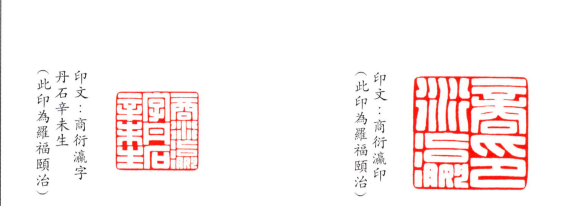

印文：商衍瀛印
（此印為羅福頤治）

印文：商衍瀛字丹石辛未生
（此印為羅福頤治）

印文：臣商衍瀛
（此印為羅福頤治）

印文：商衍瀛印
（此印為銅印）

印文：商衍瀛
（此印為羅福頤治）

印文：商衍瀛雲汀印信長壽
（此印為羅福頤治）

印文：商衍瀛
邊款：雲汀夫子大人誨正
受業王光烈製呈
（此印為王光烈治）

印文：商覺塵印
（此印為羅福頤治）

印文：商衍瀛印
（此印為羅福頤治）

印文：雲汀
（此印為羅福頤治）

印文：衍瀛長壽
邊款：李西刻為
筠汀先生壽
（此印為李西治）

印文：雲汀
邊款：辛巳嘉平月
希哲擬古小鉨
（此印為王光烈治）

印文：鈞汀
（此印為羅福頤治）

印文：丹石
（此印為羅福頤治）

印文：丹石
（此印為銅印）

印文：悟龕
（此印為羅福頤治）

印文：悟龕小印
邊款：己未二月作　景荀
（此印為商承慈治）

印文：丹石所作
（此印為羅福頤治）

印文：癸卯翰林
邊款：光緒三十有三年七月　幼槑摹漢官印
（此印為李輔燿治）

印文：丹石六十後作
（此印為羅福頤治）

印文：癸卯翰林
（此印為羅福頤治）

印文：丙戌七十六歲
（此印為羅福頤治）

印文：觀復齋
（此印為羅福頤治）

印文：觀復齋主人
（此印為羅福頤治）

印文：吾以觀其復
（此印為羅福頤治）

印文：丹可磨而不可奪其赤；石可破而不可奪其堅。
（此印為羅福頤治）

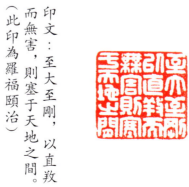

印文：至大至剛，以直敎而無害，則塞于天地之間。
（此印為羅福頤治）

印文：啚彔申之
（此印為象牙印）

印文：必有忍，其乃有濟；有容，德迺大。
（此印為象牙印）

印文：天地一沙鷗
（此印為象牙印）

商衍鎏先生

字藻亭 號又章、冕臣

公元一八七五——一九六三年

商衍鎏先生傳略

商尔从

商衍鎏先生（一八七五年—一九六三年），字藻亭，號又章、冕臣，晚號康樂老人。祖籍遼寧瀋陽，清代為廣州駐防正白旗漢軍人籍，世居廣州。清末進士（探花），詩書畫家，文史學家，曾任江蘇省文史研究館館長、廣東省文史研究館副館長、中央文史研究館副館長。

商衍鎏先生自幼勤學奮讀，六歲就讀家塾玉蓮園。十四歲後，先後就讀於廣州玄妙觀、光孝寺西華堂、雙桂堂、羊城書院、學海堂、越華書院、應元書院等。商衍鎏先生牢記先父明德公『心有常師淇澳竹，品宜特立華峰蓮。髫齡努力方成器，轉盼如絲入鬢邊。』的訓導，與兄衍瀛終日苦讀，十七歲中秀才，二十一歲中舉人。清光緒三十年（一九〇四年）最後一次科舉考試——甲辰恩科中殿試一甲第三名，即探花，賜進士及第，授翰林院編修，時年三十一歲。一九〇六年被派往日本東京法政大學留學，回國後主張變法自強，與康有為、沈鈞儒等交善。曾任翰林院侍講銜撰文、國史館協修、實錄館總校官等職。

辛亥革命後，商衍鎏先生在一九一二年應聘於德國漢堡殖民學院（Hamburgisches Kolonialinstitut）東亞系，教研中文。後參與籌辦中國語言與文學系，建系後即轉入該系任教（漢堡殖民學院在第一次世界大戰後失去其意義，於一九一九年被解散，與此同時漢堡大學（Universität Hamburg）成立，漢堡殖民學院的下屬機構被併轉入漢堡大學）。商衍鎏先生由於知識廣博，謙恭厚道，學行無比，教學認真，幫助廣集漢儒典籍，甚得稱讚。著名漢學家 Otto Franke（奥托·福蘭閣）有這樣的評價：『他擁有非凡的學習能力和對科學問題的全心奉獻精神，因而當有新問題出現時，他總可以馬上找到有價值的資料。』商衍鎏先生在漢堡為漢學研究建立了的兩個里程碑：其一，建立起高水平的中文語言課程；其二，幫助直接從中國訂購大批有價值的圖書，這批圖書成為當今德國最大和最具意義的中文圖書館的重要基石。在近現代中德文化交流中，商衍鎏先生乃先行之開拓者。

一九一六年回國後，商衍鎏先生先後擔任民國政府總統之顧問、諮議，曾任財政部秘書，江西省財政特派員。由於廉政拒賄，深得時人稱頌。一九二七年後，鑒於時政腐敗，憤然辭職，以鬻字為生，並教育子女，以治學為本，應從事教學研究工作。抗日戰爭期間，居於四川，流徙於重慶、成都、眉山、樂山等地，生活清貧，但從未間斷過他的詩書畫創作。對日軍侵略之暴行，及對國民政府之貪污腐敗，以詩墨笞撻。戰後客居北京、廣州、澳門、香港等地，繼續詩書畫之創作。一九四九年解放後，『政治庥明，人民鼓舞，余感動歡欣』，商衍鎏先生先後定居南京、廣州兩地，任江蘇省文史研究館首任館長、江蘇省政協委員、廣東省政協常委、廣東省文史研究館副館長，一九六〇年七月被國務院總理周恩來聘為中央文史研究館副館長。

商衍鎏先生的重要著作都成就於晚年，著有《清代科舉考試述錄》，以豐富的歷史資料，對中國科舉制度，尤其是以親身經歷，對清代科舉制度，作全面記敘，實有開研究中國古代科舉考試制度先河之意義。其他著作有《太平天國科舉考試紀略》《廣東清末的韋姓》《科舉考試的八股文》《我也談隸與八分》等。晚年以八十七歲高齡，自書《商衍鎏詩書畫集》，並自費於香港刊行，達到詩書畫『三絕』的一統境界。

商衍鎏先生自上世紀三十年代至六十年代，留下詩作五百多篇。他認為『詩以言志，重在抒發一己之性情』，因此他的詩風清新自然，不事雕琢，賦真摯情感，具生活氣息。

商衍鎏先生的書法造詣亦深，在書法界有一定的影響。雖然年輕時受束於『館閣體』，但中年以後，從章草下手，力攻草書，在六十歲後逐漸形成自己的風格。他的書法兼有顏字的沉著端莊、褚書的秀勁超逸，天骨開張，姿態穎秀，藝術水平頗高。

商衍鎏先生擅長畫竹，並總結了前人畫竹的經驗，撰有《畫竹一得淺說》，有重要參考價值。他的墨竹畫作品雖然不多，但風格不凡，挺拔多姿，極具內涵。竹『遇嚴寒而蒼翠不改，經霜雪而愈盛』，這正是商衍鎏先生優秀品德及精彩人生的真實寫照。

本文根據商承祚先生《我的父親商衍鎏先生傳略》整理並修訂

商衍鎏先生詩稿選

壬申穀雨約友小園看牡丹 一九三二年作

澹淹春光好，群芳競紅紫。小園半畝餘，安嘯足文史。庭前牡丹開，絢爛豔霞綺。酡颜含露滋，玉佩垂金珥。通白或間之，皓質絕塵滓。獨有玉樓春，千花異軍起。東郊靈谷寺，佳種略可擬。我友聯翩至，索詩擘繭紙。舉酒酹花神，勸作護花使。我聞微歎息，世事互張弛。種花本前人，賞花己非己。卜居逾十載，頻年困轉徙。今春開較茂，如悦我来止。看花且及時，萎落同凡卉。浮榮原不長，坐悟盈虛理。願言守貧賤，葆性空山裏。

黃柳母秋燈課子圖蔭普世兄屬題 一九三三年作

啼烏引子抱霜枝，風雨恩勤夜漏遲。駿足養成千里志，熊丸嘗盡一燈知。慈萱秋月疏簾影，寸草春暉繞砌思。喜見鳳雛識時務，雲間鳴舞副親期。

濠梁 一九三三年作

筍香麥秀豆苗肥，小立濠梁送落暉。手把釣竿遲不下，恐妨魚樂損生機。

寒燈課讀圖為高潛子作 一九三三年作

昔聞柳歐母，訓子成通儒。吾友高潛子，母教同勞劬。父職慈母兼，寒燈課三餘。短檠傍膝讀，雪夜風刺膚。機杼發清響，琅琅書聲俱。績學冠儕輩，萬卷便便儲。飛騰健翮羽，扶搖近天衢。

奈學不世用，迍邅阮窮途。悲負慈母望，感歎深夜吁。識字憂患始，詩語記大蘇。何如少侍母，婉孌容色愉。燈影動寒宵，抱書依坐隅。此樂宛然在，永慕留茲圖。我思少年事，無父悲幼孤。我母教言往，燈前提命無。還君丹青本，默默長欷歔。

雲兄書来相慰以詩奉畣四首 一九三六年立秋後作

猶憶聯牀話，南來思不支。鶯飛草長候，雁過月明時。身世三生業，乾坤一局棊。傷春無限意，為報數行詩。

縱有松菊在，庭前滿綠莎。紅桃嫣雨砌，紫燕怯梁窩。簟冷知宵迥，帷虛恨月多。思留春不去，無奈落花何。

花落人何處，清淒繞畫闌。依兄兒好讀，隨嫂女忘寒。蠟鳳誇孫巧，巢雛失母完。如同舟遇險，風定已無瀾。

我慕王摩詰，繩牀度半生。安禪經一卷，遺世老無營。愛欲懸珠擿，愚癡警炬熒。四十二章經佛言愛欲之根譬如擿懸珠會有盡時又言愛欲貪淫恚怒愚癡之毒猶執炬不釋必傷其手 心清流水淨，詩畫寄餘情。

聞德安捷 一九三八年作

聞道德安捷，歡聲萬戶同。舳艫章貢合，鎖鑰鄂湘通。會有收京望，欣看底定功。鷹揚初奏績，刷羽健秋風。

戊寅除夕 一九三九年二月作

白首鄉心萬里天，中原未定又殘年。收京幾斷江湖夢，苦戰頻驚歲月遷。杯酒頹齡聊自醉，鐙花今夜為誰妍。千家爆竹三更雨，撫劍悲歌只惘然。

題觀奕圖 一九三九年春作

劫棊落子解圍難，挽劫須當棊未殘。豈止南風歌不競，莫將窺豹笑旁觀。

南郊晚眺 一九三九年作

扶筇晚步出郊坰，雨後浮雲滯遠汀。失喜風光留一角，依稀猶見蜀山青。

讀汪少浦先生聞雁詩音情悱惻用原韻寄雲兄 一九三九年秋作

盤空鷹隼究何之，驚鳥投林命若絲。一枕秋宵尋幻夢，四山風雨問晴時。愁看嘹唳天邊字，忍詠淒清塞外詩。破壁寒螿添斷續，孤燈客況更增悲。

得雲兄聞雁詩用原韻作答 一九三九年秋作

狂飆萬樹鳥驚飛，惆悵覆巢何處歸。夜雨巴山驚夢斷，雲霄榆塞恨心違。龍蛇酣戰烽烟緊，虎豹橫行性命微。有願憐君償未易，前途荊棘盡危機。

立春後枕上聞雁憶兄 一九四〇年二月作

短檠孤枕意幽淒，嘹唳長空落月低。豈忍傳書從塞北，何心逐隊到川西。雲遮難辨成行字，風緊應疑厭鼓鼙。莫怪猿聲啼不住，春寒霧雨四山迷。

寫竹寄雲兄 一九四〇年夏作

記得玉蓮園景好，余兄弟幼讀書園中 千竿修竹繞牆生。兒時況味依稀在，明月清風一卷橫。

幽篁獨坐輞川詩，嘯傲琴書月上時。那得常逢天氣麗，不妨潑墨寫風枝。

九日懷雲兄 一九四〇年重陽作

蕭蕭風雨讀蘇詩，兄弟長離我似之。豈只平生三度別，不堪回首一鐙時。獨遊僧閣看山冷，舊夢彭城轉轂馳。但使言聲猶未變，相逢他日詎嫌遲。

雲兄七十一壽 一九四一年初夏作

雲開喜見壽星明，照耀東西天宇清。關塞春長鴻雁影，岷峨原上鶺鴒情。他鄉今日君思我，杯酒明年弟勸兄。莫謂艱難生理窄，硯田有歲共歸耕。

雨後用前韻再呈雲兄 一九四一年初夏作

雨後山光分外明，垂竿欲釣取深清。亂蛙閣閣惱人意，歸鳥翩翩移我情。高尚自慚驃騎弟，分飛最惜穎濱兄。白頭日羡農家樂，夢裏田園共耦耕。

雲兄以耕字韻成詩命和 一九四一年冬作

硯田有歲共歸耕，坐擁圖書富百城。瘦馬難忘殘月別，警蟬猶幸舉家清。愁深風雨分飛冷，老卧江湖皓首情。願勵德名依谷口，升沈且不問君平。

癸未除夕 一九四四年一月作

衝寒微雨到嘉州，占得風光一小樓。燈火岷江繁倒影，烟霞仙洞待探幽。客中餞歲頻年慣，宅傍淩雲望眼收。恍似夾城南郭夜，相依有女計更籌。倩若女隨侍

別嘉州 一九四四年秋作

高樓四面烟雲繞，朝暮峨眉幻雨晴。仙境九峯圓月影，佛崖萬丈大江聲。良遊應憶題詩處，放棹還思載酒行。東坡有淩雲載酒處大字磨崖 山水清佳風物美，無緣消受負鷗盟。

寄雲兄 一九四五年作（二首）

三年雁訊阻風霜，近道排空萬里翔。此日休兵書計達，蜀山夜夜夢遼陽。

同是稀齡刼後身，東西相望漫氛塵。願君善保千金體，待我重逢話苦辛。

丙戌三月初自渝還金陵雲兄書来因病以詩作畣 一九四六年夏作

莽莽乾坤兩弟兄，江關悵望不勝情。千年鶴語遼陽郭，三月鶯花建業城。獨喜丹顔仍似舊，兄以近影寄示 相期白首共歸耕。離懷日日秋風裏，兄書有秋期南來相聚之語 好對寒鐙聽雨聲。

苦雨憶兄 一九四六年夏作

狂卷寒霖暮復朝，析津垂翅雁聲遙。別懷風雨南都轍，用東坡和子由將赴南都詩意 夢老羅浮粵海潮。近日頗動鄉思 藜藿山多驚虎豹，榆枌枝小控鷦鷯。閉門草木觀時變，歲晚相期慰寂寥。

戊子七十五生辰次韻雲兄寄詩 一九四八年作

歲月蹉跎強自寬，還鄉白首若為歡。家園泡幻殘灰冷，謂蓮花巷老宅及玉蓮園 骨肉人天老淚彈。謂外舅外姑及先室談綬玉適賀大姊 無雨路多晴笠屐，經冬時有夏衣冠。粵俗實有此況 五方風氣相殊甚，北馬南船欲合難。

雪後日出 一九五一年冬作

不爲嚴寒甚，誰知重暖晴。遙看消見晛，無復舞垂霙。冰泮江湖闊，雲開宇宙清。紛紛枝上鵲，解凍共爭鳴。

雲兄九十壽詩 庚子四月廿四日（一九六零年五月十九日）爲雲亭兄九十壽兄禁浪費作壽今我將其得壽之理與老見社會好景作詩以告親知喜賦長歌

溫公有兄老壽康，東坡有弟同玉堂。蓋世功勛誇司馬，庭訓三蘇富文章。遙遙前賢仰千載，我家兄弟南北海。事業學問迥不如，高齡却喜歌壽愷。吾兄善養先後天，剛大浩氣神旺全。神全兩目光炯炯，氣浩聲宏發丹田。虛室生白坐功靜，老氏儉嗇俗慮屏。久循儒教收放心，細研佛理圓智鏡。因此眠食皆增加，兩盌麴麪勝胡麻。葡萄美酒泛流霞，作字銀海不生花。九十大年豈倖致，博愛仁慈性和易。兒孫上壽懽舉觴，節約禀訓進乾截。知兄顏開領兒孫，內外孫曾四代繁。兒女年俱到甲子，滿堂老少笑語喧。上均用兄書中語意 我今年亦八十七，問道崆峒未入室。調息以踵想真人，閭外丹田昧噓吸。轉思長樂無極老復丁，血脈流通肌體盈。柔術按摩日有程，年壽並可與天爭。一靜一動存養旨，根本須從有恆始。蘇聯人壽說百五，動靜交修更合理。壽命康強多絮因，最要沐浴太和春。大同好景已在望，會教常見百年人。持以壽兄重忘我，壽人壽世身安妥。千秋萬歲中華人民共和國，喜隨群眾共啖長生果。

題《商衍鎏詩書畫集》 一九六一年秋作

臨池學畫耽詩句，霜鬢還鄉習未除。往事悲歌憐客夢，閒吟康樂愛村居。胸追鶻落湖州竹，腕慕鵝群逸少書。誰道滄江歸臥晚，揮毫猶自惜三餘。

◉楷書五言聯
一九六一年作

昬〻隨醉寥奈此六
月溽君詩如清風吹
我朝睡足登臨以至句
江白如湖渌袖手獸不
言默藁已在腹是時風
雨過霤〻雲歸麓躁
星常微月金火爭見
伏惜哉此清景變滅
不可遂歸来讀君詩
耿〻猶在目却思少
年日聲價爭場屋
文如翻水成賦作义手
速秋風起鴻雁我亦继

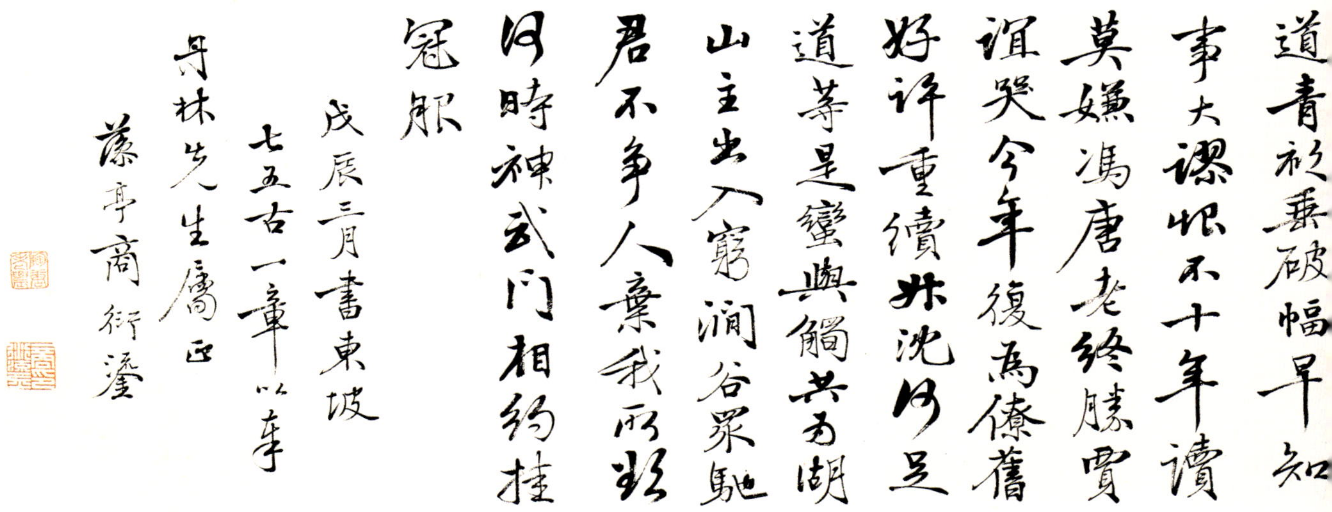

◉行書橫幅
一九二八年春作
149×27.5厘米

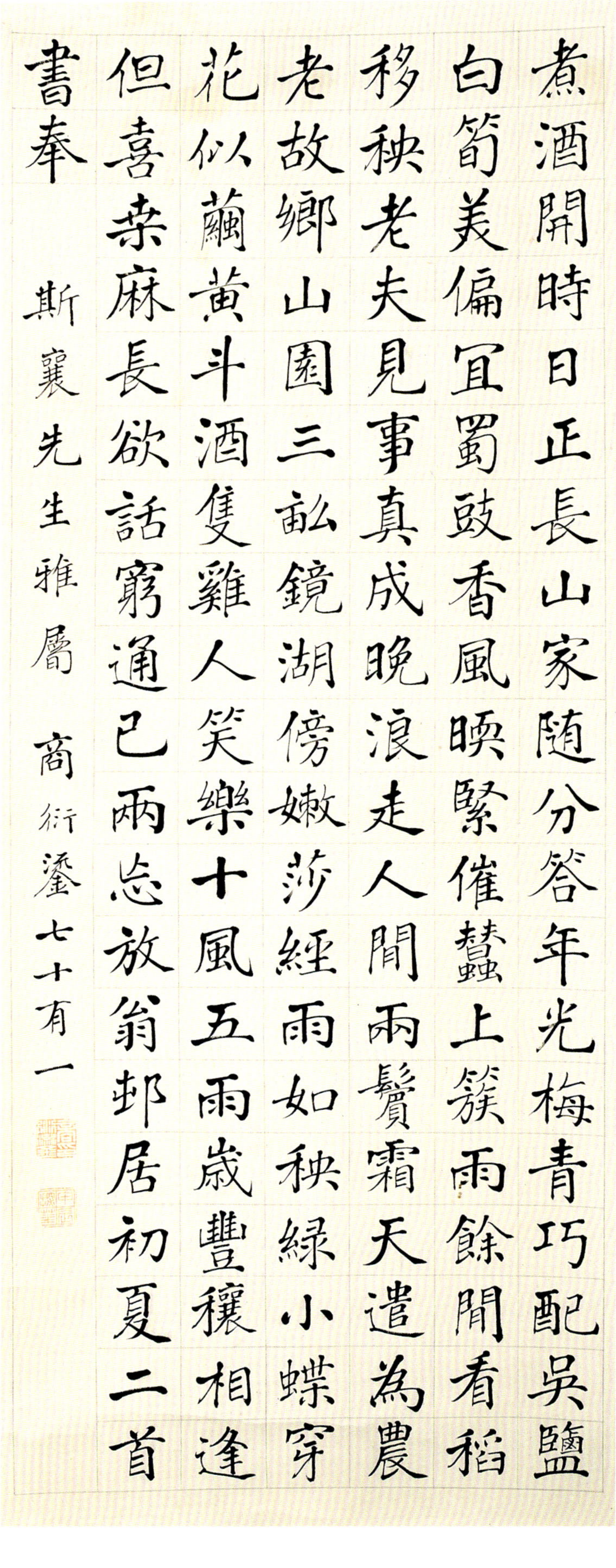
煮酒開時日正長山家随分答年光梅青巧配吳鹽
白筍美偏宜蜀豉香風暝緊催蠶上簇雨餘閒看稻
移秧老夫見事真成晚浪走人間兩鬢霜天遣為農
老故鄉山園三畝鏡湖傍嫩莎經雨如秧緑小蝶穿
花似繭黄斗酒隻雞人笑樂十風五雨歲豐穰相逢
但喜桑麻長欲話窮通已兩忘放翁邨居初夏二首
書奉
斯襄先生雅屬　商衍鎏七十有一

◉楷書宋詩立軸
一九四四年作
121×46.8厘米

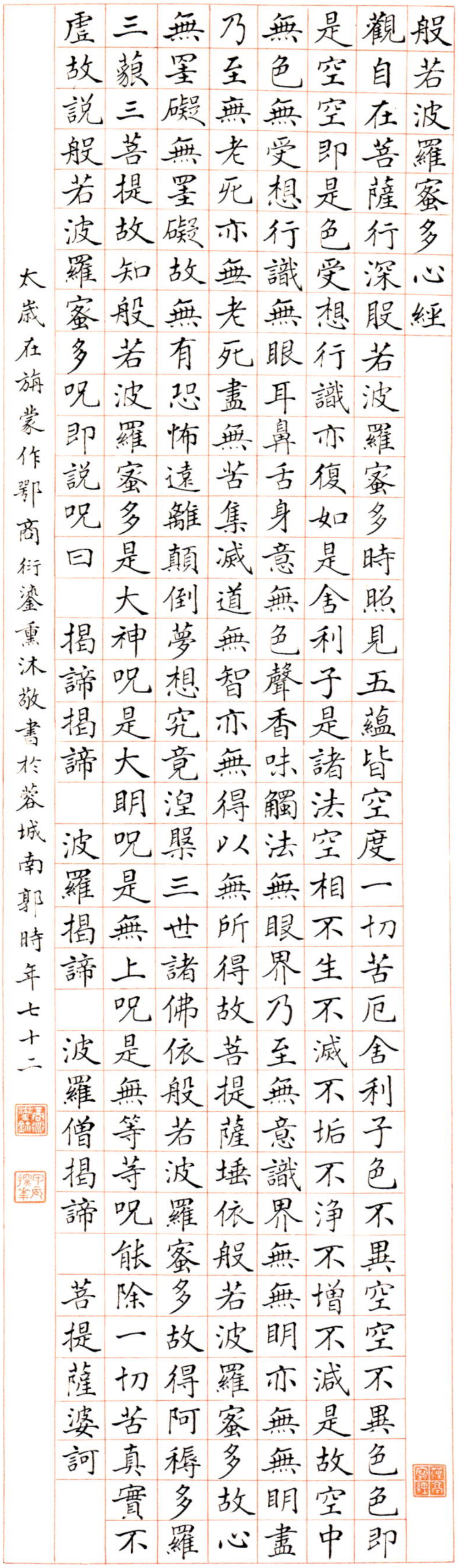
般若波羅蜜多心經
觀自在菩薩行深般若波羅蜜多時照見五蘊皆空度一切苦厄舍利子色不異空空不異色色即
是空空即是色受想行識亦復如是舍利子是諸法空相不生不滅不垢不淨不增不減是故空中
無色無受想行識無眼耳鼻舌身意無色聲香味觸法無眼界乃至無意識界無無明亦無無明盡
乃至無老死亦無老死盡無苦集滅道無智亦無得以無所得故菩提薩埵依般若波羅蜜多故心
無罣礙無罣礙故無有恐怖遠離顛倒夢想究竟涅槃三世諸佛依般若波羅蜜多故得阿耨多羅
三藐三菩提故知般若波羅蜜多是大神呪是大明呪是無上呪是無等等呪能除一切苦真實不
虛故說般若波羅蜜多呪即說呪曰　揭諦揭諦　波羅揭諦　波羅僧揭諦　菩提薩婆訶
太歲在旃蒙作鄂商衍鎏熏沐敬書於蓉城南郭時年七十二

◉楷書《般若波羅蜜多心經》立軸
一九四五年作
105×30.5厘米

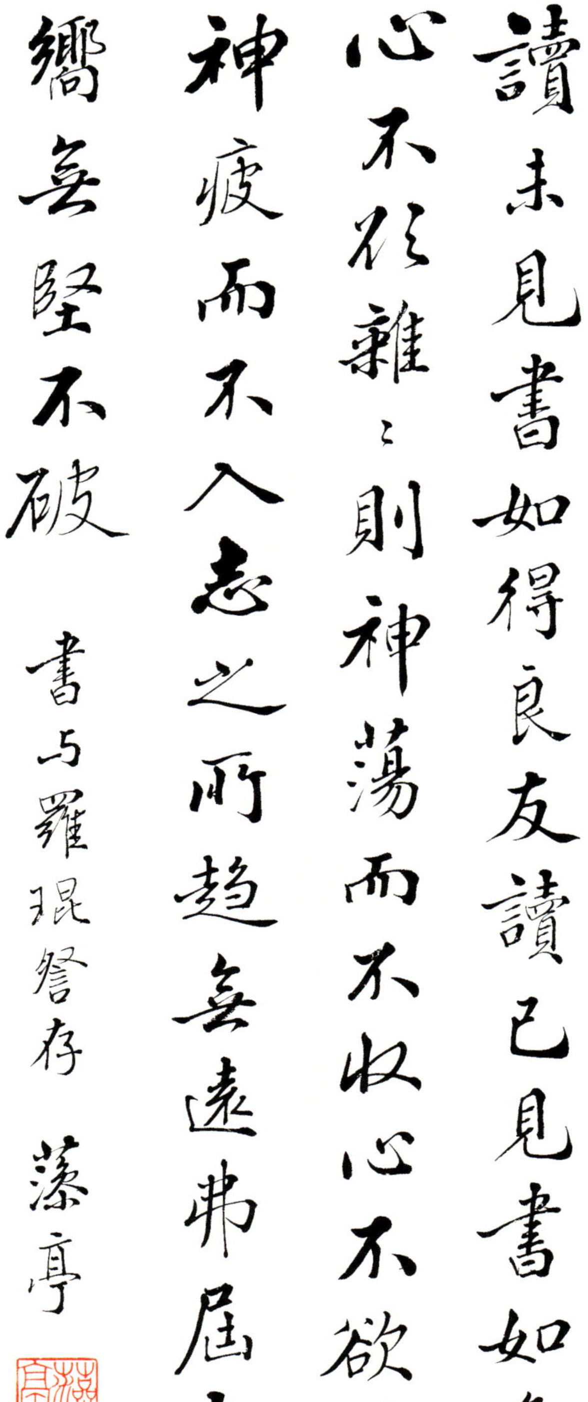
讀未見書如得良友讀已見書如逢故人
心不在雜雜則神蕩而不收心不欲勞勞則
神疲而不入志之所趨無遠弗屆志之所

◉行書格言立軸
一九四八年作

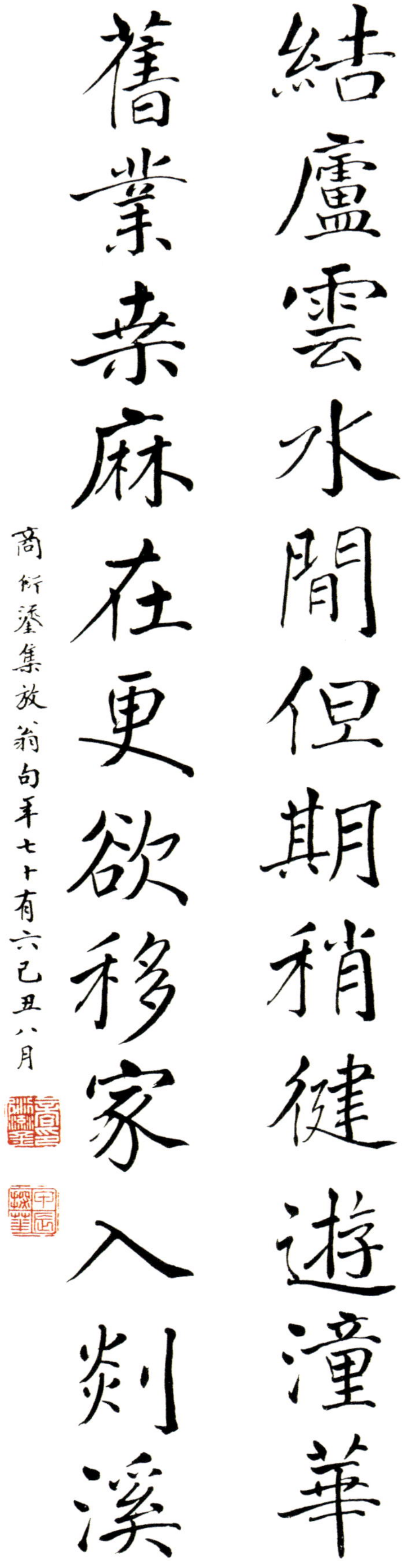
結廬雲水間但期稍健遊潼華
舊業桑麻在更欲移家入剡溪
商衍鎏集放翁句年七十有六己丑八月

◉楷書集陸放翁句立軸
一九四九年作

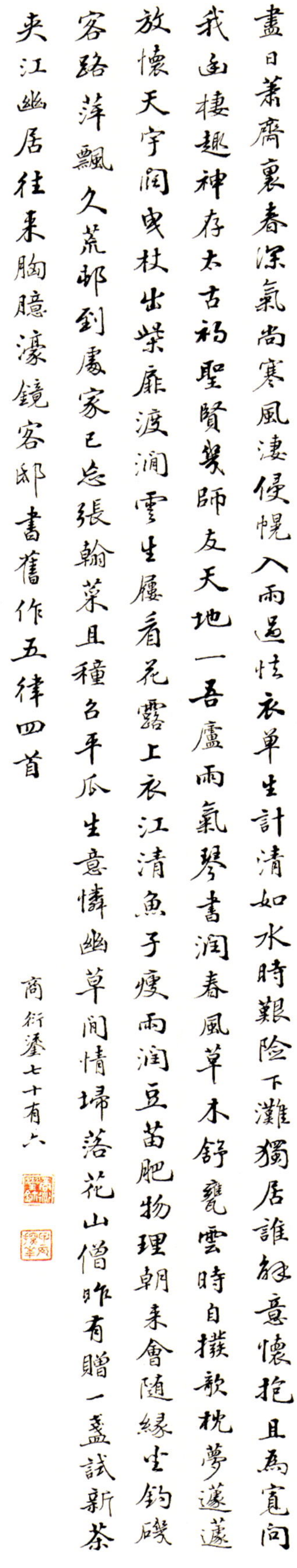
晝日蕭齋裏春深氣尚寒風淒侵幌入雨過怯衣單生計清如水時艱險下灘獨居誰叙意懷抱且為寬向
我幽棲趣神存太古初聖賢與師友天地一吾盧雨氣琴書潤春風草木舒甕雲時自撲款枕夢蘧蘧
放懷天宇闊曳杖出柴扉渡澗雲生屐看花露上衣江清魚子瘦雨潤豆苗肥物理朝來會隨緣坐釣磯
客路萍飄久荒郊到處家已忘張翰菜且種召平瓜生意憐幽草閒情掃落花山僧昨有贈一盞試新茶
夾江幽居往來胸臆濠鏡客邸書舊作五律四首
商衍鎏七十有六

◉行書自作詩立軸
一九四九年作

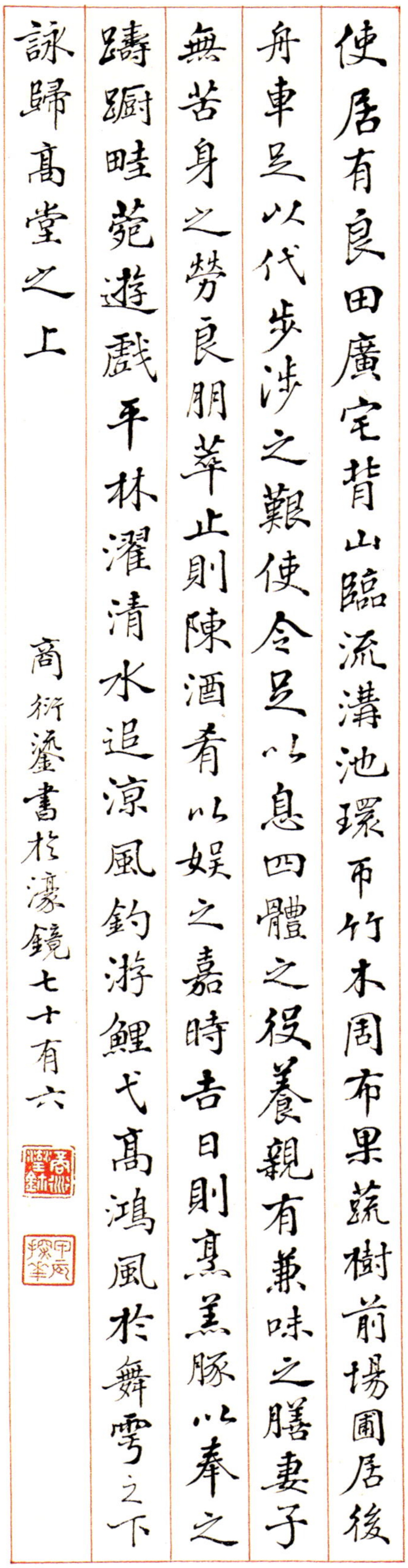
使居有良田廣宅背山臨流溝池環帀竹木周布果蔬樹前場圃居後
舟車足以代步涉之艱使令足以息四體之役養親有兼味之膳妻子
無苦身之勞良朋萃止則陳酒肴以娛之嘉時吉日則烹羔豚以奉之
躊躕畦苑遊戲平林濯清水追涼風釣游鯉弋高鴻風於舞雩之下
詠歸高堂之上
商衍鎏書於濠鏡七十有六

◉楷書五行立軸
一九四九年作
68.6×19.8厘米

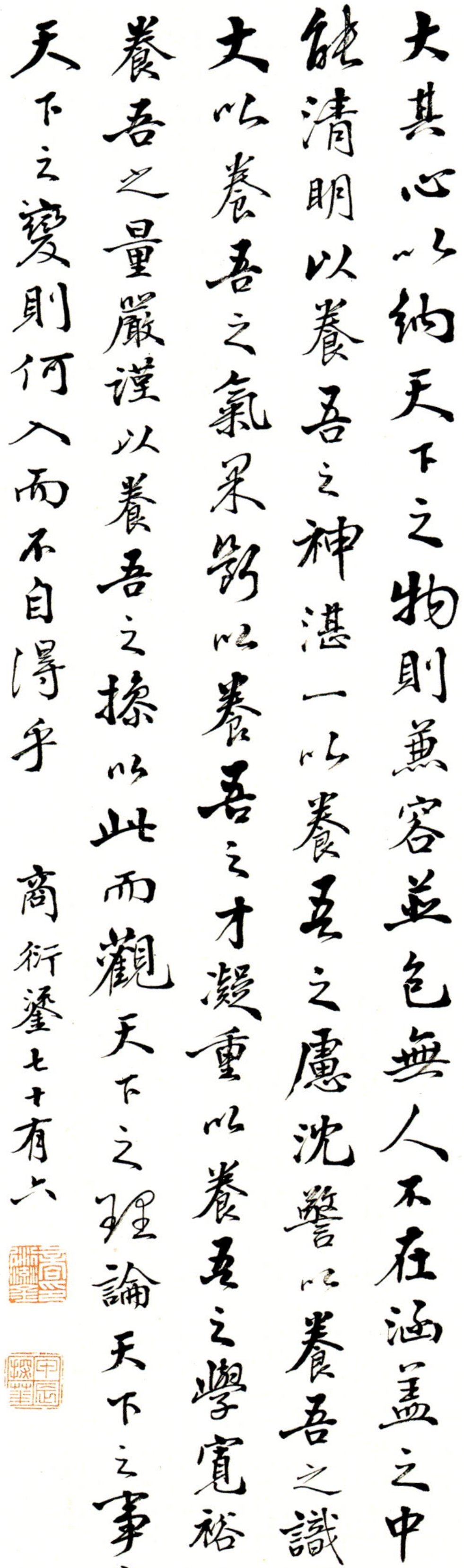
大其心以納天下之物則兼容並包無人不在涵蓋之中更
能清明以養吾之神湛一以養吾之慮沈警以養吾之識剛
大以養吾之氣果斷以養吾之才凝重以養吾之學寬裕以
養吾之量嚴謹以養吾之操以此而觀天下之理論天下之事應
天下之變則何入而不自得乎
商衍鎏七十有六

◉行書格言立軸
一九四九年作

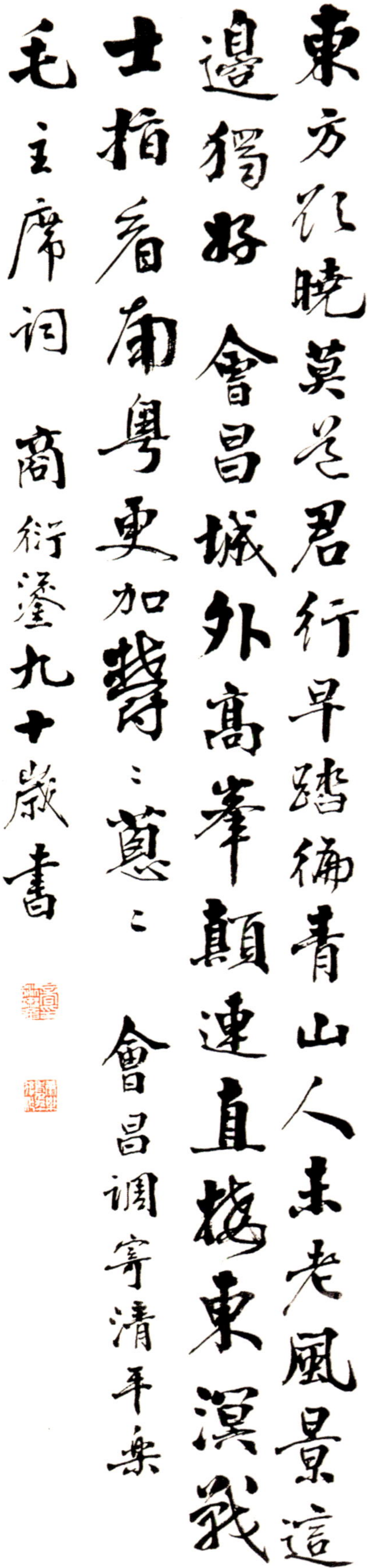
東方欲曉莫道君行早踏遍青山人未老風景這
邊獨好 會昌城外高峰顛連直接東溟戰
士指看南粵更加鬱鬱葱葱 會昌調寄清平樂
毛主席词 商衍鎏九十歲書

◉行書毛主席詞立軸（中央文史館藏）
一九六三年作，爲作者最後一幅作品
120×30厘米

◉朱竹立軸
約一九六〇年代初作

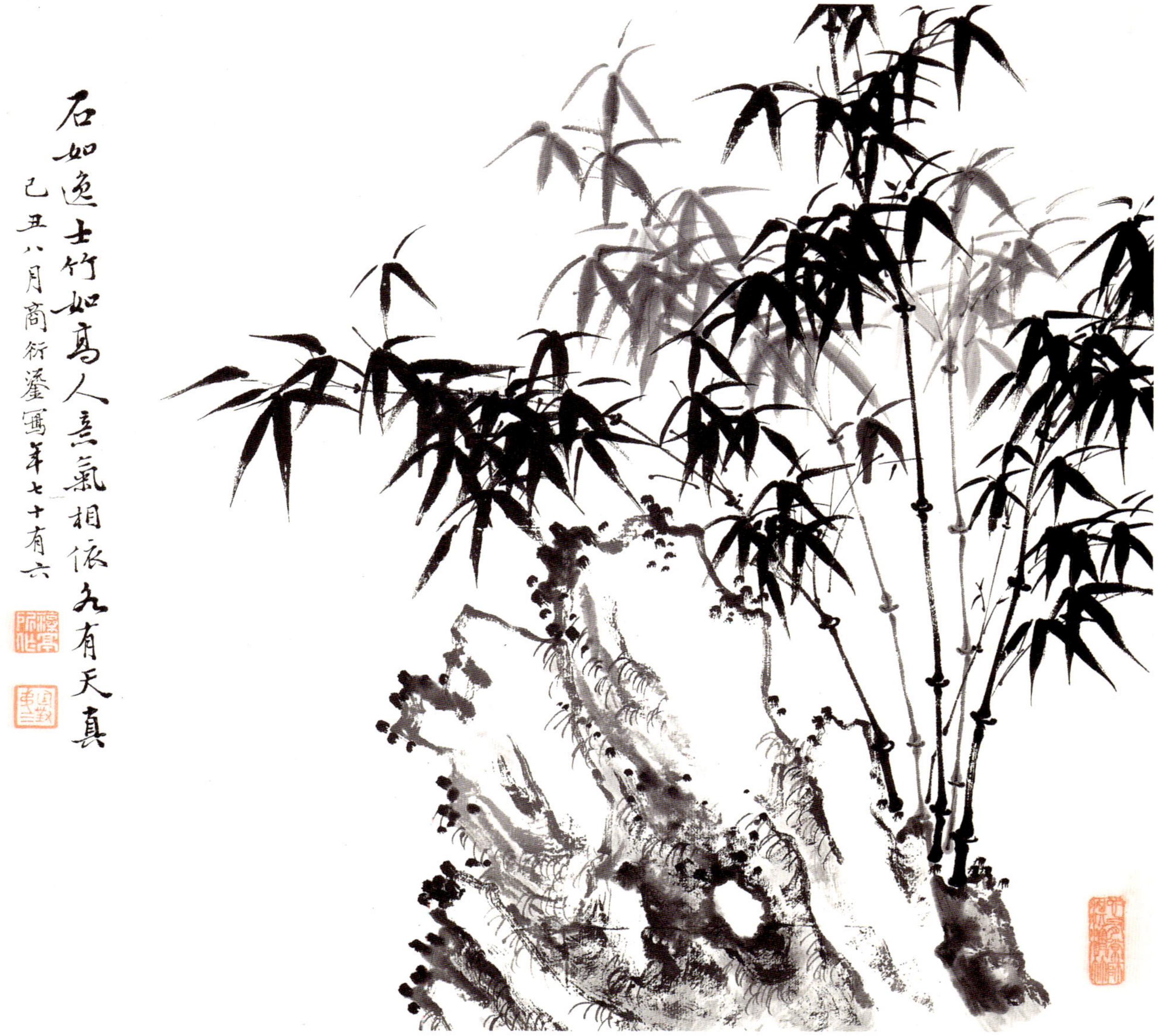
石如逸士竹如高人意氣相依各有天真
己丑八月商衍鎏寫年七十有六

◉竹石圖鏡片
一九四九年作
30.4×33.2厘米

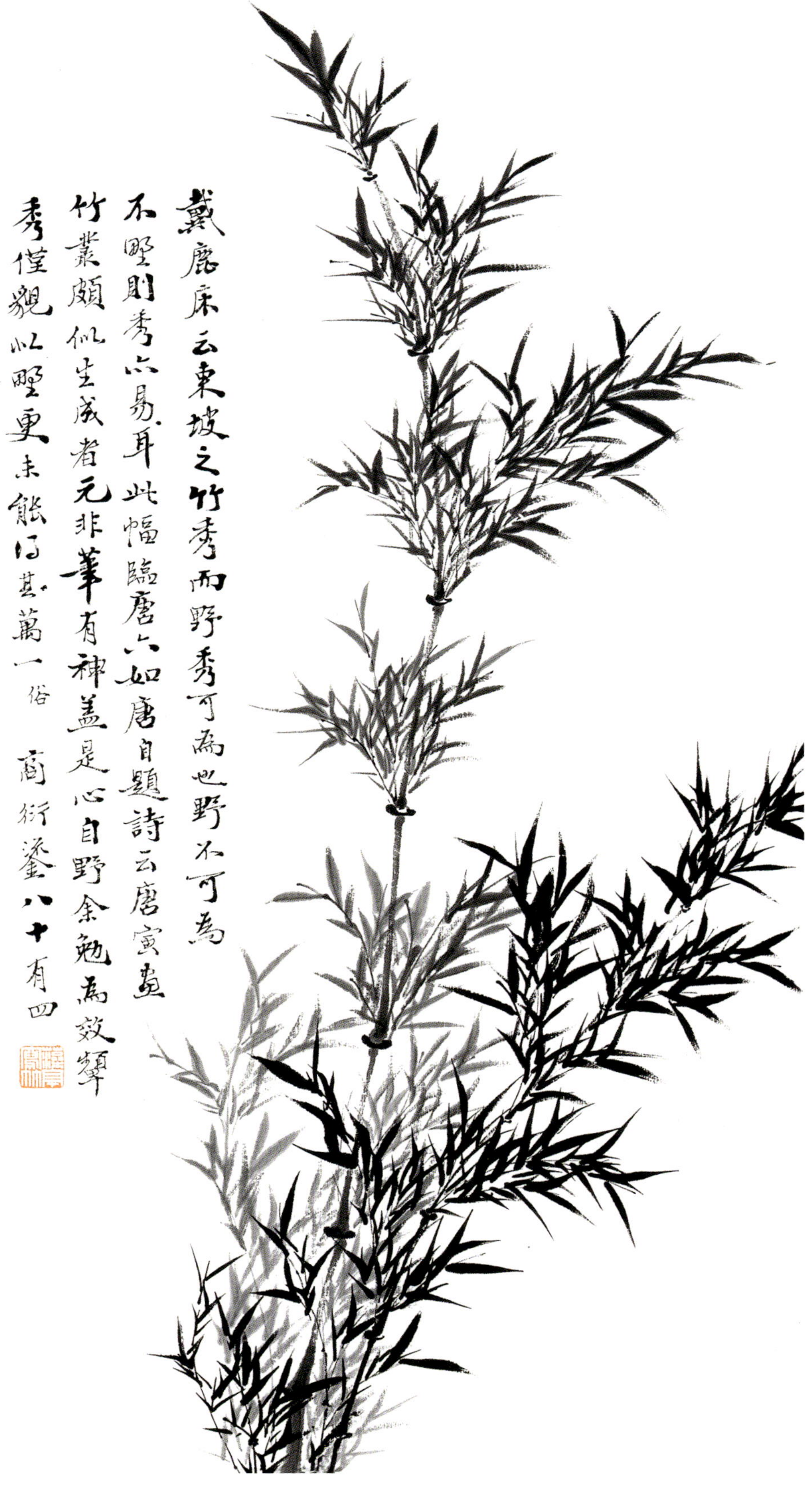
戴鹿床云東坡之竹秀而野秀可為也野不可為
不堅則秀亦易耳此幅臨唐六如唐自題詩云唐寅畫
竹叢頗似生成者元非筆有神蓋是心自野余勉為效顰
秀僅貌似堅更未能得其萬一俗
商衍鎏八十有四

◉臨唐寅墨竹立軸
一九五七年作

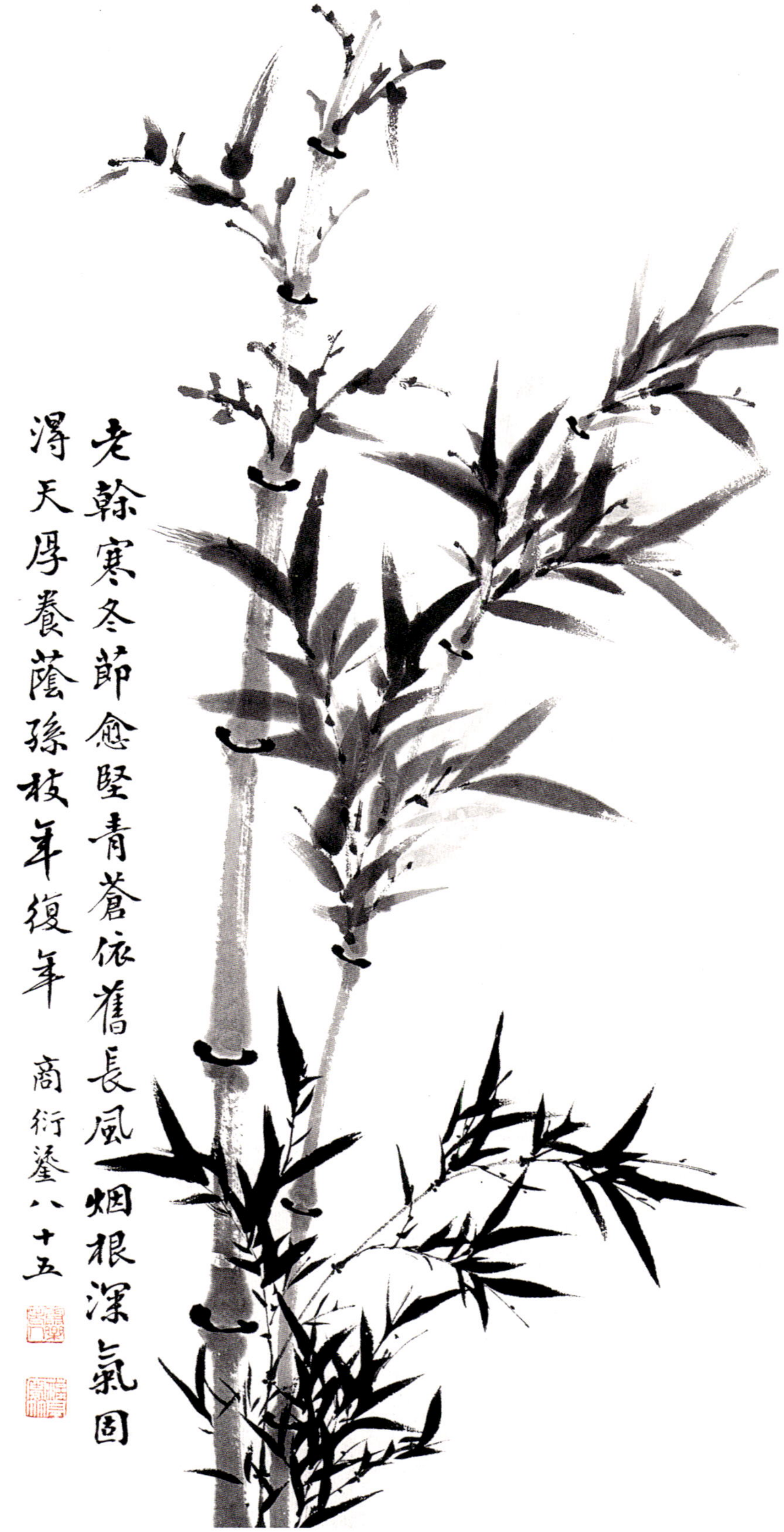
老幹寒冬節愈堅青蒼依舊長風烟根深氣固
得天厚養蔭孫枝年復年
商衍鎏八十五

◉墨竹立軸
一九五八年作
74.6×34.5厘米

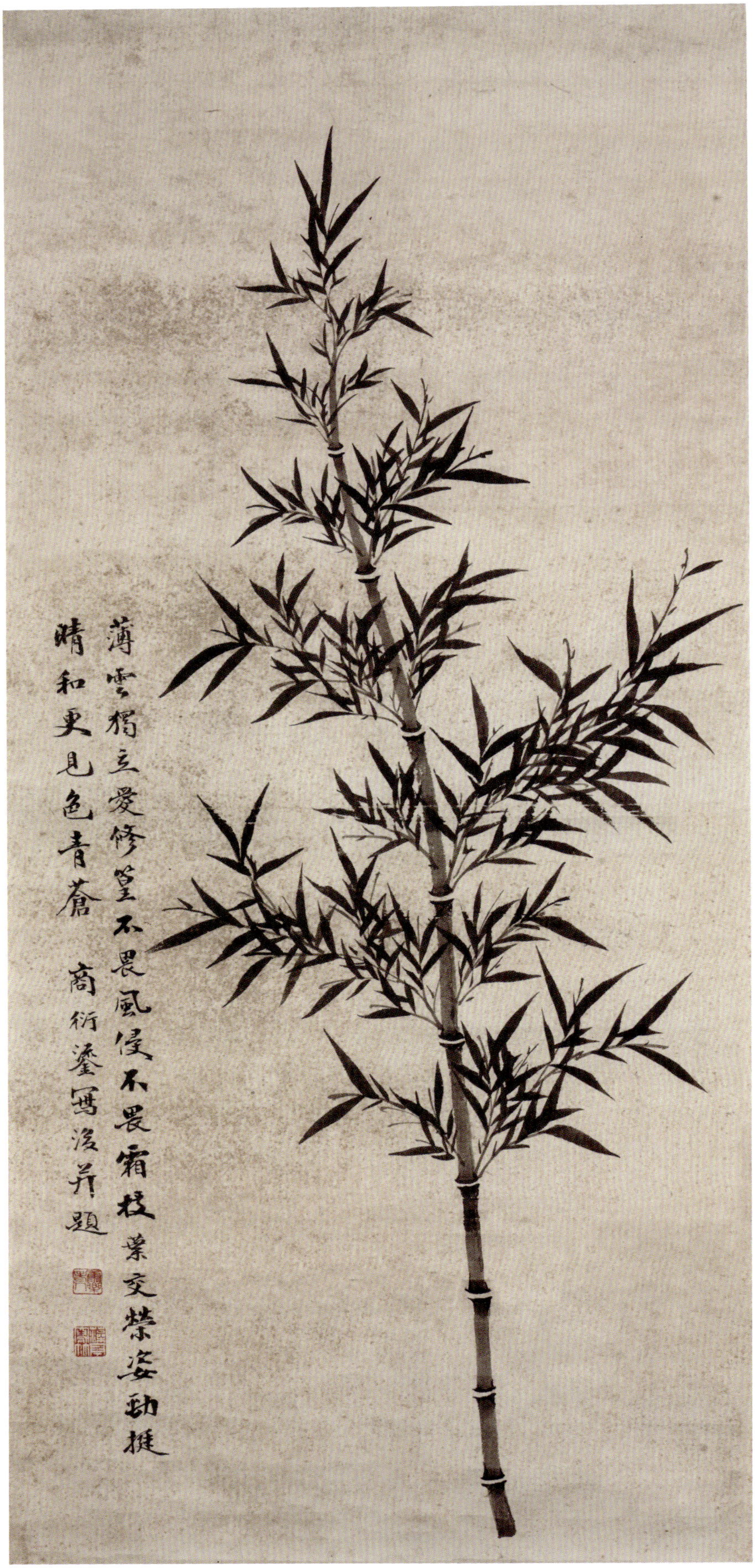
薄雲獨立愛修篁不畏風侵不畏霜枝葉交禁姿勁挺
晴和更見色青蒼
商衍鎏寫並題

◉修篁圖立軸
約一九六二年作

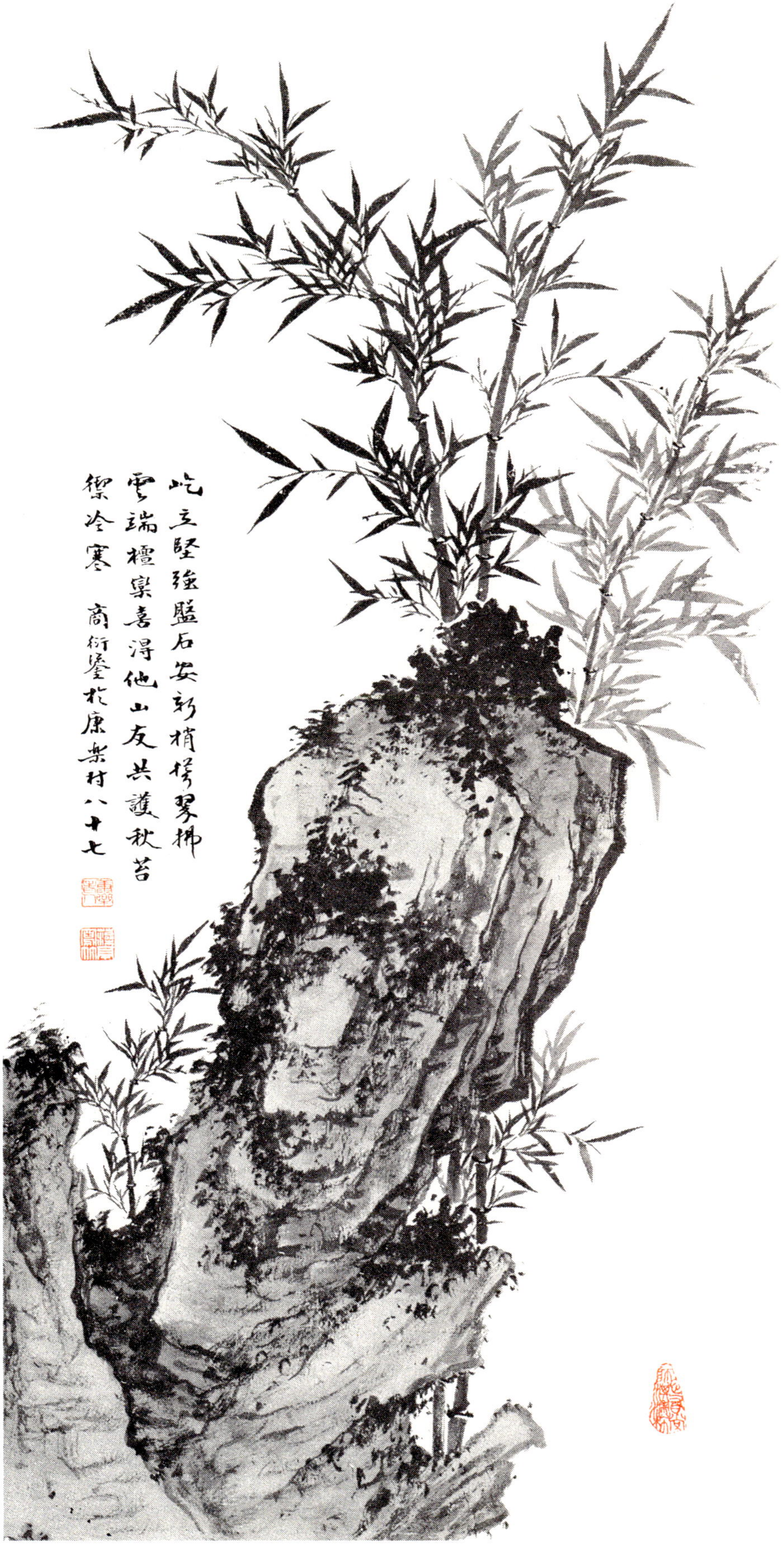
屹立堅強盤石安新梢擢翠拂
雲端檀欒喜得他山友共護秋苔
禦冷寒　商衍鎏於康樂村八十七

◉竹石圖立軸
約一九六〇年作

◉竹石圖立軸
約一九六一年作

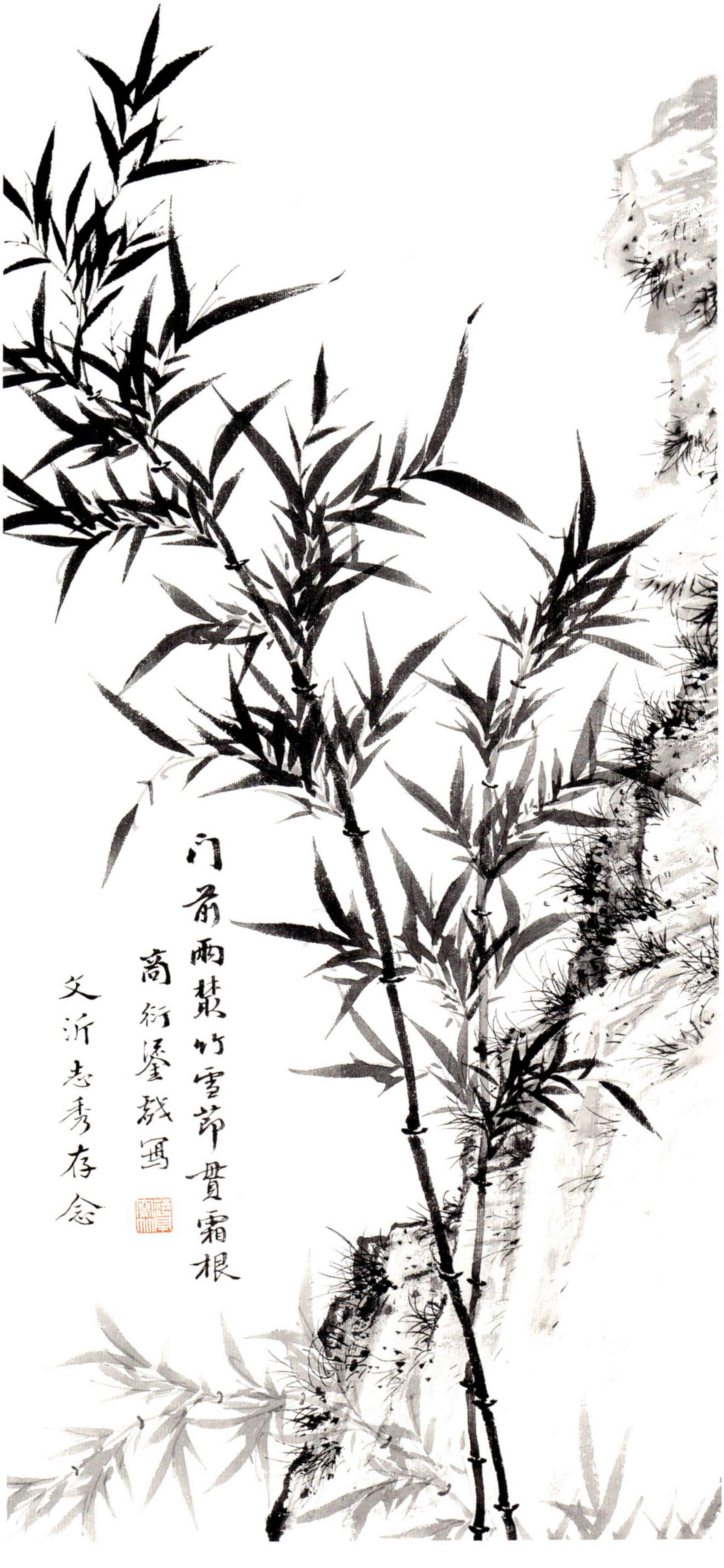
門前雨栽竹雪節貫霜根
商衍鎏戲寫
文沂志秀存念

◉竹石圖立軸
約一九六〇年作
67×30厘米

◉竹石圖扇面
一九四八年秋作
高16.5厘米 寬51厘米

◉竹石圖成扇
一九四八年作
高18厘米　寬50厘米

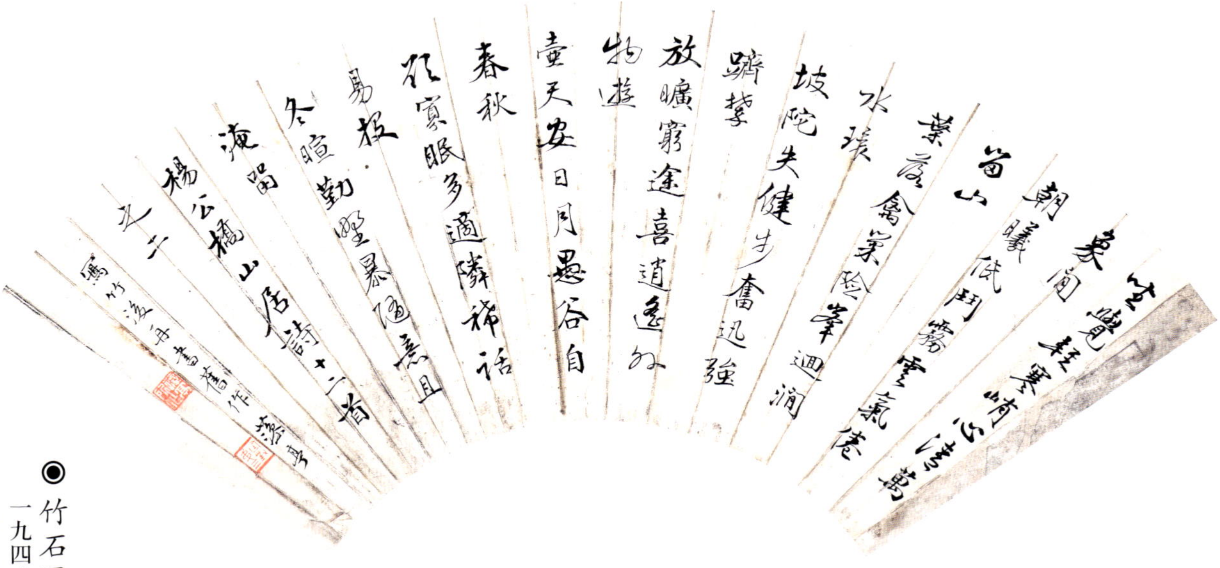

◉竹石圖扇面背面
一九四八年秋作
高16.5厘米　寬51厘米

印文：甲辰探花

印文：商衍鎏鉨

印文：藻亭
（此印為黃文寬治）

印文：商衍鎏
（此印為黃文寬治）

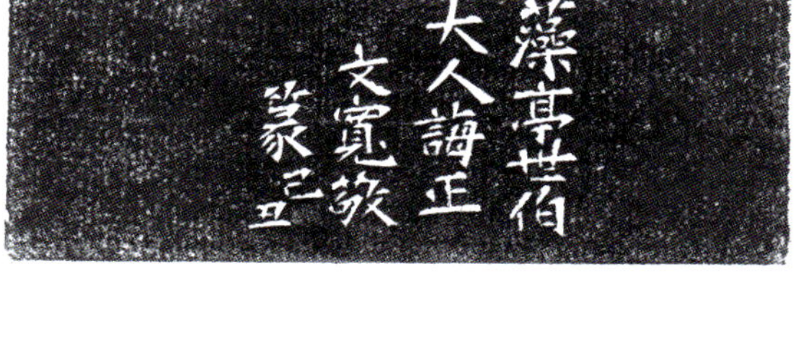

邊款：藻亭世伯大人誨正
文寬敬篆己丑

印文：商衍鎏印
（此印為周康元治）

邊款：藻公老伯誨正辛未夏五
臨川周康元學摹漢官印

印文：商衍鎏印

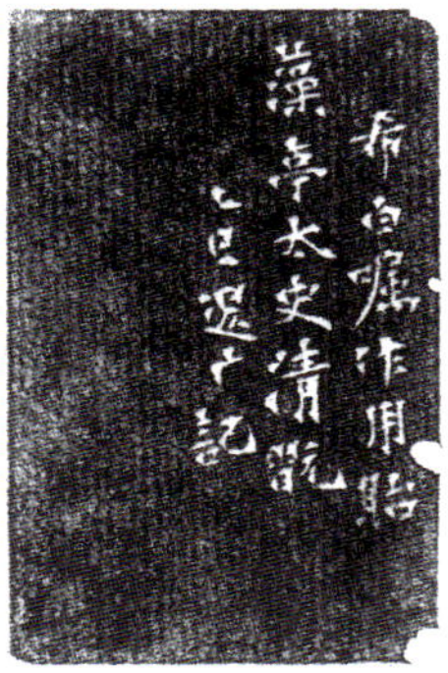

邊款：希白囑作用貽藻亭太史清翫乙
巳退广記（按：乙巳為一九六五年，
商衍鎏先生已去世，此記年有誤。）

印文：廷對第三

印文：衍鎏藻亭

印文：藻亭所作

印文：舊史氏

（此印為羅福頤治）

印文：康樂老人

印文：康樂老人

印文：臨池學畫耽詩句

（此印為羅福頤治）

印文：康樂老人九十後作

（此印為羅福頤治）

印文：藻亭寫竹
（此印為曾紹杰治）

邊款：紹杰

印文：心有常師淇澳竹
（此印為雷小東治）

邊款：衍鎏前輩指謬
後學雷小東作

印文：傳易後人
（此印為鄧散木治）

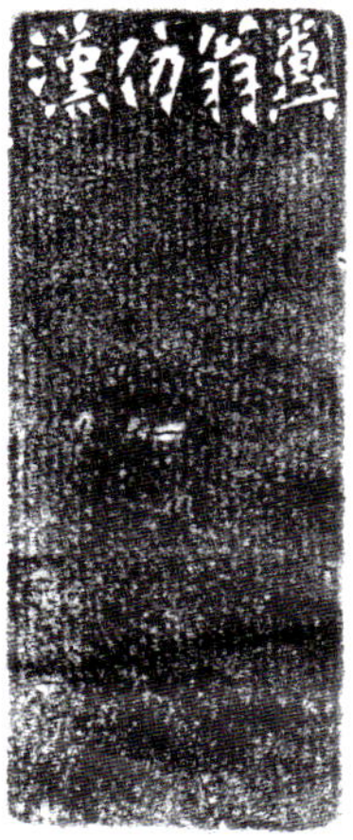

邊款：糞翁仿漢

印文：心有常師淇澳竹
（此印為黃文寬治）

邊款：藻亭世伯大人正篆
文寬作呈辛卯

印文：藻亭長壽
（此印為談月色治）

邊款一：一九五四·一·十諸公陳彥通、汪辟畺、胡小石、楊仲子、繆鎮藩、蘇昌遼，假在大三元酒家慶祝藻亭詞丈八秩大慶。

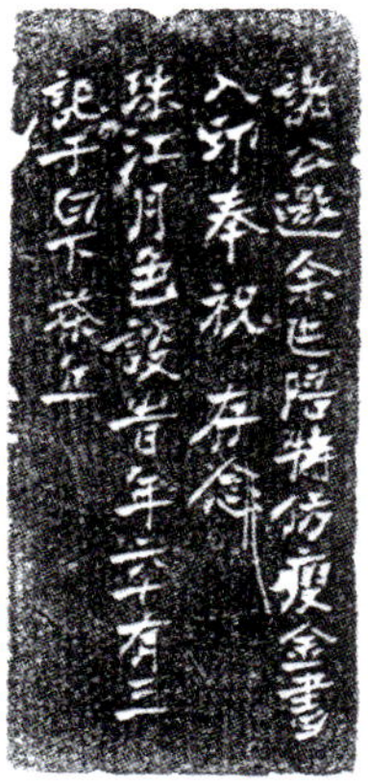

邊款二：諸公邀余作陪，特仿瘦金書入印，奉祝存念。珠江月色談，旹年六十有三，記於白下茶丘。

印文：藻亭八十八歲後書
（此印為謝梅奴治）

邊款：辛丑黃花開候梅奴長沙

印文：藻亭大利
（此印為張鏡明治）

邊款一：商調山坡羊
想瓊林探花年少，閱滄桑、天涯人老，走兵塵、頻年蜀山。話前因、記得江南好。共夕朝，相過巷幾

邊款二：條？更春花秋月，容與秦淮棹。料重對、劫後湖山，還依舊當年窈窕。迢遙，歸裝有興豪。招邀，明年共畫橈。

邊款三：乙酉中冬，藻老將還白下，以此贈行。張鏡明時同在成都。

商承祖先生

字章孫
公元一八九九—一九七五年

商承祖先生傳略

商志𩡝　商志秀

父親商承祖教授（一八九九年六月十三日—一九七五年一月四日），字章孫。廣東番禺人。為祖父商衍鎏先生之長子。是國内著名德國語言文學家。先生幼承家學，聰穎過人，十四歲（一九一二年）隨祖父藻亭先生赴德，入漢堡文實高中，打下深厚的德語基礎。一九一六年十二月返國，先居山東曲阜，一九一八年考入北京大學德文系。在校期間，與羅章龍合譯《康德傳》（一九二二年中華書局出版）。一九二四年畢業，旋任教於國立東南大學。一九二八年起任國立中央大學副教授。一九二八至一九三〇年任職中央研究院歷史語言研究所，參與凌純聲的黑龍江省赫哲族考察。凌氏於一九三四年執筆的《松花江下游赫哲族的調查報告》寫道：其於民國十九年春夏間與商章孫先生同赴東北調查赫哲族，在松花江下游的依蘭至撫遠一帶，實地考察該民族生活狀況與社會情形，歷時三月。調查時所攝照片均出自章孫先生之手云云。此書載照片近三百五十張，始開我國影視傳播學之先河。一九三一年再度赴德，在漢堡大學任漢文研究所講師，同時攻讀學位。于一九三四年以《薩滿教在中國：中國『巫』史研究》論文獲哲學博士學位。當年回國，即在北京國立編譯館任編纂，轉而研究德國語言文學，成績卓著。後經蔡元培先生舉薦，至國立中央大學任外文系教授。解放後，於一九五〇年八月任南京大學教授兼外文系主任和德語教研室主任。一九五八年加入中國共產黨。一九七五年初因心臟病突發逝世，享年七十六歲。

父親先後在東南大學、國立中央大學和南京大學任教四十餘年，畢生從事德國語言文學研究，造詣深博，其著作、譯著甚豐，尤其於涉及歌德、釋勒、萊辛、格萊斯、史托謨、海涅、布萊德爾、西格斯諸名家的研究中獨樹一幟，在德語文學界具有很高的學術地位，在國内享有『北馮（至）南商』之盛名。

著作主要有：《德國文學史》、《歌德與釋勒之敘事詩》（中大文藝叢刊一九三六年）、《十二世紀之德國民間史詩尼伯龍鏗》（中大新民報，一九三八年）、《自由戰爭之德國文學》（學燈，一九三八年）、《十二世紀之敘事詩人：沃夫蘭》（學燈一九四一年）、《『歌德：少年維特之煩惱』考》（時與潮文藝副刊，一九四二年）、《十二世紀之抒情詩人：華爾德》（中央圖書館，圖書月刊一九四二年）、《萊辛之生平及其創作》（學燈，一九四三年）、《狂飆運動之德國文學》（中大文史哲季刊，一九四五年）、《宗教改革時期之德國文學》（中國雜誌，一九四七年）、《格萊斯之生平及其創作》（學原，一九四七年）、《郝福之生平及其創作》（中國青年，一九四七年）。

譯作主要有：《康德傳》（卡爾·福爾倫德著，與羅章龍合譯，中華書局一九二二年）（該書於一九八〇年更名爲《康德生平》重印）、《雙影人》（史托謨著，正中書局一九三六年）、《英、法、美、德軍歌選》（商務印書館一九三九年）、《藝術橋畔之女丐》（郝福著，正中書局一九四七年）（後增訂爲《藝橋倩影：豪夫小說選》，在父親去世後於一九九三年五月出版）、《怠工者》（安娜·西格斯著，上海文化出版社一九五二年）、《愛美麗雅·迦洛蒂》（萊辛著，新文藝出版社一九五六年）、《考驗》（與長子商志馨合譯，新文藝出版社一九五六年出版）、《海涅散文選》（新文藝出版社一九五七年）、《小說戲劇選》（克萊斯特著，與楊武能合譯）、《戲劇二種》（萊辛著，外國文學名著叢書：二十世紀世界文學名著叢書）等。

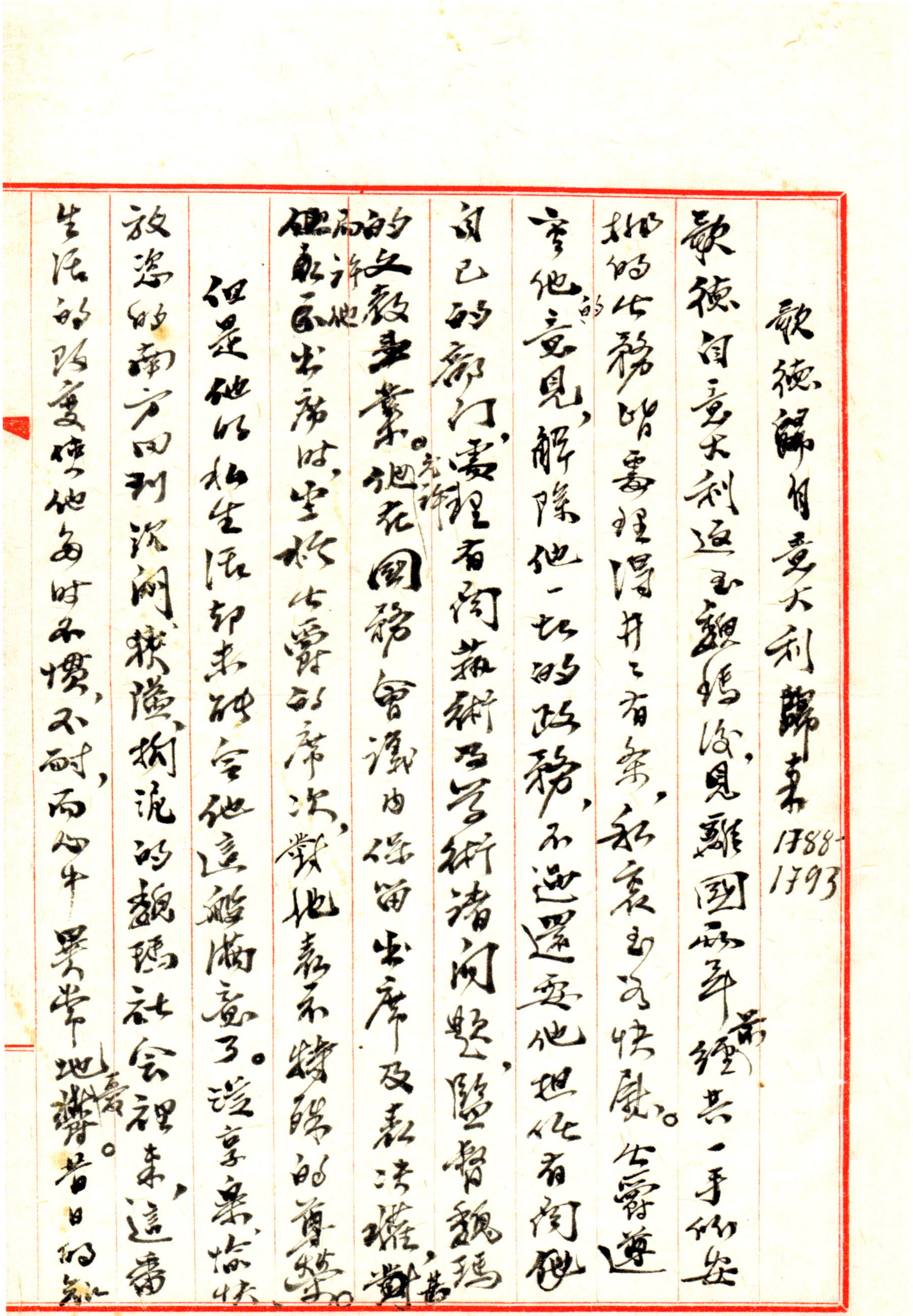
歌德歸自意大利歸來 1788-1793

歌德自意大利返至魏瑪後，見離國兩年，經其一手佈安排的公務皆處理得井井有條，私衷至為快慰。公爵尊重他的意見，解除他一切的政務，不過還要他担任有關他自己的部門，處理有關藝術與學術諸問題，監督魏瑪的文教事業。允許他在國務會議內保留出席及表決權，甚對而許他歸來出席時，坐於公爵的席次，對他表示特殊的尊崇。

但是他的私生活卻未能令他這般滿意了。這享樂愉快放蕩的南方回到沉悶狹隘，拘泥的魏瑪社會裡來，這兩生活的改變使他為時不慣，不耐，而心中異常地懷念昔日的歡

◉ 未刊稿《歌德的生平和創作道路》節選之一

已也異口同聲地說，他這兩年間變了形，而且發胖了。何德爾的夫人對人表示："歌德在羅馬是喜不下去了的"。至於他同史太因夫人的友情呢，在意大利時已遭受到重大的打擊，現在返國，雖試以同情及諒解，且有意將其控制佔限。這位女友也地位他雖向她傾吐胸懷，而她卻深切瞭解他的心靈的，歌德對於她這種深沉的性靈現在尚若平素一樣地珍愛。但是這性靈的友情怎能和久慰藉這充滿活力的胸懷：他努力尋覓一種新的生命，以滿足心懷的飢渴。他向意大利返來四週（一七八八年七月十三日），有一個女子璃麗絲丹·吳飄然（Christiane Vulpius）持呈文前來謁見當相，在花園內將呈

◉ 未刊稿《歌德的生平和創作道路》節選之二

女而呈首相，欲為其兄謀一差使（任職）。不料這次的巧遇決定了歌德未來的家庭生活：克麗斯丁丹究竟是何許人呢？她的父親是一個小稅務員，死於杯中物，母亦早亡，依其嬸母，在一紙花工廠為女工。因此這樣貧賤而無教養的女子何以會引起歌德的垂青呢？我們讀他的羅馬哀歌（Römische Elegien）這部詩集，描述他遊羅馬時所觸動的各種感觸、複雜情緒，是一種追懷之作，在羅馬時已向她述說，而於一七八八年返魏瑪後，始向她脫稿，其中也有一段描述克麗斯丁丹的文字：

一個膚色近乎褐色的女子，頭髮是深色而柔軟地從她的額頭披落下來，

◉ 未刊稿《歌德的生平和創作道路》節選之三

短短的捲髮盤繞着潔長的頸項
零亂的頭髮在頭頂上蓬鬆着

照片人李摸（Riemer）詞描寫克麗丝丹的容貌是這樣的：她有天真和藹的豐滿圓而麗的面貌，長長的捲髮，小小的鼻子豐滿的嘴唇，窈窕的身材，和輕盈的一雙小腳。這女孩子天真爛漫，求愛脈脈的純樸而敏捷的胸懷，而他對不認識者訴他，這是他再好不過的終身伴侶！於是他當日便把克麗丝丹及其母接到家中，一七八八年同居，這在當日高度禮法的歐洲社會以歌德在社會地位及高位而言，實在是驚世駭俗的，但是這位超卓不凡的詩人有着他的禮法尺度和他的人生宇宙觀，有

◉ 未刊稿《歌德的生平和創作道路》節選之四

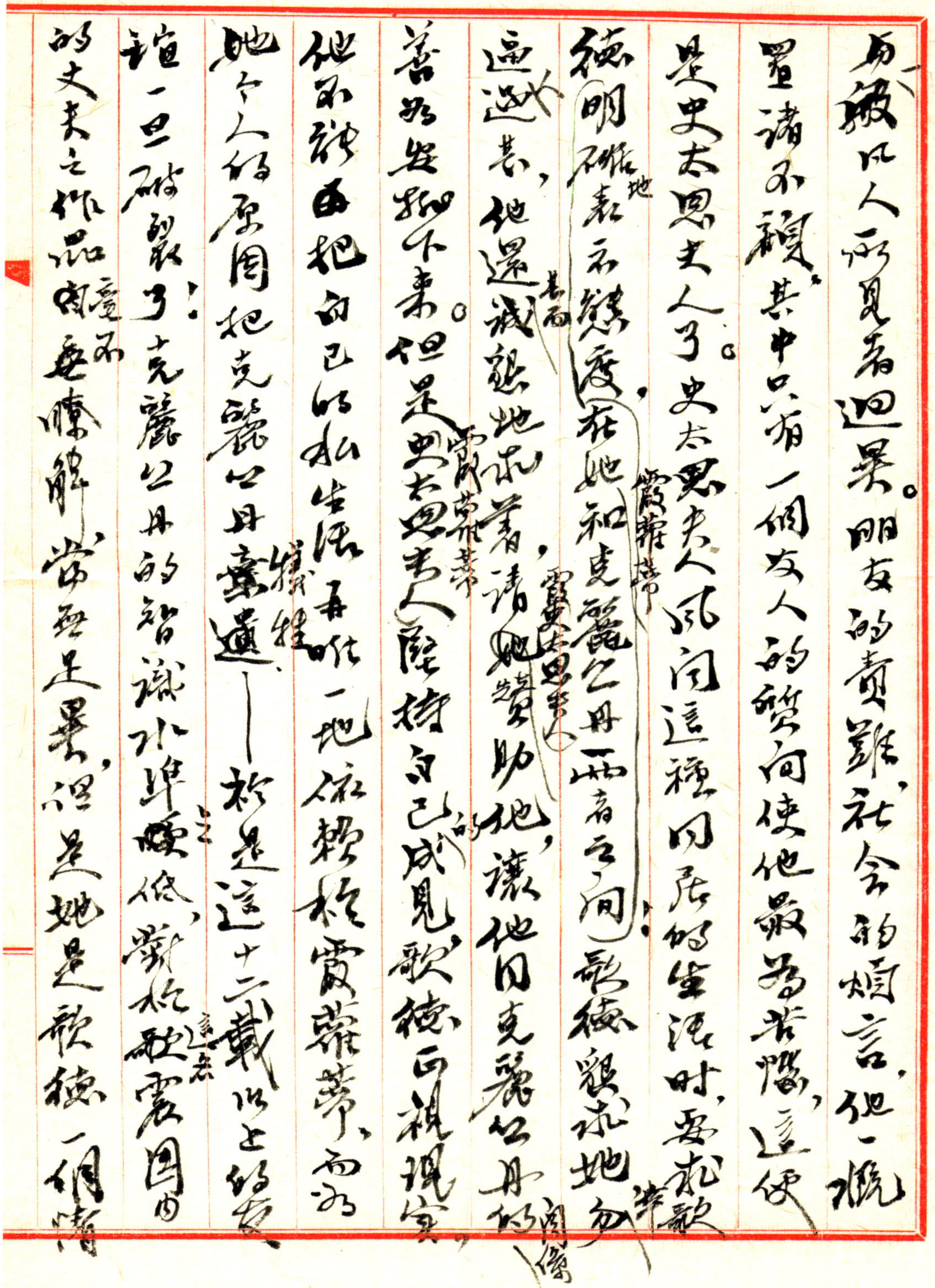
而缺乏人所具有過失。朋友的責難，社會的囂言，他一概置諸不理。其中只有一個友人的質問使他最為苦惱，這便是史太因夫人了。史太因夫人聞這種同居的生活時，要求歌德明確表示態度，在她和克麗斯丁娜兩者之間，歌德須跟她分道揚鑣。她還誠懇地求著請她幫助他，讓他同克麗斯丁娜好好地結下來。但是史太因夫人堅持自己的成見，歌德面視現實，他不能再把自己的私生活再作一地依賴於霞蒲蒂，而為她個人的原因把克麗斯丁娜棄遺——於是這十二載以上的友誼一旦破裂了！克麗斯丁娜的智識水準很低，對於歌德國內的文學作品毫不瞭解，常無足輕重，但是她是歌德一個情

◉未刊稿《歌德的生平和創作道路》節選之五

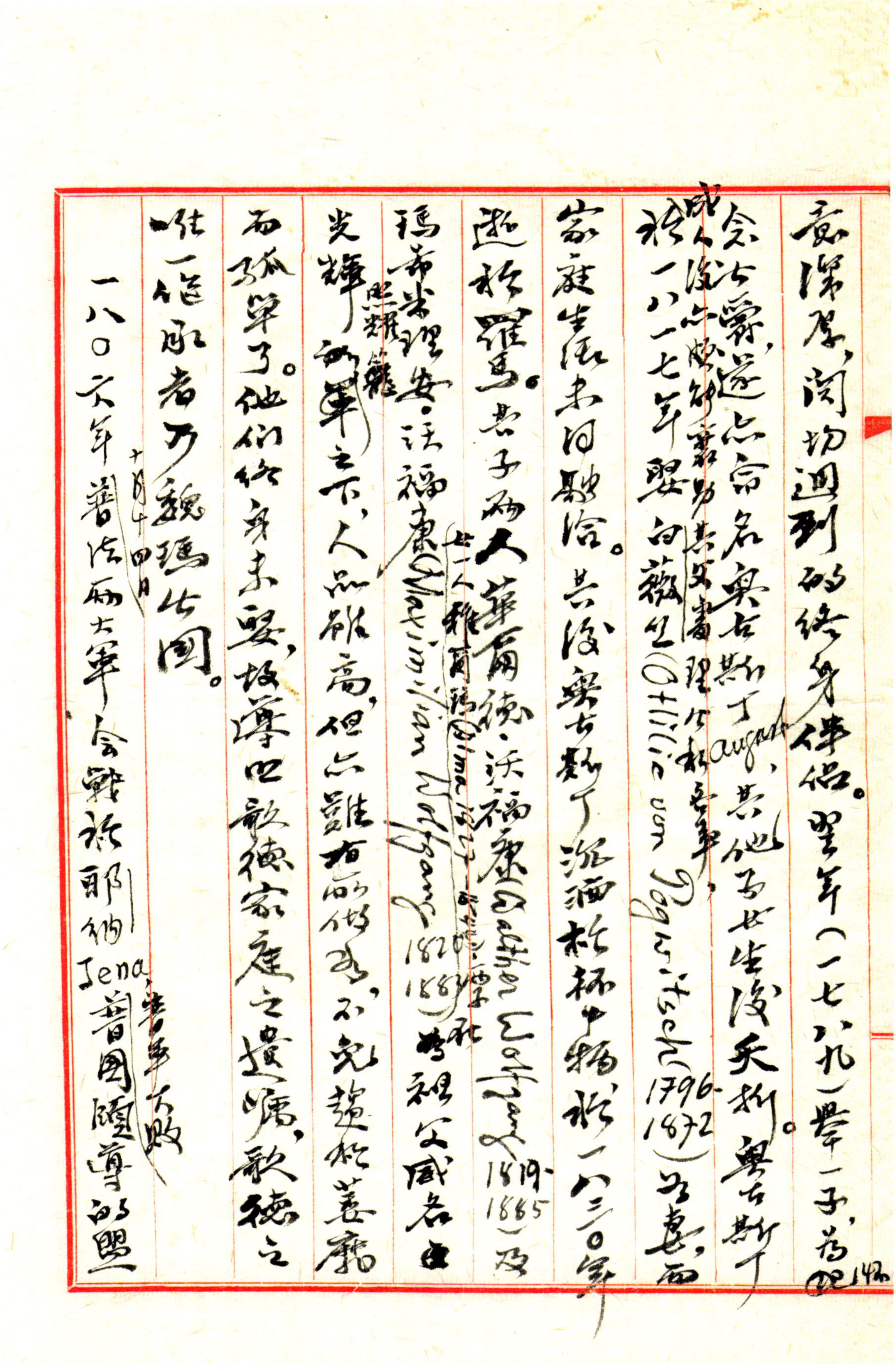
豪傑者，開始遇到的終身伴侶。翌年（一七八九）舉一子，為他
命名奧古斯丁 August，其他子女生後夭折。奧古斯丁
於一八一七年娶向薇里（Ottilie von Pogwisch 1796-1872）為妻，而
家庭生活未得融洽。其後奧古斯丁旅遊於義大利，於一八三〇年
逝於羅馬。君子兩人華爾德．沃福康（Walther Wolfgang 1818-1885）及
瑪希米理安．沃福康（Maximilian Wolfgang 1820-1883）均在祖父盛名之
光輝籠罩之下，人品雖高，但亦難有所作為，不免趨於萎靡
而孤單了。他們終身未娶，故導吧歌德家庭之遺嗣，歌德之
唯一繼承者乃魏瑪公國。
一八〇六年普法兩大軍會戰於耶納 Jena，普軍大敗，普國領導的聯

◉ 未刊稿《歌德的生平和創作道路》節選之六

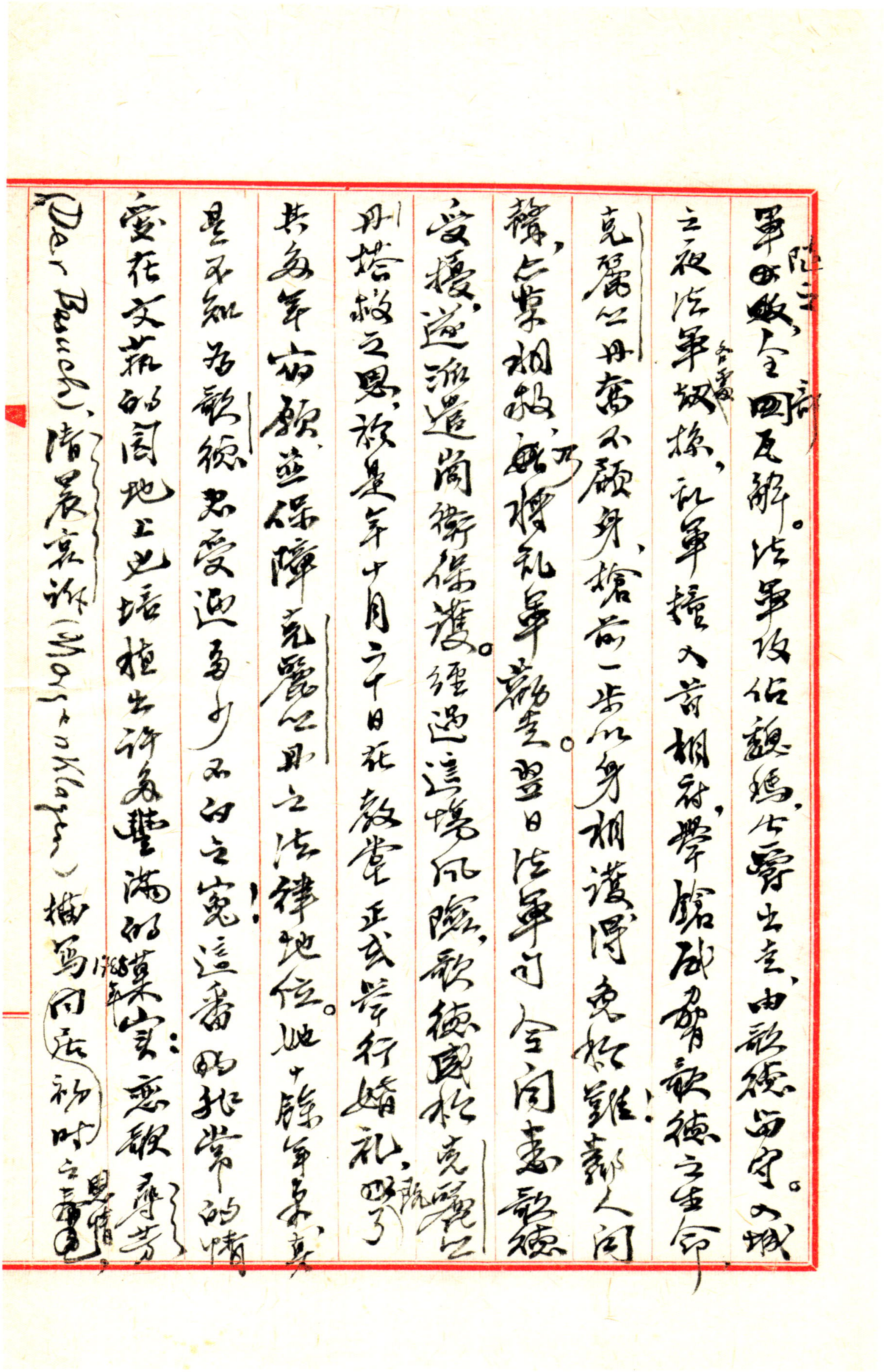
軍由敗，全面瓦解。法軍攻佔魏瑪，公爵出走，由歌德留守。入城之夜法軍紛擾，亂軍擅入前相府邸，威脅歌德之生命，克麗斯丹娜不顧身，搶前一步，以身相護，得免於難。鄰人間韙，亦紛紛相救，乃獲亂軍散走。翌日法軍司令向歌德受擾，送派遣崗衛保護。經過這場風險，歌德感於克麗斯丹娜搭救之恩，於是年十月二十日在教堂正式舉行婚禮，確認了其多年宿願，並保障克麗斯丹娜之法律地位。她十餘年來是不知為歌德君受過多少不白之冤，這番的非常的情愛在文藝的園地上也培植出許多豐滿的果實：悉敬摩芳（Der Besuch）、清晨哀訴（Morgenklagen）（1788年）描寫同居初時之情思

◉ 未刊稿《歌德的生平和創作道路》節選之七

對於這番天作之合，歌德也曾說過一個有趣的比喻：我在路邊遙遙看着，尋找蝴蝶：在草中之一枝，我找到了一粒小珍珠，它就是便藏於我的胸懷中了。

文字哀艷動人；其他之作品如羅馬哀歌，威尼斯銘體詩（Venezianische Epigramme），植物變形學（Metamorphose der Pflanzen）皆係當時之收穫。一八一三年於銀婚紀念日（八月廿六日）他向克麗絲丹結褵二十五年了——他寫小詩一首，以尋得者題（Gefunden）而尋得寶人，佳者緣，獻給同甘共苦的伴侶，追懷廿五歲前初次巧遇之女子，雖平淡，而情意纏綿，是代表歌德抒情詩之本色。三年後（1816）克麗絲丹一病不起，詩人以小詩一章沉痛地追悼：

噢，太陽，你徒然地要
透過暗淡的雲霧出現；
我生命一切之價值
是為她之喪亡哀悼。

◉ 未刊稿《歌德的生平和創作道路》節選之八

印文：商承祖印

商承祚先生

字景荀
公元一八九九——一九八〇年

商承慈先生傳略

葉保均

商承慈先生，字景荀，中年後以『復九』自署。廣東番禺人。清光緒二十五年己亥十月初十日（一八九九年十一月十二日）生於廣州省城西門內蓮花巷祖宅，為雲汀公之第三子。先生幼年生活在廣州。一九〇五年，六歲時隨父任來到北京，與兩位兄長及堂兄弟們一起接受傳統教育。一九一一年『辛亥革命』之後，舉家出京往青島。一九一四年夏，以兵燹隨家避居青州。次年春，繼遷曲阜。一九一七年，移家至天津，旋歸北京，此後又嘗於京津兩地間居泊不定。先生的青少年時代雖然轉徙顛沛，但因生長在書香之家，自幼耳濡目染，加之秉性聰慧，在讀書之餘對辭賦琴棋等均有涉獵，尤雅善書畫。於世交間多有酬贈之作，甚為時宿所嘉賞。少年才俊，嶄露頭角。一九二二年，二十三歲時娶妻福州駐防吳鴻恩（蒓塵）之女吳琬英。一九二三年冬，子志熊生，不幸九歲因病殤於北京。一九三七年十月，長兄承恩生女於長春，取名志蓉，出繼先生，以養終老。

先生初就事於京奉鐵路，後至上海，任職裕華鹽業公司。一九四六年秋，趕赴長春，護送父母、夫人及眾姪女分往京津，隨後先生亦回北京定居。解放初期，為生活計，斷續做些文字抄繕工作。此時與妹婿上虞羅福頤並宅而居，竟日往還，漸次研習傳拓技藝，天資即高，心手相應，很快技臻純熟。經介紹先後進入中國科學院考古研究所和歷史研究所，以一技專長參加新中國建設。據中國先秦史學會前常務副會長、商承慈先生曾供職的歷史所先秦史研究室的同事孟世凱先生回憶：上個世紀五十年代中後期，先生在考古所工作期間曾手拓青銅器和善齋所藏甲骨。其中甲骨共計二萬八千二百九十二片，當時至少拓了兩份，先生為墨拓者之一。① 先生退休後應聘歷史所，自一九六一年《甲骨文合集》編輯工作正式啟動至一九六六年『文化大革命』開始的五年時間裏，先生在歷史所墨拓該所藏甲骨一千九百八十七片；選拓清華大學藏甲骨一千二百三十九片；選拓故宮博物院藏甲骨一千八百一十八片；選拓北京大學藏甲骨八百六十七片；選拓天津市歷史博物館藏甲骨五百五十一片；選拓山東省博物館藏甲骨一千七百一十七片。『以上工作中，有一些是商老帶領青年人一起做的，但絕大部分或不容易拓的甲骨都是商老做的。此外，商老向歷史所先秦史研究室《甲骨文合集》編纂組的六位青年同志傳授了拓墨技術。』（引自孟世凱《相關記載與歷史所先秦室同人關於商老工作的回憶》）一九七二年，安陽小屯南地發掘清理出刻辭甲骨五千零四十一片，先生於一九七三年重回考古所擔任墨拓工作，並負責修復和傳授技術。經綴合《小屯南地甲骨》一書刊登了四千六百一十二版甲骨圖片資料，這些甲骨的拓片幾乎全都出自先生之手拓。完成時，先生已屆七十八歲高齡。

先生雖自青年時代始即從事實業，但詩書畫藝並未遺略。幼讀《詩經》及漢魏六朝詩，成年後於宋詩用心頗專，尤喜放翁詩的豪邁氣象。先生的詩詞文賦崇尚沖淡自然，遣辭凝練直樸，而風致駿爽，格律謹嚴。所惜歷經動亂，多散佚，未能結集出版。書學歐柳，落墨秀健。畫作在兼習前賢諸家山水花鳥畫法的同時，還因身處京津，受到宗室畫家和京派畫風的一定影響，講求以精麗溫婉的筆墨和舒展從容的佈局，表現爾雅閒適的格調與神韻。先生每自謙以墨戲，隨寫隨贈，今亦傳世不多。先生喜交遊，舊雨新朋，情誼肫摯。與玉初先生之子勞健（篤文）為總角交，常有文墨往來且現在家中尚存遺跡者還有如：恆潤（悳父），陳繼聖（瘦生），以及胡先春（元初）等。先生慈祥仁厚，謙虛謹慎。遇有求教者，總是循循善誘啟發鼓勵，耐心細緻而無所保留。工作中深得同事尊敬，譽稱為謙謙長者。

先生一九八〇年一月六日辭世，享年八十一歲，與夫人合葬於北京八寶山人民公墓。

①另一位墨拓者為羅福葆先生，但其工作止於一九五五年九月。有資料顯示商先生在中國科學院考古研究所從事墨拓始於上個世紀五十年代中前期，即善齋老人劉體智一九五三年捐獻所藏甲骨給北京圖書館之後不久。

◉偕老圖
一九四八年冬作《集錦添華》册頁之二
32×25厘米

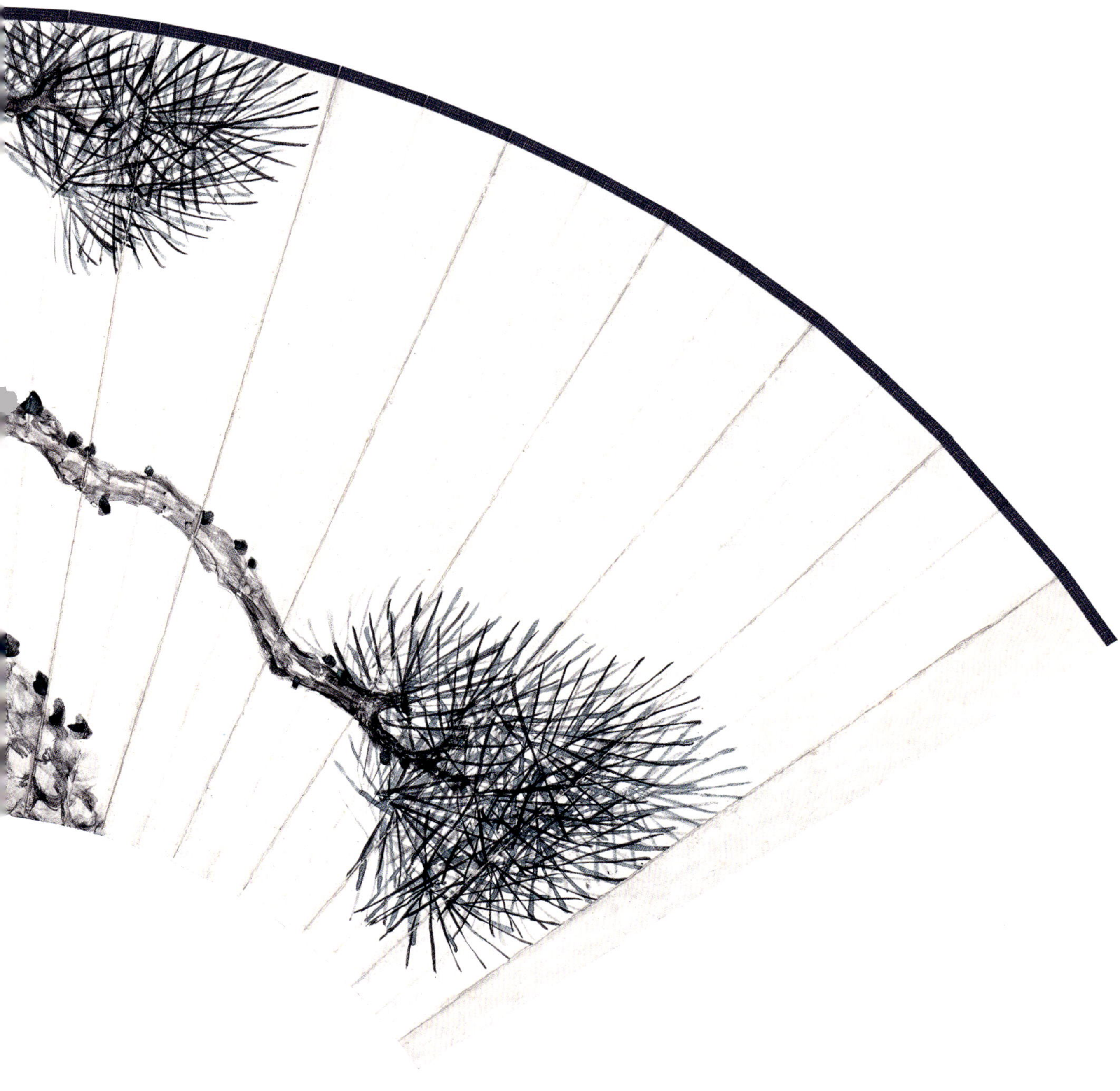

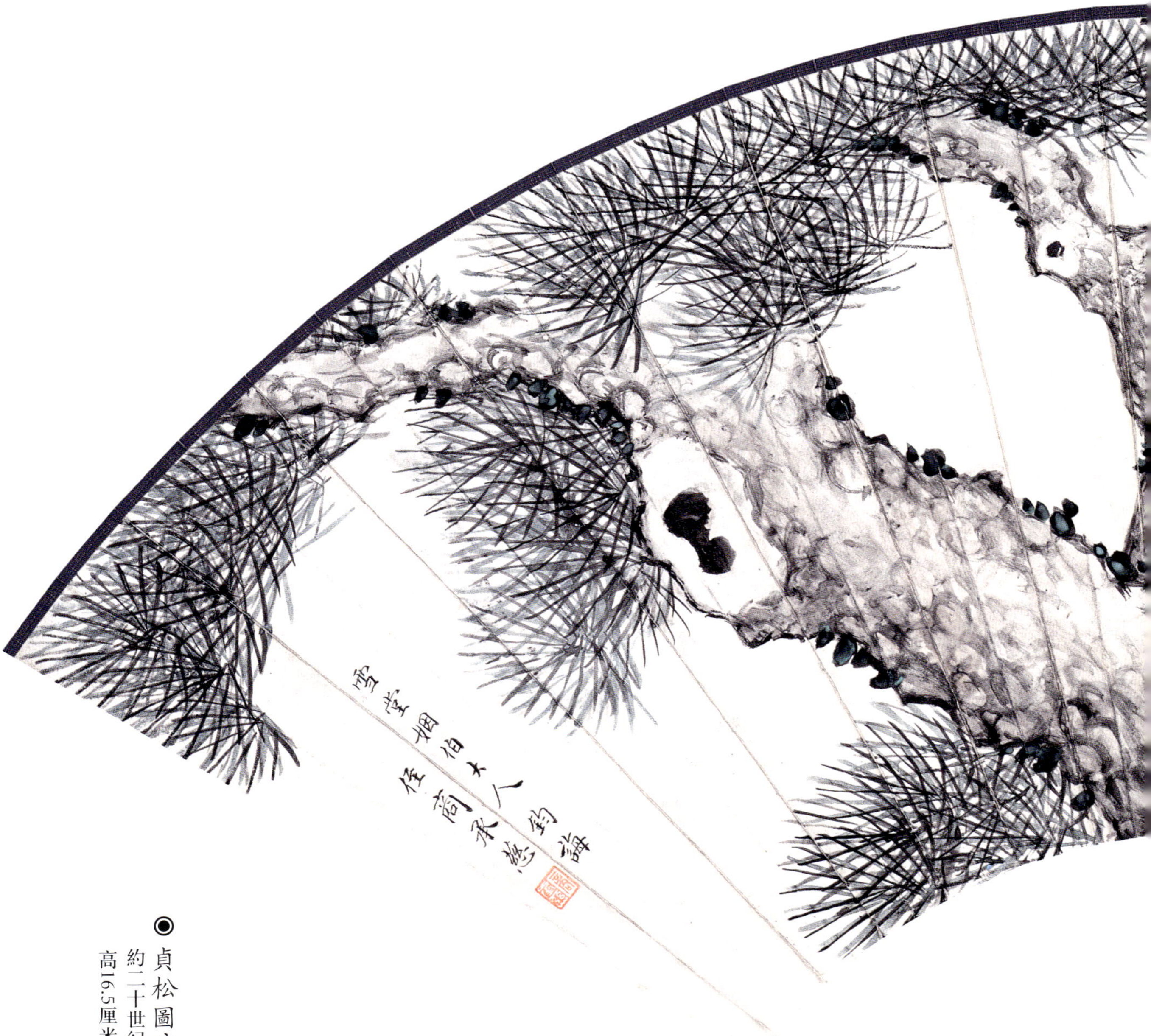

◉ 貞松圖扇面

約二十世紀二十至三十年代畫呈羅振玉

高16.5厘米 寬52厘米

◉松鶴圖成扇
一九四七年六月畫贈堂兄商承祖
高17厘米 寬52厘米

◉景荀公手拓殷墟書契之一
約一九七五年
近似原大

印文：味道之腴

（此印為商承慈治）

邊款一：萬事皆有至理曰道，言語動作須臾不離此理，即須臾不離此道。契此道者，無得失利害芥於胸中，泰然自足，自覺醰醰有味，

邊款二：非他人所能喻也。然須由讀書閱歷變化氣質後方能知之。集義所生，非義襲可取。為書荀子是語以告復兒，其深味之。

邊款三：甲申閏四月二十四日，嚴父為書額於長春。

邊款四：乙酉立冬客申，特刻此章，以誌不忘。復九。

印文：商承慈印
（此印為象牙印）

印文：商承慈
（此印為羅福頤治）

印文：商承慈印
（此印為羅福頤治）

印文：景荀
（此印為羅福頤治）

印文：商承慈印
（此印為羅福頤治）

印文：景荀別號磊僧
（此印為羅福頤治）

印文：商四

印文：商復九
（此印為象牙印）

印文：商復

印文：景荀

印文：商復九

印文：磊僧

商承祚先生

字锡永
公元一九〇二——一九九一年

商承祚先生傳略

商尔从

商承祚先生（一九〇二年—一九九一年），字錫永，號契齋。廣東番禺人。為商衍鎏先生之次子。是我國著名的古文字學家、考古學家、文物鑒定家、書法篆刻家和教育學等領域的專家。生前為中山大學一級教授，首批博士生導師，成就卓著，素為國內外學術界敬仰。

商承祚先生自幼師承家學，深受父親商衍鎏先生及伯父商衍瀛的影響，一九二二年從師羅振玉研習古文字和文物鑒定，由馬衡先生推薦，入北京大學研究所國學門為研究生，一九二五年任南京大學國立東南大學講師，一九二七年任中山大學國文系教授。二十世紀三十年代在北平師範大學、清華大學、北京大學和金陵大學任教。抗日戰爭爆發，隨金大遷居四川，後在齊魯大學、重慶大學等校任教授。一九四八年重返中山大學執教，直至仙逝。

在古文字研究上，商承祚先生受益於羅振玉先生的指導。在一九二三年出版《殷虛文字類編》，並深得王國維先生的讚賞，該書乃我國最早、最有建樹的甲骨文字典之一，為其成名之作，年僅二十二歲。一九三三年後出版《福氏所藏甲骨文字》和《殷契佚存》、發表《古代彝器偽字研究》頗有創見。建國後著有《石刻篆文編》，是迄今唯一之石刻篆文字典。此外還有《說字》十四卷和《戰國楚竹簡滙編》《戰國楚帛書述略》《先秦貨幣文編》等。

商承祚先生在考古上的貢獻同樣十分突出，《十二家吉金圖錄》《渾源彝器圖》，均為學界稱道。一九三八年冒着敵機轟炸搶救性發掘楚墓，其後成《長沙古物聞見記》，始開楚文化研究之先河，被譽為楚文化研究的開山鼻祖。一九四一年初，他再次返回長沙，在長沙八個月，購得戰國至漢代的各類文物一批，為保護這些文物他冒着戰火四處躲避，備嘗艱辛。在二十世紀三、四十年代，他還在四川等地進行考古發掘，著有《四川新津等地漢崖墓磚墓考略》。

五十年代初，親赴長沙發掘戰國楚墓百餘座，為長沙楚墓正式發掘之始。一九七七年夏，他以七十五歲高齡親臨河北平山墓葬的發掘工地，拓印銘文，並指導臨摹。他在考古學上的著作還有《廣州光孝寺古代木雕像圖錄》《長沙出土楚漆圖錄》《長沙古物聞見記續編》等。

商承祚先生喜好收藏文物，用其工薪收集文物，藏品甚豐，種類涉及青銅器、楚漆器、歷代名家書畫、石灣陶瓷、名家篆刻等。晚年主張『藏寶於國，施惠於民』，自二十世紀六十年代初以來，先後捐贈故宮博物院、中國歷史博物館、廣東省博物館、廣東民間工藝博物館，深圳博物館、湖南省博物館，共計逾千件之多，表現了一個真正收藏家的高風亮節。商承祚先生仙逝後，其子女根據遺願，除向文博單位捐贈文物外，還將先生所藏圖書善本捐贈中山大學圖書館，所藏金石拓本、印章鈐本等捐獻香港中文大學文物館。為保護全國重要文保單位陳家祠、全國總工會、光孝寺等舊址，他充分利用曾任全國人大代表、全國政協委員、民盟中央委員及廣東省副主委、中國書法協會理事及廣東省書協會長、廣東省文管會副主任等社會職務的影響力，擁樹法制，不畏強權，力爭不懈，使古跡得到妥善保存，功績流傳後世。

商承祚先生承先父之教導，全心治學，育人無數。治學方法嚴謹，『宗羅師從實事求是解決問題，知之為知之，不知為不知』。他的研究生教學主要採取交談及研討的形式，指導研讀原始材料與專著，答疑解惑相結合的方法，培養學生獨立思考與研究的能力。商承祚先生樂於助人，晚年用工薪收入及書法作品義賣之款，捐資助學，並在中山大學中文系設立獎學金。

商承祚先生在篆刻研究上，也頗有建樹，早在一九二五年就與羅氏三兄弟（君美、君羽、子期）合署有《契齋古印存》，在一九三六年著有《古匋軒秦漢印存》。在書法藝術上，他將書法與古文字研究相結合，尤以金文篆隸見長。青少年時臨習鐵線篆、金文、甲骨，後習歐陽、褚、柳、顏諸家，吸取各家之筆法及神韻，逐漸形成自己的風格。晚年又根據考古發現，專攻秦隸，充分體現他的古文字功底。他的作品，無論古趣盎然之鐵線篆、剛勁渾厚之秦漢隸書，還是題跋中超逸灑脫之行楷，都臻達了書法藝術的甚高境界。相關著述有《論東晉的書法風格並及蘭亭序》《中國歷代書畫篆刻字號索引》《商承祚篆隸冊》《商承祚秦隸冊》等。

本文根據商承祚先生《我的大半生》整理並修訂

庚申卜㱿貞王勿征舌方下上弗若不我其
受又丁巳卜今春方其大出四月于翌日
壬歸又大雨癸丑卜㱿貞求年于大甲十
牢祖乙十牢乙未貞大卯弜冓翌日其興

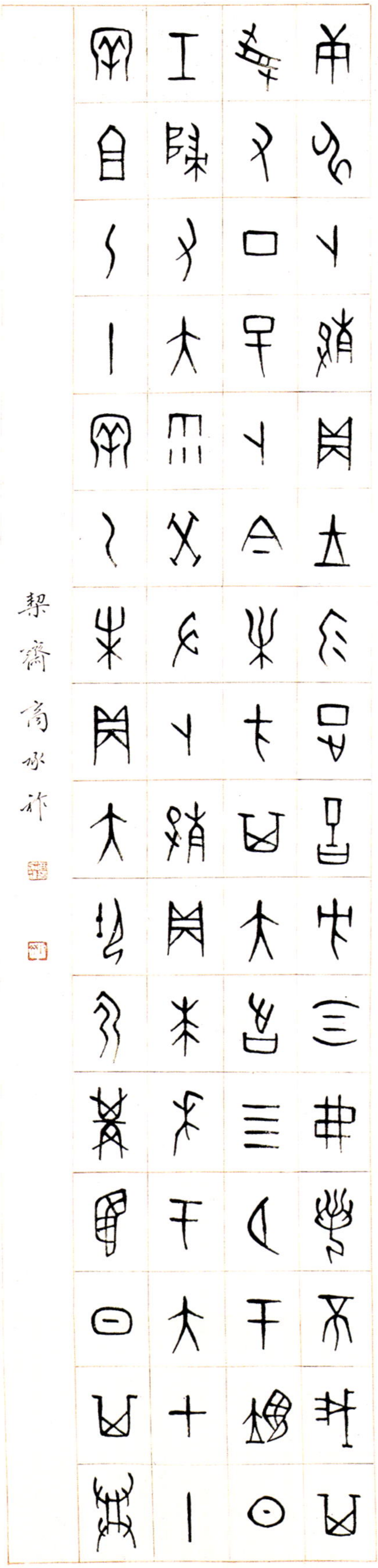

◉甲骨文立軸
一九四三年作
137.4×33.6厘米

貞上子不我其受又壬辰卜翌
甲午燎于蚀盖豕貞出于王恒
癸未卜王在豐貞亡囚在六月
甲申工典其酒于椓亡戋

◉甲骨文立軸
一九四三年作

山高流長請從所樂
道成德立自顯於時

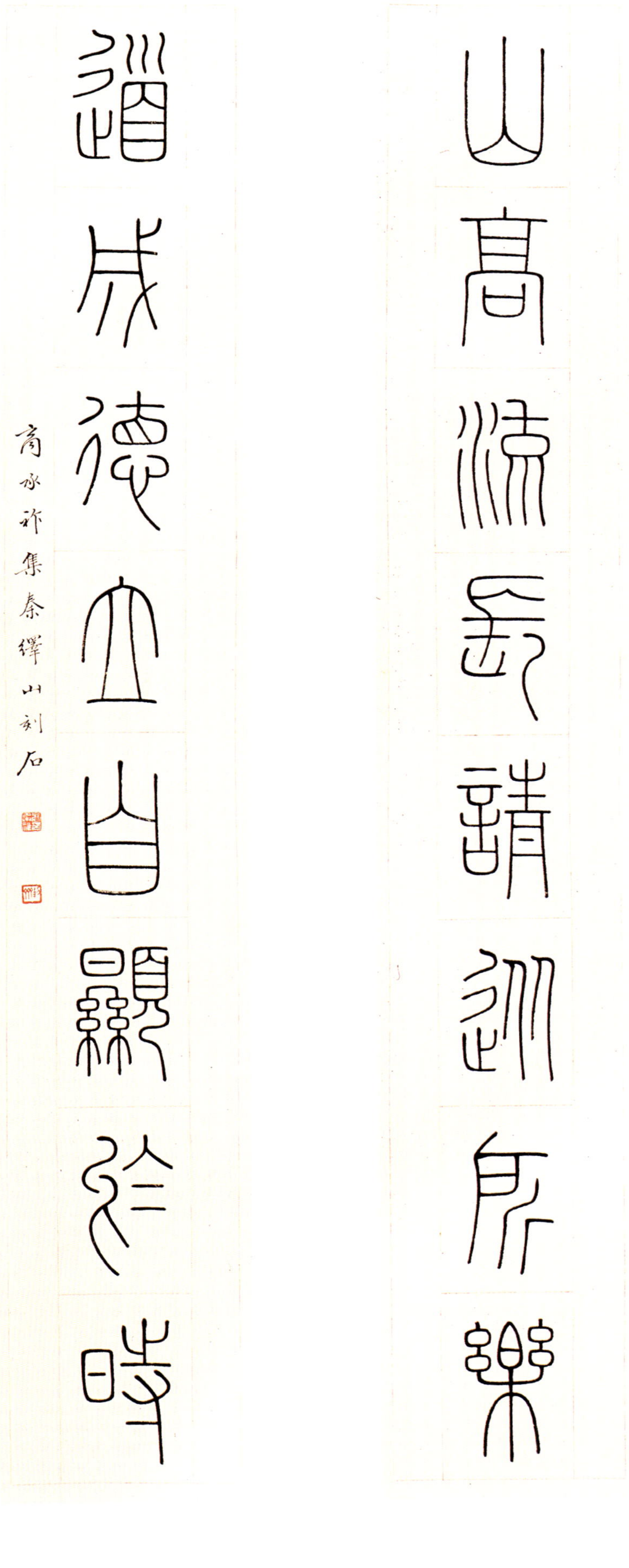

◉篆書八言聯
一九四三年作
每幅129.5×20.7厘米

延萬世子孫其德
以燕樂嘉賓之心

◉金文七言聯
一九四三年作
每幅130.5×20.5厘米

晉侯伐衛叔孫得臣如京師秋公孫敖會晉侯于戚

魏三字石經正始年立凡卅八石分列西南一面爲尚書一面爲春秋經石崩于晉永嘉之世自五代至宋麻有所出民國十一年洛陽東南碑樓莊鄉民劚藥遂大量發見前後約得二千二百餘字
契齋商承祚

◉書魏三體石經立軸
一九四三年作

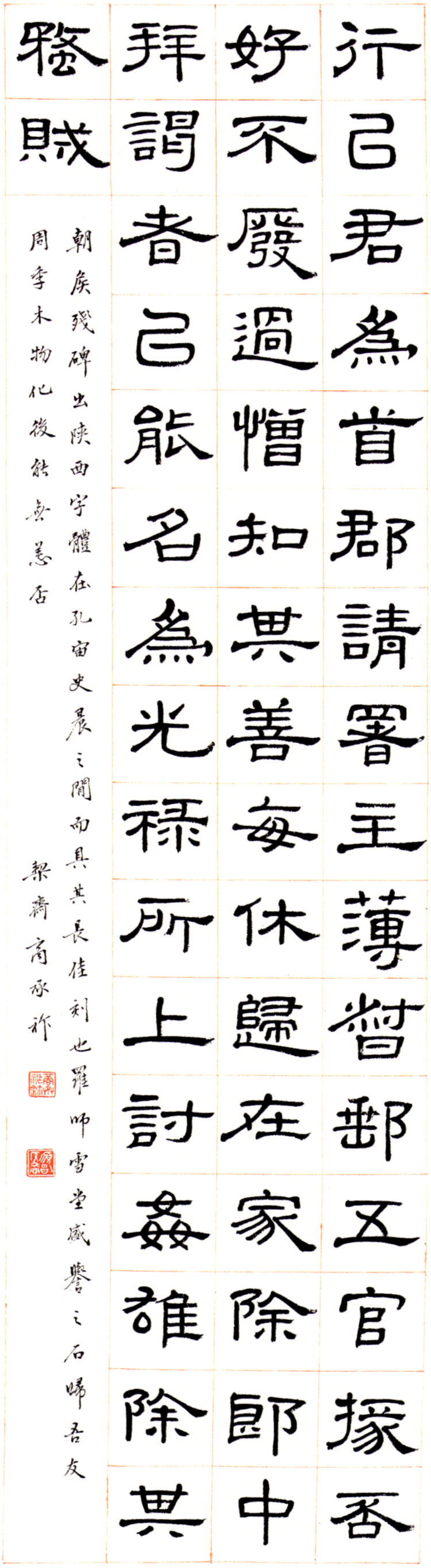
行己君為首郡請署主簿督郵五官掾否
好不廢過憎知其善每休歸在家除郎中
拜謁者己能名為光祿所上討姦雄除其
駱賊
朝侯殘碑出陝西字體在孔宙史晨之閒而具其長佳刻也羅師雪堂藏譽之石歸吾友
周季木物化後能無恙否
契齋商承祚

◉隸書臨朝侯殘碑立軸
一九四三年作

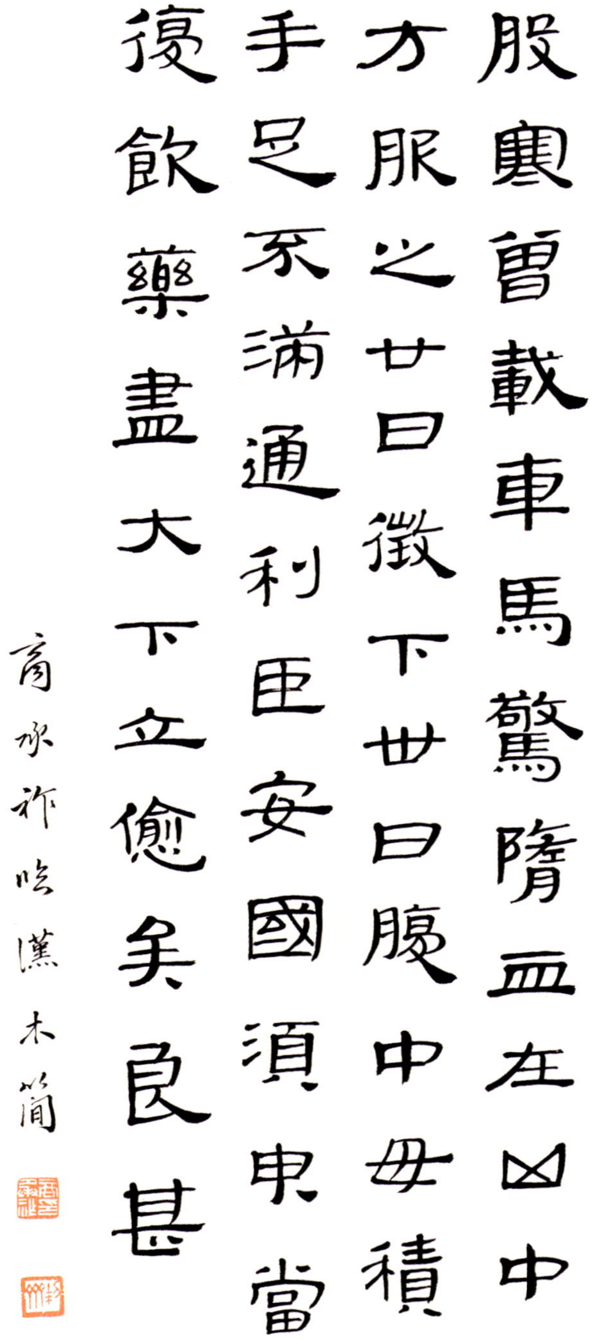
股寓曾載車馬驚隋血在凶中恩與惠君
方服之廿日徵下卌日腹中毋積匈中不復
手足不滿通利臣安國須臾當泄下不下
復飲藥盡大下立愈矣良甚
商承祚臨漢木簡

◉臨漢木簡立軸
一九四八年作

謙虛謹慎 戒驕戒躁 團結起來爭取更大的勝利

謙虛謹慎戒驕戒躁團結起來爭取更大的勝利
主席教导一九七五年七月大暑后四日
书付韡儿自学
承祚

◉金文毛主席語錄立軸
一九七五年作
68×32.8厘米

久有凌雲志 重上井崗山 千里來尋故地
舊貌變新顏 到處鶯歌燕舞 更有潺潺流水
高路入雲端 過了黃洋界 險處不須看
風雷動 旌旗奮 是人寰 三十八年過去 彈
指一揮間 可上九天攬月 可下五洋捉鱉
談笑凱歌還 世上無難事 只要肯登攀

毛主席詞 水調歌頭 重上井岡山 一九七六年五一節書付
坤儒三姊
承祚于康樂園

久有凌雲志重上井岡山千里來尋故地
舊貌變新顏到處鶯歌燕舞更有潺潺流水
高路入雲端過了黃洋界險處不須看
風雷動旌旗奮是人寰三十八年過去彈
指一揮間可上九天攬月可下五洋捉鱉
談笑凱歌還世上無難事只要肯登攀

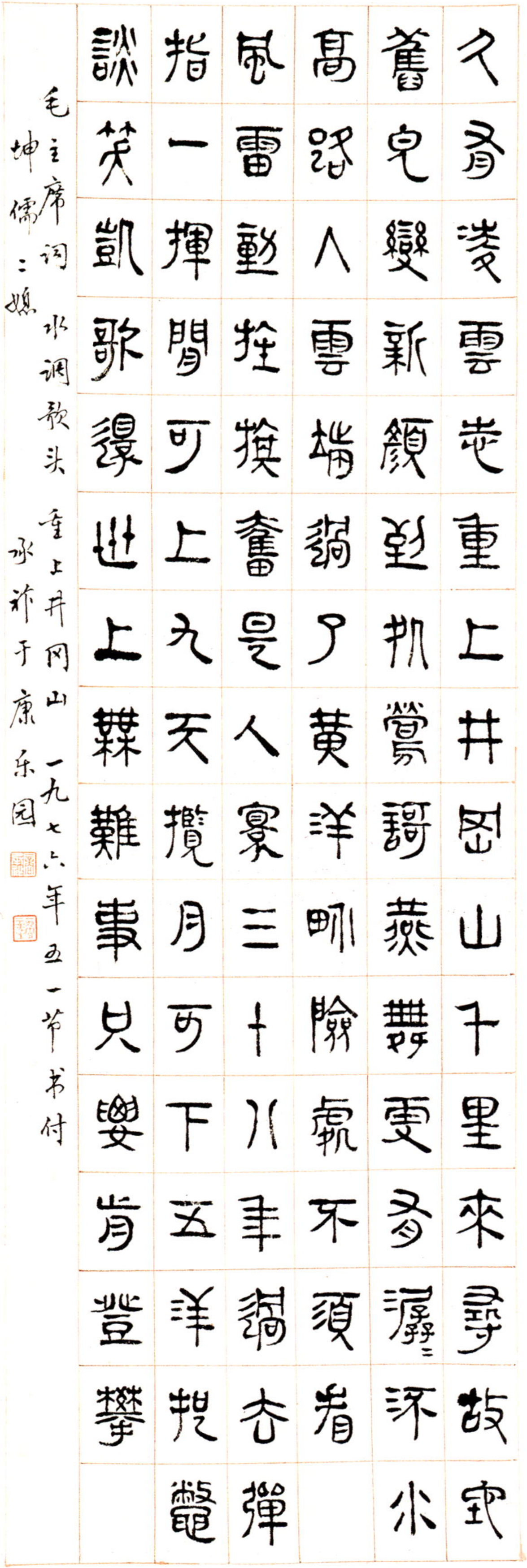

● 秦隸毛主席詞立軸
一九七六年作
97×33厘米

蓬門未識綺羅香 擬託良媒亦自傷 誰愛風流高格調 共憐時世儉梳妝 敢將十指誇鍼巧 不把雙眉鬥畫長 苦恨年年壓金線 為他人作嫁衣裳

◉秦隸唐詩立軸

一九八〇年作

為愛晴初放　言登掃葉樓
暑來農事苦　雨過綠陰稠
僧磬沖雲出　江帆夾郭浮
莫云塵市近　此地已清幽

雨後登南京清涼山掃葉樓作于民國八年時年十七歲
一九八零年十月商承祚于羊城

◉秦隸自作詩立軸
一九八〇年作

鼓瑟吹笙　吹笙鼓簧　琴瑟在御　莫不靜好

鼓瑟吹笙鼓簧琴
瑟在御莫不靜好
尔刚姪孫婚後前來羊城渡假日內即遄返北京
書此付之　一九八一年八月　契齋

◉秦隸集詩經句立軸
一九八一年作
95×35厘米

稻草捆秧父抱子
竹籃裝筍母懷兒

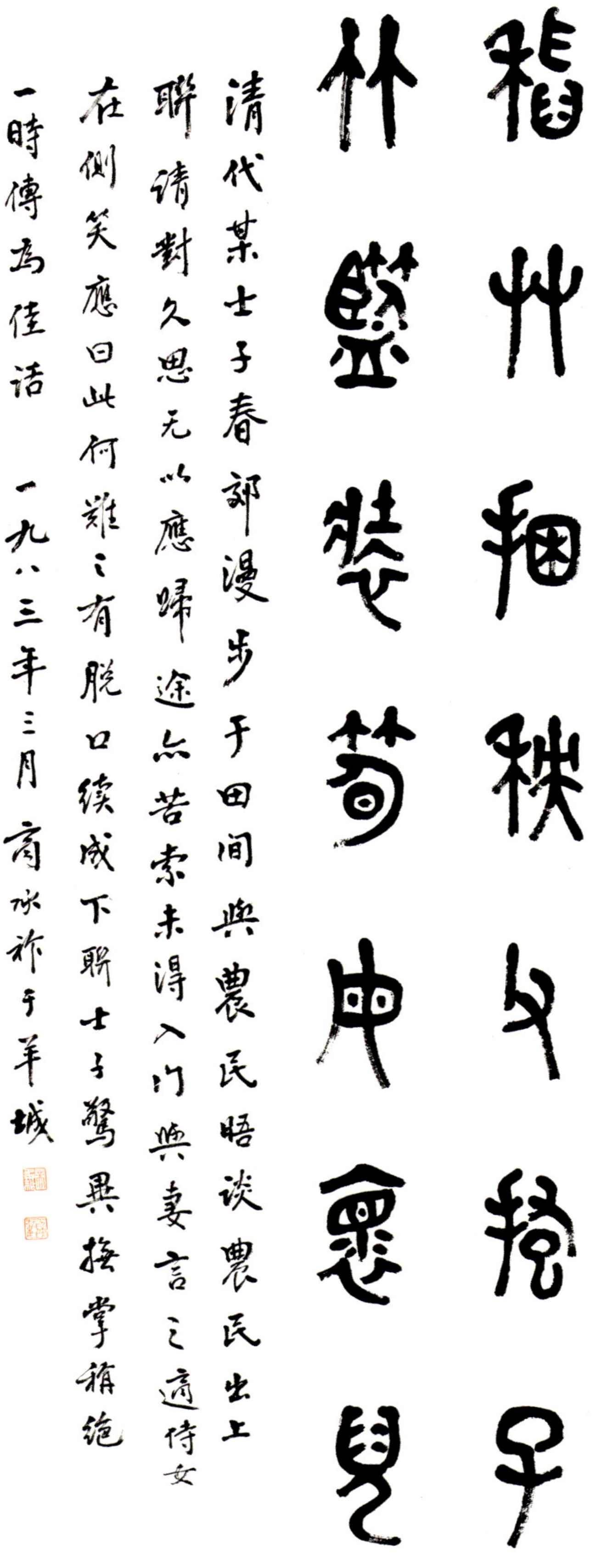
稻草捆秧父抱子
竹籃裝筍母懷兒
清代某士子春郊漫步于田间與農民晤談農民出上聯請對久思无以應歸途亦苦索未得入门與妻言之適侍女在側笑應曰此何難之有脫口续成下聯士子驚異拍掌稱绝一時傳為佳話
一九八三年三月 商承祚于羊城

◉秦隸佳聯立軸
一九八三年作

書山有路勤為徑
學海無涯苦作舟

書山有路勤為徑
學海無涯苦作舟
克永賢婿志蓉姪女勉之
一九八四年四月商承祚書于羊城

◉秦隸七言聯
一九八四年作
每幅123×23厘米

在娘家青枝綠葉 到婆家骨瘦肌黃 不提起還則罷了 一提起泪水連連

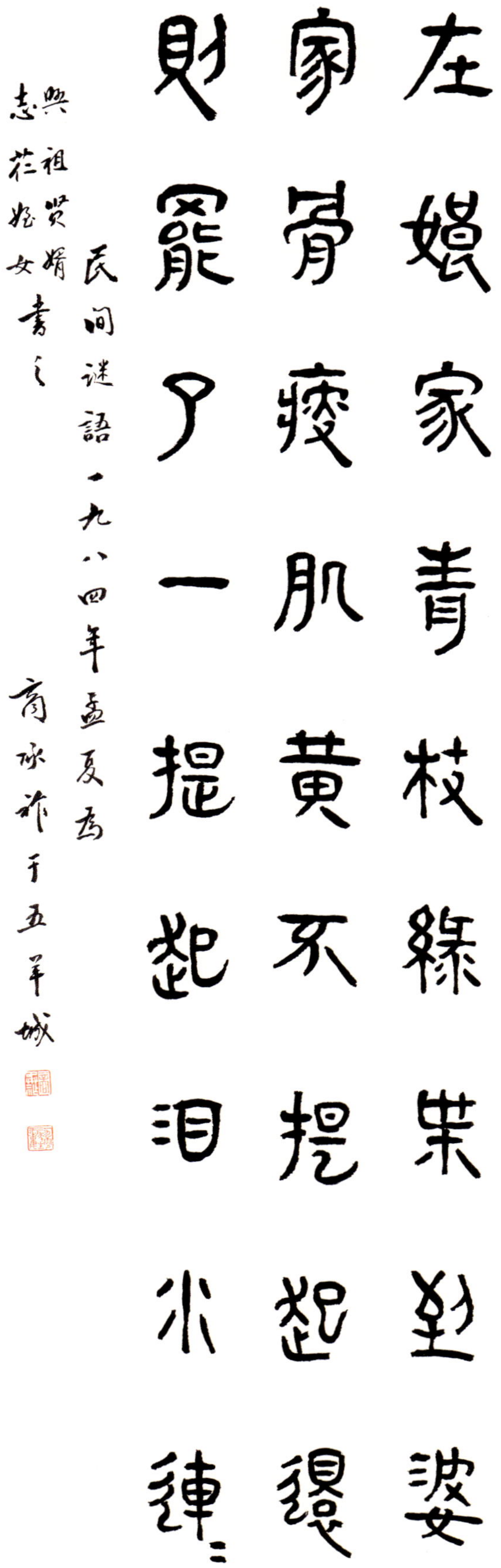

◉秦隸謎語立軸
一九八四年作
101×33厘米

月落烏啼霜滿天　江楓漁火對愁眠　姑蘇城外寒山寺　夜半鐘聲到客船

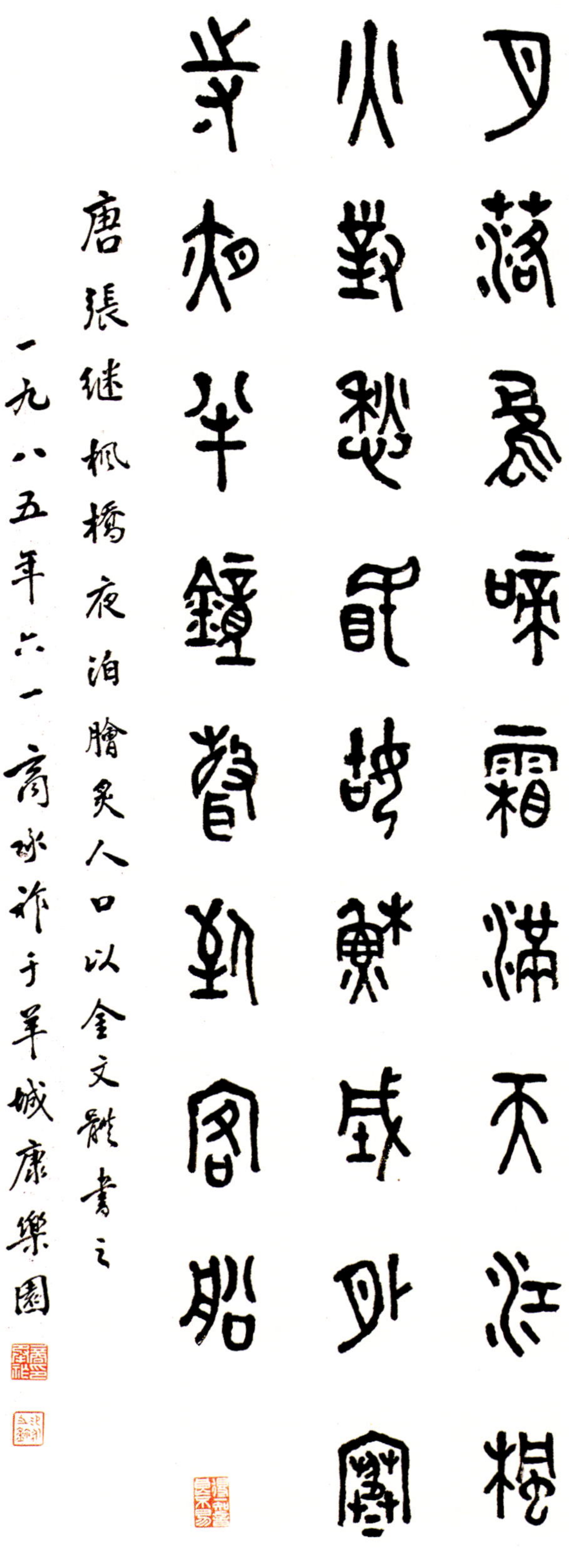
唐張繼楓橋夜泊膾炙人口以金文體書之
一九八五年六一　商承祚于羊城康樂園

◉金文唐詩立軸
一九八五年作
115×41厘米

九十可算老 八十不
稀奇 七十過江鯽
六十小弟弟 四十 五十 爬滿地
二十 三十 睡在搖籃裏

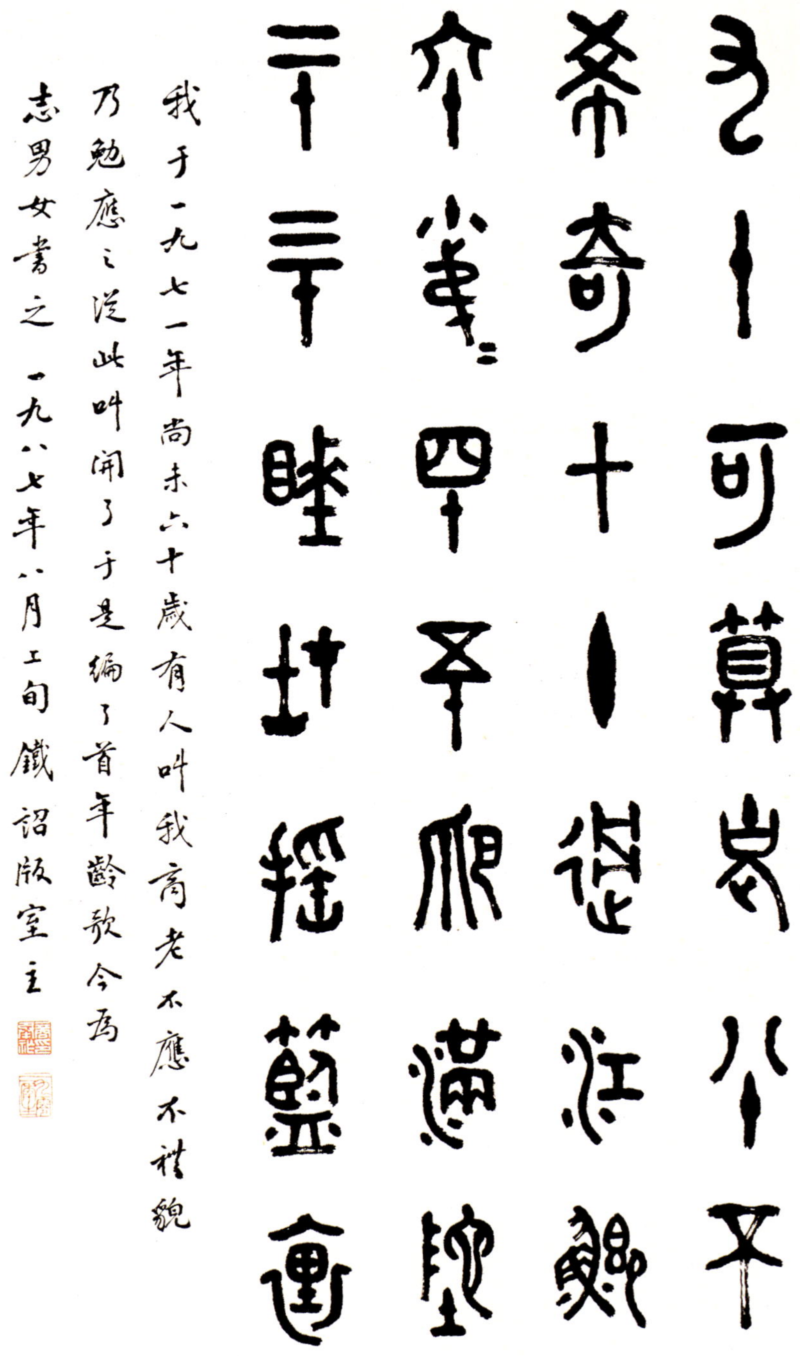
九十可算老八十不
稀奇七十過江鯽
六十小弟弟四十五十爬滿地
二十三十睡在搖籃裏
我于一九七一年尚未六十歲有人叫我商老不應不禮貌
乃勉應之從此叫開了于是編了首年齡歌今為
志男女書之 一九八七年八月上旬

註：『七十過江鯽』句中之『過江鯽』，源自成語『過江之鯽』。東晉王朝在江南建立後，北方士族紛紛來到江南，當時有人說『過江名士多於鯽』。比喻某種事物非常多。此成語不常用，所以《年齡歌》有版本作『七十難統計』。另，落款有『我於一九七一年尚未六十歲……』，實先生年『尚未七十歲』也。

◉秦隸年齡歌立軸
一九八七年作
104×61.3厘米

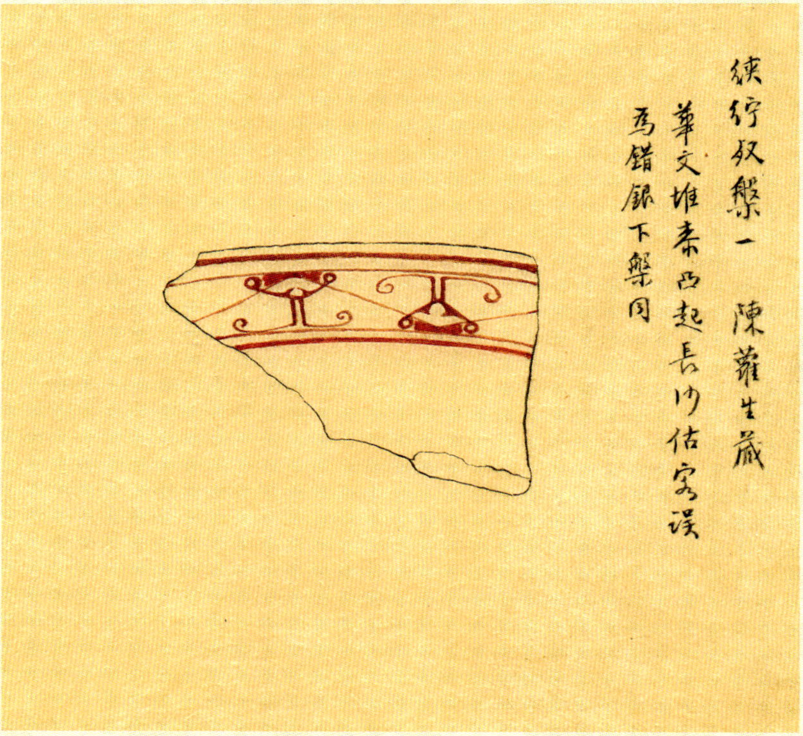

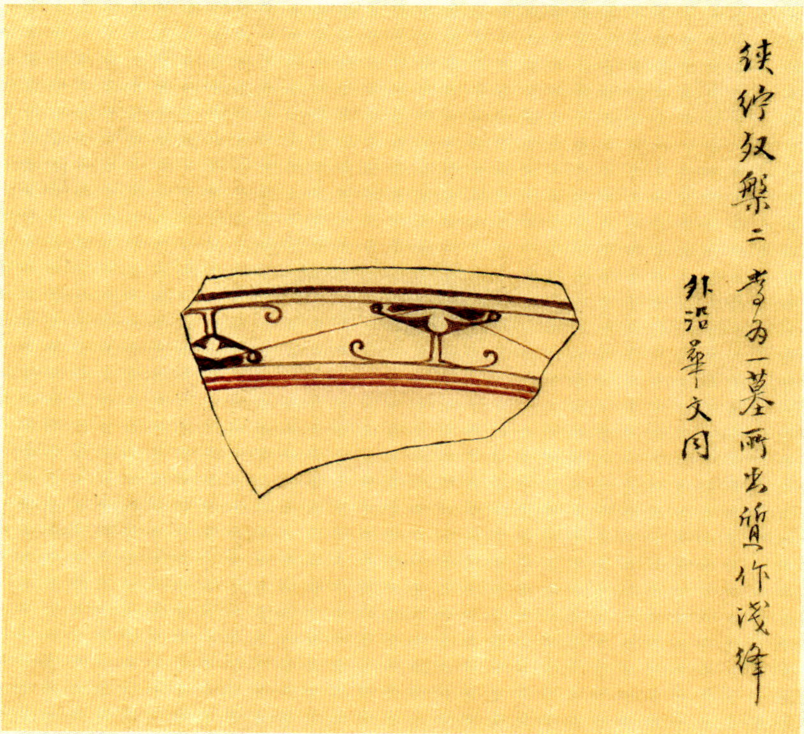

◉契齋先生手摹古器物選
近似原大

印文：須昌侯裔
（此印為瓷印）

印文：栔齋暫保
（此印為羅福頤治）

印文：商承祚印

印文：曾藏栔齋
（此印為商承祚治）

印文：古先齋
（此印為商承祚治）

邊款：栔齋

印文：棃齋
（此印為商承祚治）

邊款：丁巳八月作

印文：承祚信印
（此印為商承祚治）

邊款：卅二年二月棃齋旹在巴山

印文：世上无難事只要肯登攀
（此印為商承祚治）

邊款：一九七六年三月
棃齋作于灯下

印文：商承祚印
（此印為盧煒圻治）

邊款：商老命篆僅呈誨正
一九八五年九月盧煒圻敬刻

印文：商承祚印
（此印為康殷治）

邊款：甲辰八月為永老擬
漢人切玉即乞教正　殷恭刻

印文：古先齋藏
（此印為王禔治）

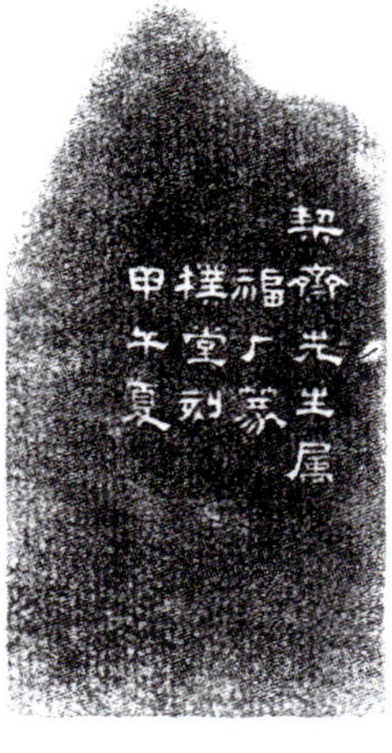

邊款：契齋先生屬
福厂篆樸堂刻甲午夏

印文：錫永
（此印為方介堪治）

邊款：壬午冬日
七十二叟介堪作于玉篆樓

印文：商承祚印
（此印為唐醉石治）

邊款：契齋先生之命丙午
夏五月醉石時年八十又一

印文：承祚之鉨
（此印為李駱公治）

邊款：駱公

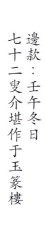

印文：承祚印信（此印為張祥凝治）

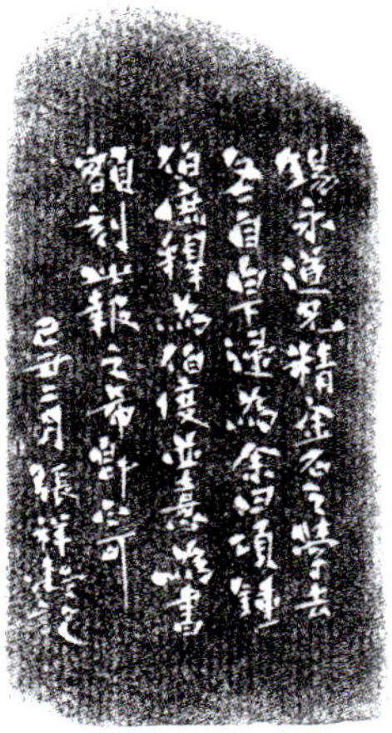

邊款：錫永道兄精金石之學，去冬自白下歸，為余曰：項鐘伯庶釋為伯度，並喜為書額。刻此報之，希即正可。己丑二月，張祥凝記。

印文：楚漆俎几室（此印為黃銘治）

邊款：契齋訪楚墓于長沙，得木製髹漆俎几，精妙殊絕，因以名室，用志珍獲。丙戌仲冬，蜀人黃銘並記。

印文：商錫永（此印為馮康矦治）

邊款：馮康矦刻年七十又八

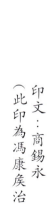

印文：商
（此印為鄧散木治）

邊款：龔翁作此為
絜齋老兄書便面

印文：巳廎
（此印為鄧散木治）

邊款：二十五年六月龔翁

印文：絜齋
（此印為馮康侯治）

邊款：壬戌又四月
康侯刻年八十二

印文：楚簹居

邊款一：萃車馬跡，于然是則。楚簹之居，優優自得。

邊款二：絜齋皓意，本原古迹。壬辰嘉平，銕厂篆刻。

印文：曾在絜齋信

邊款：己未蒲月有四日仿于補過室為

印文：棃齋暫保
（此印為王禔治）

邊款：棃齋先生收藏印
甲午六月福厂篆樸堂刻

印文：番禺商氏棃齋
手拓金石文字記
（此印為黃文寬治）

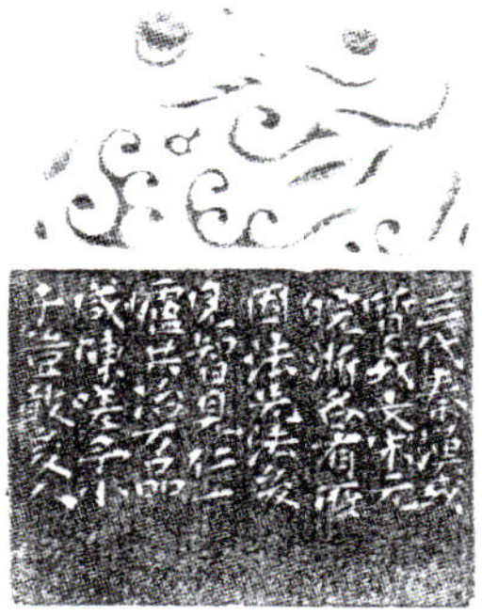

邊款一：三代秦漢，或質或文；
宋元皖浙，各有所因。法先法後，
見智見仁。一爐共冶，万品咸陳。
嗟予小子，豈敢後人？

邊款二：雖不能至，銘止書紳。
錫永先生即正。辛卯夏，文寬。

印文：契齋六十歲手摹
戰國楚竹簡
（此印為謝梅奴治）

邊款：辛丑嘉平梅奴
刻充契齋方家文房

印文：一九七四年秋契齋登
長城高峰時年七十二
（此印為黃世銘治）

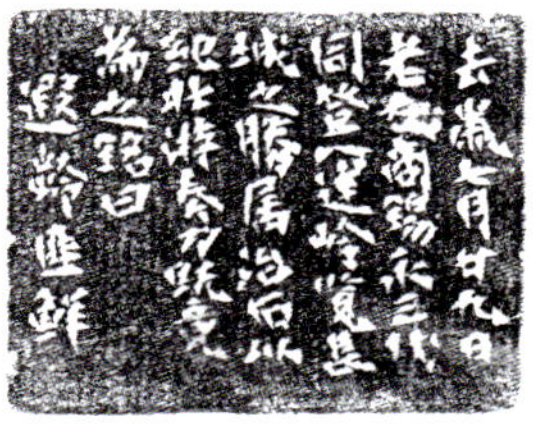

邊款一：去歲七月廿九日，老友商
錫永三代同登八達嶺，覽長城之勝，
屬治石以紀壯遊。奏刀既竟，為之
銘曰：遐齡匪鮮，

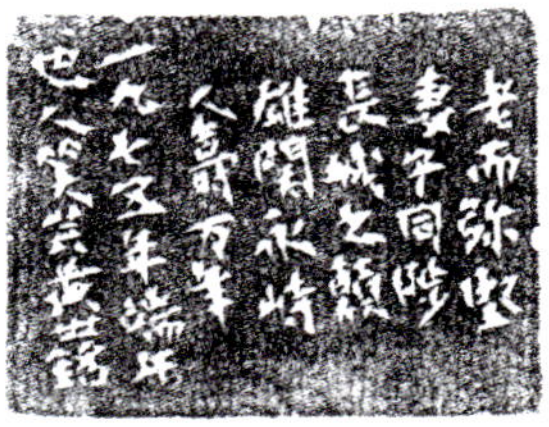

邊款二：老而彌堅。妻子同陟，長
城之顛。雄關永峙，人壽万年。
一九七五年端午，巴人笑芸黃世銘。

邊款三：于塗山清寧洞口之海屋

商莨若女士

字静宜

公元一九〇七——一九六九年

商莒若女士傳略

編校者

商莒若，字靜宜，號雲子。四十二歲後以字行。廣東番禺人。光緒三十三年二月廿四日（一九〇七年四月六日）生於北京。一九六九年十月一日晚，罹遇事故，次日晨離世，享年六十二歲。歸葬於北京八寶山父母墓側。

商靜宜為雲汀公次女，自幼聰明好學，不喜女紅，而以讀書寫字、吟詩作畫為志。及笄許配上虞羅雪堂先生第五子、後來的文物學家羅福頤。一九二三年，在天津合卺完婚。時夫婿正佐雪堂翁整理明清大庫檔案，特以文物摹錄、鑒定見長，治印為名宿所重。入門，夫婦琴瑟在御，志趣相合。靜宜閨中學書師從乃翁，初臨柳體，婚後字習顔魯公，與夫婿同。畫嘗作草木花卉，雖小幅卻淡雅清麗，落筆不俗，自得佳趣。更得夫婿把手教習篆刻，興致盎然，技藝日進，閨中姊妹爭相求刻。進而研讀經史小學之書，逐漸志向文史考據。一九二八年冬，隨夫婿舉家遷居旅順。時雪堂翁以不食二禄，禁子弟入學堂而於自宅親自授課。靜宜因之受學，並着手為元代劉鑑所撰《經史動靜字音》作箋證。一九三四年秋，喜得長子的同時，首部著作《經史動靜字音箋證》由墨緣堂刊行。靜宜閨閣於書香門第，自然對詩詞格律熟稔於胸，在相夫教子、奉侍翁姑的同時，多有與閨中至交或夫婦唱和之舊體詩作，魚書鴻箋盈笥漫奩。又學步於新體文學，數年間創作了《時光老人》《金烏玉兔》《檸檬樹》等短篇文學數十萬字。大部分為童話故事，展現偉大之母愛，亦有反對舊禮教、號召女性獨立、自強之作。

靜宜不依賴優渥的家庭環境，鼓勵夫婿外謀生計。一九三七年，長女出生。次年，夫婿任職奉天博物館，隨夫攜子女還瀋陽。在瀋陽次女、次子先後降生。但稚子在抱，爰居爰處的平靜生活不久即被打破。日本戰敗前夕，物資匱乏，缺醫少藥，將及兩歲的次子因患肺炎不治而殤。一九四五年秋，長子又不幸炸傷罹難。二子相繼夭亡，為母其痛可知。時夫婿有《慰靜宜》詩曰：『兀兀窮年事已空，此生哀樂與君同。滄桑變幻原無盡，人事興亡一夢中。來日艱虞希輔治，他年白首冀亨通。伏生有女傳經史，莫羨鄰家占夢熊。』一九四七年，夫婿應聘北大文科研究所，闔家定居北京。於此前後，三女、三子、四子、四女相繼出世。而在戰爭和動蕩的年代，要上事姑母，下育子女，唯有變賣家中長物，以充日用。靜宜亦盡出奩中釵釧，更常常安慰說：『書籍售完，奩中物盡，而兒輩亦成長，猶冀白首庶可亨通。』

靜宜不僅奉獻於家庭，而其更有投身社會、光大個人價值之理想。五十年代初，雖家有年幼子女需要照顧，但其堅定地以自己的文化知識參與『掃盲』工作；參役中華書局所藏墓誌拓本之整理，更取校已著錄墓誌，經數年編撰成《漢晉以來墓誌著錄表》；從一九五八年起，持續三年參加中央檔案館對故宮明清檔案的首次清理，各項工作皆成績斐然。

三年災害期間，靜宜採野菜、查《本草》，試烹食必先口嘗，驗無害方令食。米糧先敬長輩，餘給夫婿、子女，而其總是野菜稀粥充饑。在那極其艱難的歲月裏，其總能無私忘我、率身垂範，與夫婿相濡以沫，共同營建了一個和諧、溫暖的家庭。使夫婿能全心力用於學術研究，子女們在春風化雨的環境裏成長。『文革動亂』伊始，夫婿被停薪隔離，隨之抄家砸掠，身被戕禍，靜宜面不改色，泰然若定，蔑視兇頑，並用劫餘的碎布棉絮綴成被褥為子女禦寒，從未向困厄低頭。一如夫婿在《悼靜宜祭文》中所言：『屢經顛沛，閱歷艱辛，平生遭遇直非人所能堪，而靜宜，處困厄能堅定以濟艱苦，其毅力有非偉丈夫所能及者。』

◉水仙泉石圖
《集錦添華》册頁之三
32×25厘米

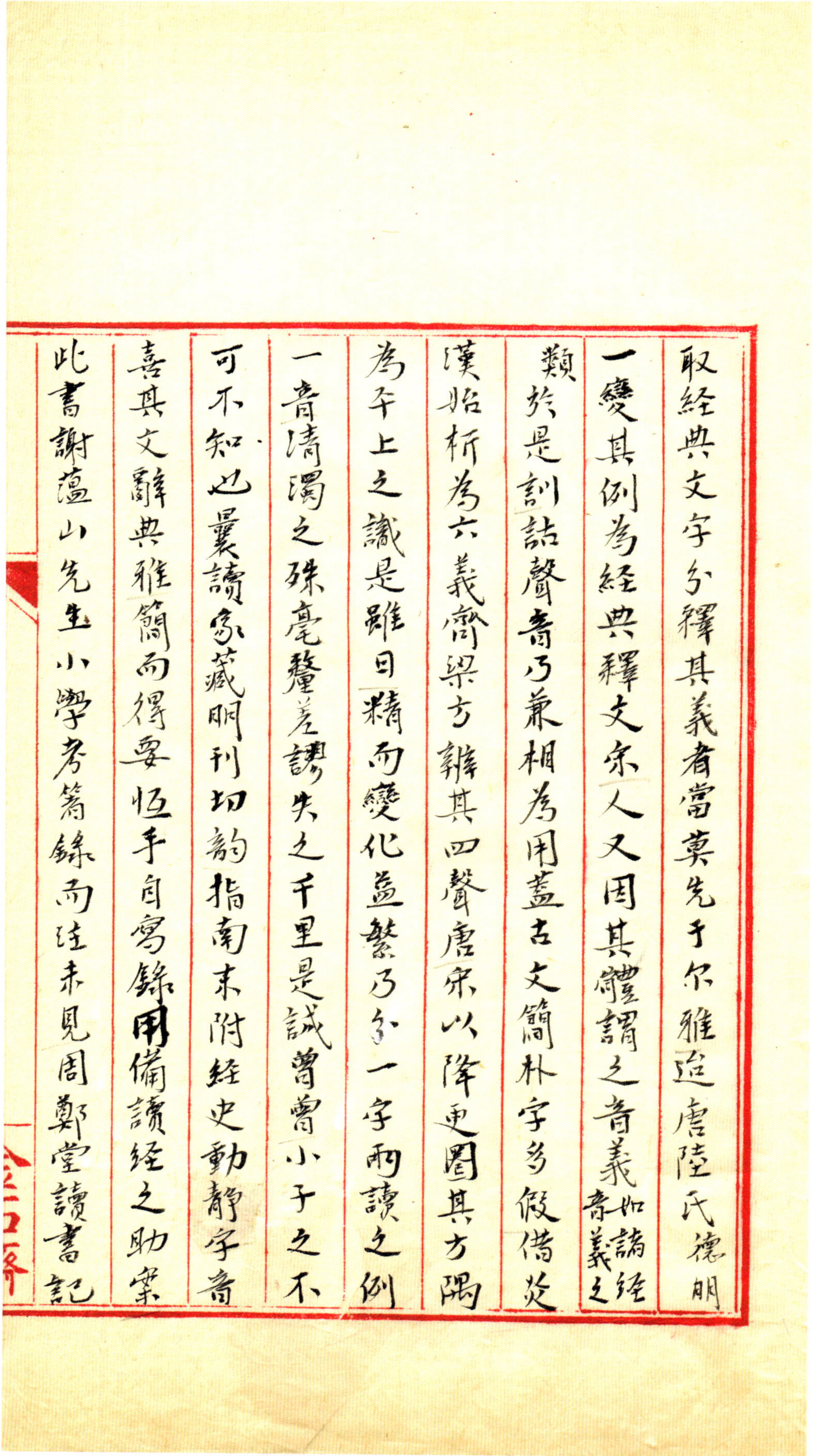

取經典文字分釋其義者當莫先于尔雅迨唐陸氏德明一變其例為經典釋文宋人又因其體謂之音義（如諸經音義之類）於是訓詁聲音乃兼相為用蓋古文簡朴字多假借從漢始析為六義齊梁方辨其四聲唐宋以降更圈其方隅為平上之識是雖日精而變化益繁乃分一字兩讀之例一音清濁之殊毫釐差謬失之千里是誠曾曾小子之不可不知也曩讀家藏明刊切韵指南末附經史動静字音喜其文辭典雅簡而得要怲手自寫錄用備讀經之助棠此書謝蘊山先生小學考箸錄而注未見周鄭堂讀書記

◉《經史動静字音箋證》書稿節選之一

已辨其失，惟小學考錄有楊氏士奇序，則未審其所自出
者。長夏晝永，爰取所錄以經史文辭為之箋證，同二三則
始知劉氏所謂經史乃兌類而言，非必宥于甲乙之庫也。
至篇中敗博怪切、敗蒲敗切之分，顏氏家訓音辭篇嘗譏為穿
鑿，始劉氏以俗傳音讀遂并入錄，蓋取便初
學，未暇深求，千慮一失，不足為病。至篇中箋引意皆取證
六經，經典所無乃更旁求，不敢自詡廣博也。以蕘陋遺佚，
不免自信以為當者十不六七耳，博雅之士其或正之，是
箋。箋者雖不足尚，然方諸博奕，其猶賢乎。甲戌孟秋商莚

◉《經史動靜字音箋證》書稿節選之二

◉《經史動靜字音箋證》書稿節選之三

經史動靜字音箋證

元關中　劉鑑　賁禺　商莛若箋證

凡字之動者在諸經史當以朱筆圈之靜者不當圈也

王平声居也書洪範無偏無黨王道蕩蕩　居有天下曰王去声王此大邦詩經大雅

女上声如也博雅女如也言如男子之教　以女嫁人曰女去声孟子離婁涕出而女於吳

妻平声與夫齊者也風俗通妻者齊終已　以女適夫曰妻去声論語公冶長以其子妻之

親平声姻也左傳昭公五年既獲姻親又欲恥之　婚姻相謂曰親去声左傳桓公二年庶

◉《經史動靜字音箋證》書稿節選之四

著

醢

齊平声等也論語里仁見賢思齊焉　等平曰齊去声其本而齊其末　孟子告子不揣

揣

延平声長也左傳成公十三年君亦悔禍之延　長引曰延去声　左傳襄公十四年晉人謂之

遷延之役

著張略切置也左傳昭公九年而著之制令　置定曰著直略切　吳越春秋從陰收著望陽

出耀

冥平声晦也漢書揚雄傳上窮冥極遠者　暗甚曰冥去声塵冥冥　詩經小雅維

塵平声土也左傳昭公三年湫隘囂塵　土汙曰塵去声雝兮　詩經小雅維塵

煎平声烹也周禮天官內饔掌王及后世子膳羞之割烹煎和之事　久烹曰煎去声禮記內

則煎醢加于陸稻上

六

金石齋

◉《經史動靜字音箋證》書稿節選之五

好

惡

怨

怨

怨

便平声欲也論語季氏友便佞 得所欲謂之便 便去声傳賜告養病而私自 漢書馮野王

便

好上声善也詩鄭風琴瑟在御莫不靜好 嚮所善謂之好 去声鄉人之善者好之 論語子路不如

惡烏各切否也孟子公孫丑惡声至必反之 心所否謂之惡 烏故切 論語子路鄉人皆

惡平声之如何

嘉上声悅也 左傳襄公四年鹿鳴君所以嘉寡君也 情所欲謂之嘉 去声我有嘉賓中心喜 詩小雅

之

怨平声尤之也 禮記儒行儒有內稱不辟親外舉不辟怨 意有所尤謂之怨 去声 論語求仁而

得仁又何怨

九

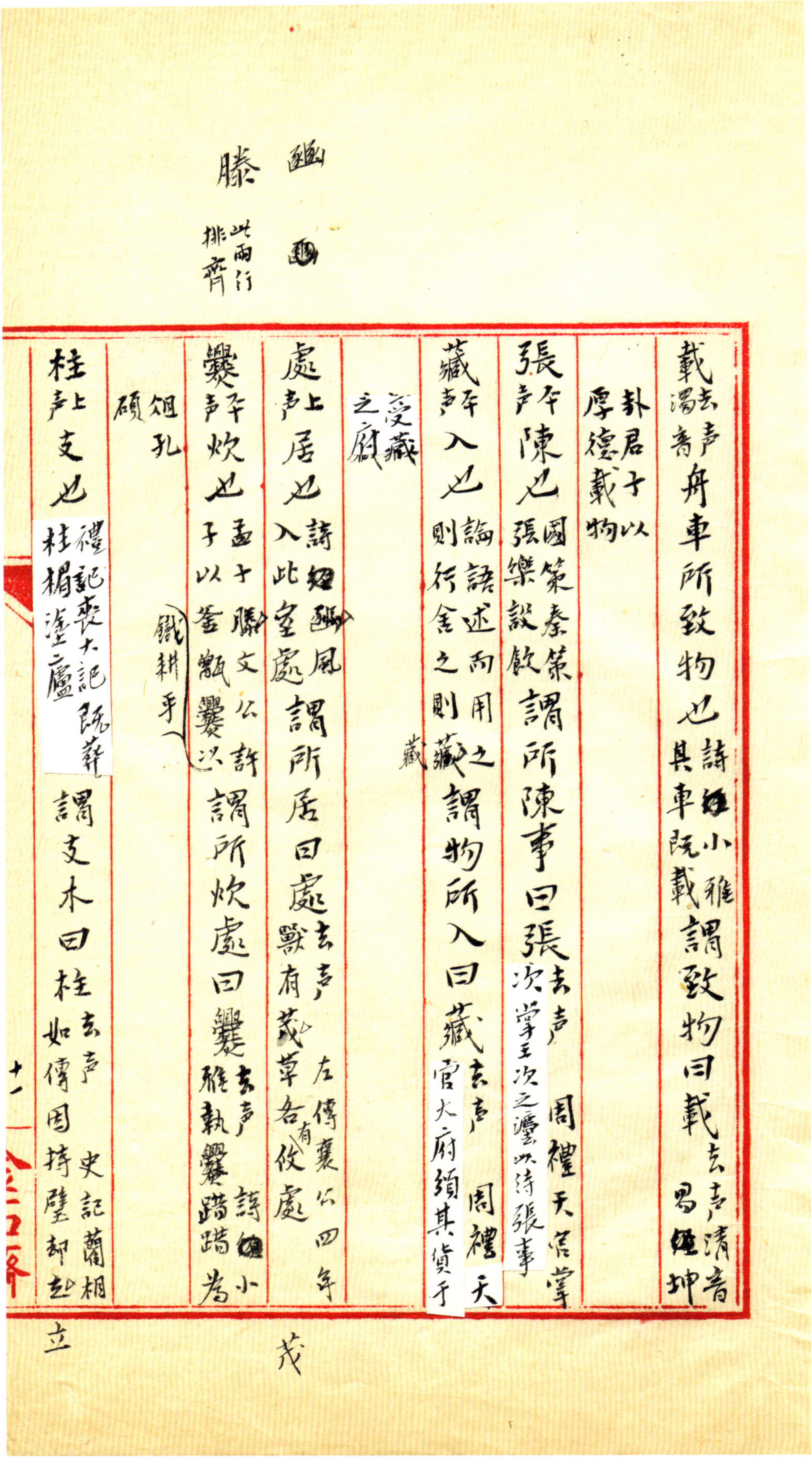

邶
滕
此兩行排齊

載去声濁音 舟車所致物也 詩小雅 其車既載 謂致物曰載去声清音 易坤卦君子以厚德載物

張平声 陳也 國策秦策 張樂設飲 謂所陳事曰張去声 周禮天官掌次 掌王次之灋以待張事

藏平声 入也 論語述而 用之則行舍之則藏 謂物所入曰藏去声 周禮天官大府 頒其貨于受藏之府

處上声 居也 詩邶風 入此室處 謂所居曰處去声 左傳襄公四年 獸有茂草各有攸處

爨平声 炊也 孟子滕文公 許子以釜甑爨以鐵耕乎 謂所炊處曰爨去声 詩小雅 執爨踖踖 為俎孔碩

柱上声 支也 禮記喪大記 既葬柱楣塗廬 謂支木曰柱去声 如史記藺相如傳 因持璧却立倚柱

十一

戊

◉《經史動靜字音箋證》書稿節選之七

印文：商靜宜印
（此印為羅福頤治）

印文：靜宜
（此印為商莛若治）

印文：雲子
（此印為羅福頤治）

印文：不足為外人道也
（此印為商莛若治）

印文：靜宧主人
（此印為商莛若治）

印文：人那得知
（此印為商莛若治）

商倩若女士

公元一九二〇——一九七六年

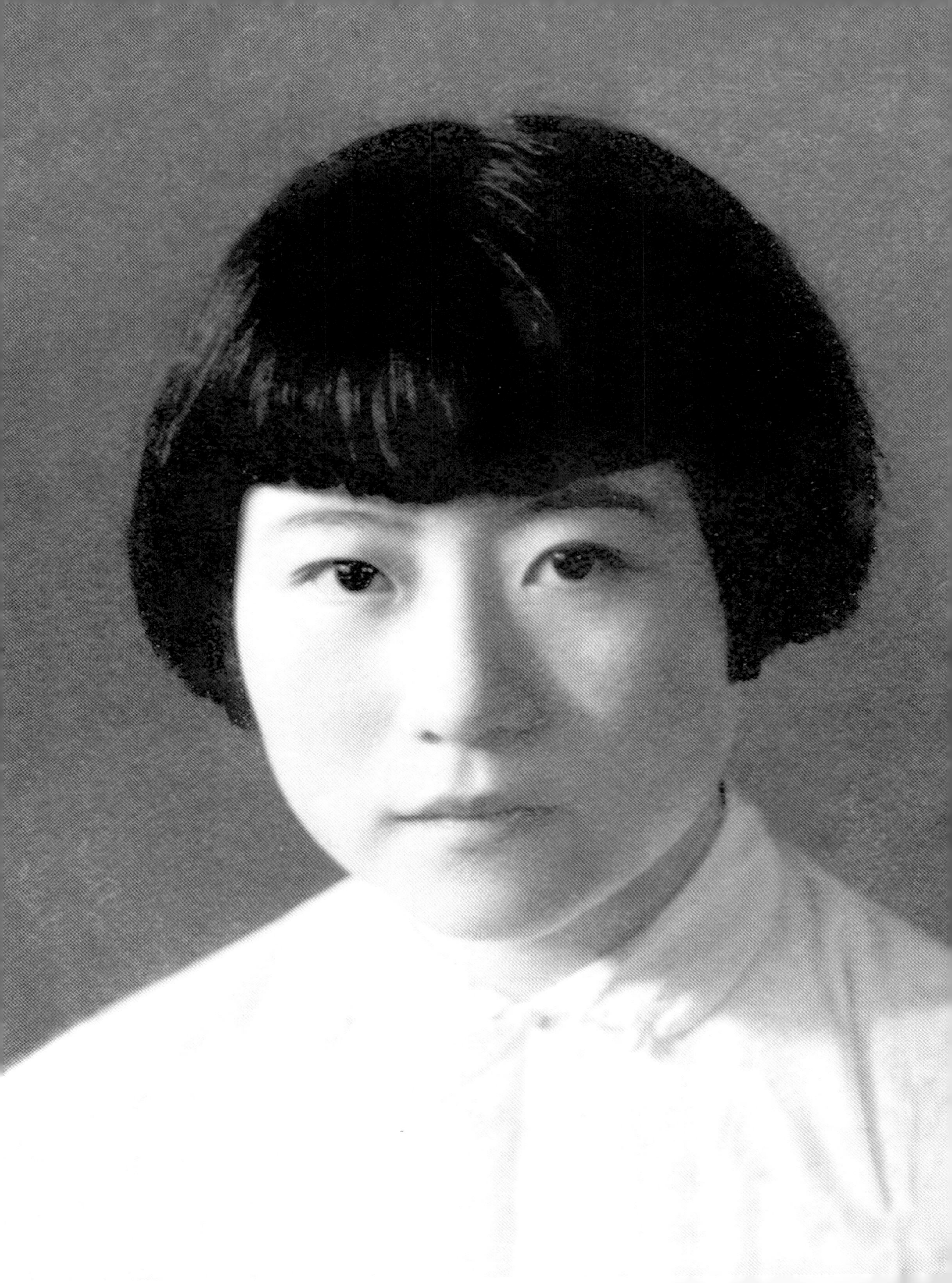

商倩若女士傳略

孫鍾 孫瑢

商倩若女士，生於一九二〇年，廣東番禺人。為外祖父商衍鎏先生之四女。幼年喪母，隨父長住南京。在南京中華女中讀書。一九三七年，日軍入侵，舉家逃難四川，在國立第二中學繼續學業。一九四〇年考入時在樂山的武漢大學，攻讀文學，一九四四年獲文學學士學位。大學畢業後，在成都某中學任中文教師，並於一九四五年考取四川大學中國文學研究生。日本投降後，於一九四六年陪伴父親藻亭先生返回南京，在中央圖書館任館員，從事中、日文圖書編目工作。一九四八年在南京結婚。建國後，因丈夫孫善康在武漢華中農業科學院工作，一九五二年調到華中農科院，籌建農業圖書資料室，開展農業資料研究工作，一九五九年調往河南安陽的中國農業科學院棉花研究所，籌建研究棉花資料室，並一直致力於棉花資料研究工作。從一九四七年到一九七六年，為祖國的圖書事業兢兢業業、默默無聞地工作了一生。六十年代初期，曾任河南省人大代表和安陽市人大代表。一九七六年十一月病逝，享年五十六歲。

商倩若女士有深厚的中國古典文學修養，自幼有文學天賦，尤擅詩詞。由於任職原因，未能展其文學天才。所作詩詞均隨感而發，以自怡娛，未在意保存，大部散失，殊可惜也。

商倩若女士詩稿選

送某君 一九三三年作

杖履飄然至，新秋快此遊。江山尋勝跡，風雨送歸舟。溫馨慈幃夢，干戈滿地仇。從來應有約，何事更攀留。

遊峨嵋 一九四二年作（原十二首 僅存四首）

其一 清音閣

龍岡石級矗雲天，黑水中分落照邊。萬鳥噪巢迷遠樹，雙鮫觸石怒飛泉。牛心寺冷峨嵋月，寶掌峰高太白巔。日暮清音聊借住，倚窗疏雨近寒淵。

其二 黑龍江

千巘壁立一飛虹，雪練青蛇裂太空。二水澗流奔萬馬，三山雲合斷孤鴻。奇峰過眼詩人思，怪石驚心造化工。回首碧潭寒澈骨，老龍波湧捲罡風。

其三 金頂

覩光臺湧接星繩，真覺高寒我不勝。一斂煙霞横雪嶺，雙懸日月照雲層。梵宮舍利殘銅塔，玉錦兜羅隱佛燈。今日始知天地闊，海波萬頃怒潮憑。

其四　洗象池

洗象池青水一塘，普賢曾此駐雲驂。園林遊昔迷朝霧，猿鳥於今悟彩澶。古廟山中誰共至，奇逢天外我初探。杖藜峻嶺從頭看，萬樹淒迷隱翠巒。

傷寒瘉後返校　一九四三年　病死數同學

重過嘉州萬事非，不堪重見舊房幃。窗開小院人依舊，塵滿中原我孰歸。兩月蒼桑驚夢幻，百年生死識機微。悵懷欲問山陽笛，回首西風淚滿衣。

看《子夜歌》後作　一九四三年作

畫舫紅橋映碧波，玉簫一曲近如何。斑駒不繫垂楊岸，七絕吳娃子夜歌。

題像　一九四三年作

秀髮長眉態入神，橫波直欲喚真真。卻憐強笑停歌意，腸斷春風幾解人。

嘉州道中　一九四四年作

綠滿平原青滿溪，分秧梅雨潤根泥。峨嵋奪盡群山秀，回首嘉州萬壑低。

題同學紀念冊　一九四四年作

零落殘紅花事了，苦恨年年總被離情繞。折柳長亭煙水渺，征帆一點波尖小。記得深秋人悄悄，庭院初逢眉斂春山曉。惆悵曉山人已杳，天涯珍重眉峰好。

索畫 一九四五年作

留得峨嵋月一彎，知君筆底繞煙巒。更將尺幅鮫綃素，乞取青城萬仞山。

寄善康 一九六三年作于廣州

八月農家事事新，無邊秋色勝山村。壓籬扁豆垂垂紫，繞屋絲瓜掛掛青。稚子歡呼棉似錦，老翁喜看黍連雲。宵來歸夢知多少，好將豐收報遠人。

鍾女十四歲生日書此示之 一九六四年作

我家有女兒，乳名喚鍾鍾。愛看娃娃書，喜畫小頑童。計年今十四，玩興尚憧憧。開卷眼睏澀，習字如秋蟲。教室心遠馳，鴻鵠在蒼空。憶我如兒年，日帝逞頑兇。強占我東北，炮擊我吳淞。抵抗軟無力，不戰退川隴。保甲持鞭樸，魚肉我工農。琴歌聲斷絕，饑餓遍蒼穹。白骨滿溝壑，千里盡濛濛。兒生解放後，日出東方紅。高舉總路線，舊貌變新容。工農業並舉，業業攀高峰。遍地捷報傳，喜看稻香濃。幸福來不易，兒應記心中。三好要做到，讀書需用功。黨團曾號召，好樣學雷鋒。兒應善思憶，躍進化飛龍。

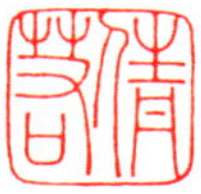

印文：倩若
（此印為羅福頤治）

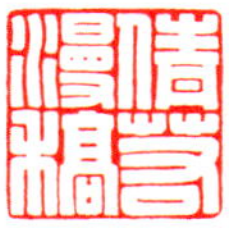

印文：倩若漫稿
（此印為羅福頤治）

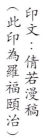

商志馥先生

字之苐

公元一九二五年生

商志馥先生傳略

商尔健

商志馥先生，字之茀。廣東番禺人，一九二五年十二月生於江蘇南京。商承祚先生長子。圖書館信息管理學家，教育家，文史學家，民盟成員。

商志馥先生一九四七年畢業於前國立中央大學中國文學系。一九四七年至一九四八年任前中央圖書館採訪組幹事。解放初任廣州私立珠海大學助教，廣東法商學院出版組組員。後任廣州華南工學院外語教研室助教，從事俄語教學工作達五年，華南工學院圖書館館員、副館長、副研究館員。一九八〇年十月參加教育部派出的中國大學圖書館代表團赴西德交流訪問，對兩國圖書館學交流起到一定的促進作用。後調中山大學任圖書館學系（今資訊管理系）籌備組副組長，建系後留任執教，任職副教授兼副系主任、圖書館學碩士研究生導師。一九八八年獲廣東省高教系統先進工作者稱號。曾被任命爲民盟廣東省第十、十一屆離退休工作委員會主任，廣東省第五、六屆政協委員，中國圖書館學會理事，廣東省圖書館學會常務理事、名譽理事長。退休後被聘爲廣東省文史研究館館員。

商志馥先生長期從事高等教育及圖書館管理工作，講授圖書分類學、管理學概論、圖書館管理學、主題法、漢字信息處理、圖書館系統分析等課程。指導文獻分類學、圖書管理學的碩士研究生。精通英語和俄語，在外文圖書分編工作中有豐富的實踐經驗。在圖書館學、漢字學方面造詣較深。對圖書分類法有較深的研究，著有《談談〈中國圖書資料分類法〉》《論圖書分類的實踐性》《科學分類的重大發展—論錢學森同志的新體系》《論祖國語言在外文編目中的應用》等。此外在圖書館事業的建設、專業人員培養等方面也發表過《論『大文化』與圖書館事業》等文章，在圖書館界有相當的影響。在文史研究方面，曾參與《廣東省誌·人物誌》的編寫，及發表過有關康有爲研究等文史方面的論文。

在書法方面，商志䭫先生自幼得祖父商衍鎏先生真傳，並得到父親商承祚先生的指導。長於行書、楷書及秦隸。

領(嶺)南文史 是韓潮蘇海千年灌溉 美雨歐風煦拂處 萬木爭榮競彩 黎宋先行 康梁繼起 醞釀新詩派 梅州一老 名篇傳誦中外　如今天宇宏開 霞光燦爛 照耀金銀界 玉宇瓊樓拔地起 伸手星晨(辰)可采 珠海新潮 珠娘新貌 百粵英風在 和平競賽 臨妝珍重眉黛

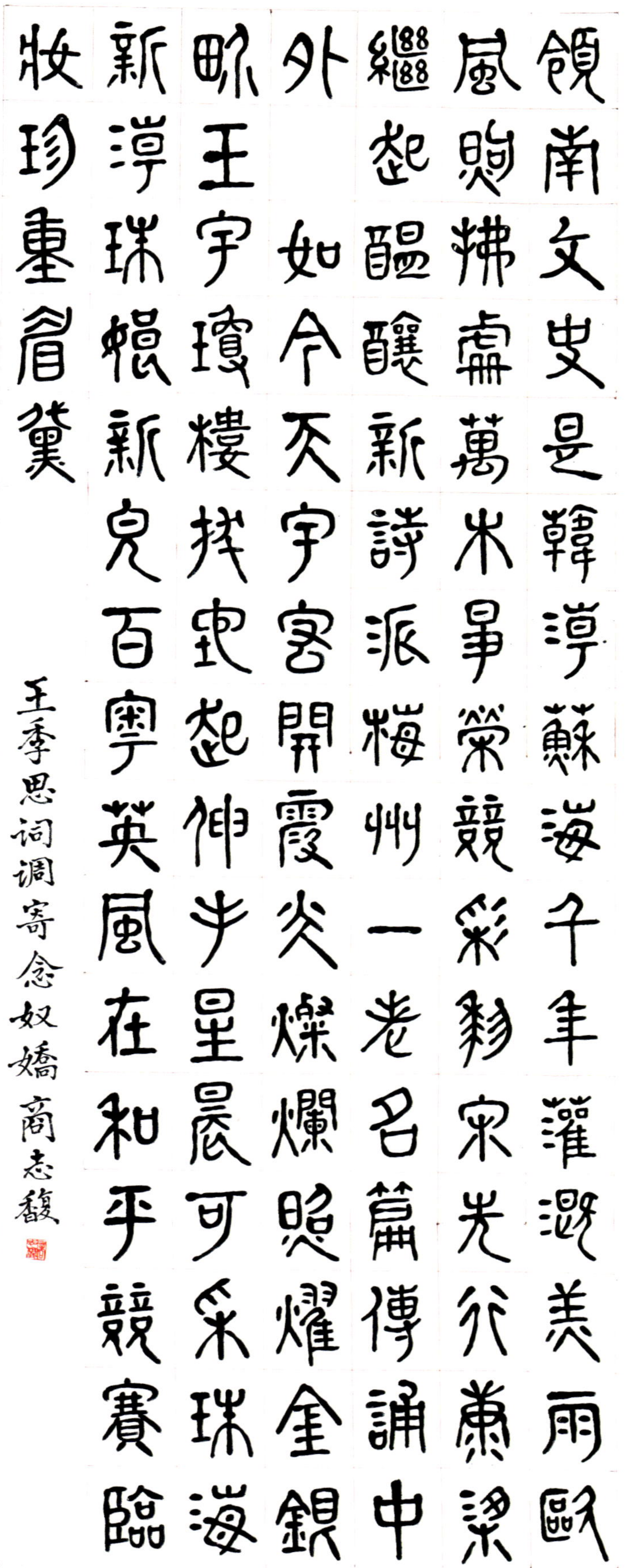

◉秦隸七行立軸
135.8×55.2厘米

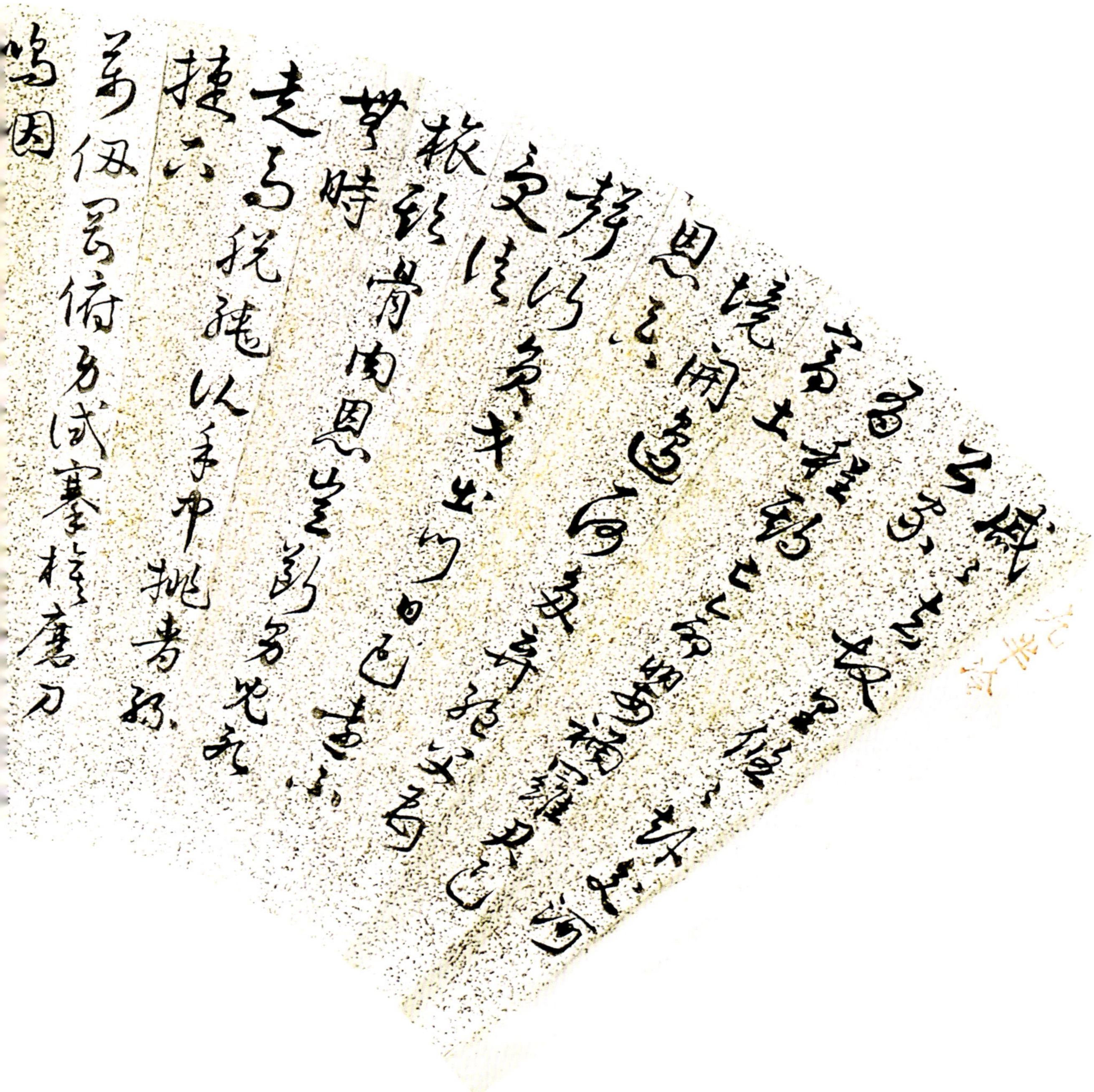

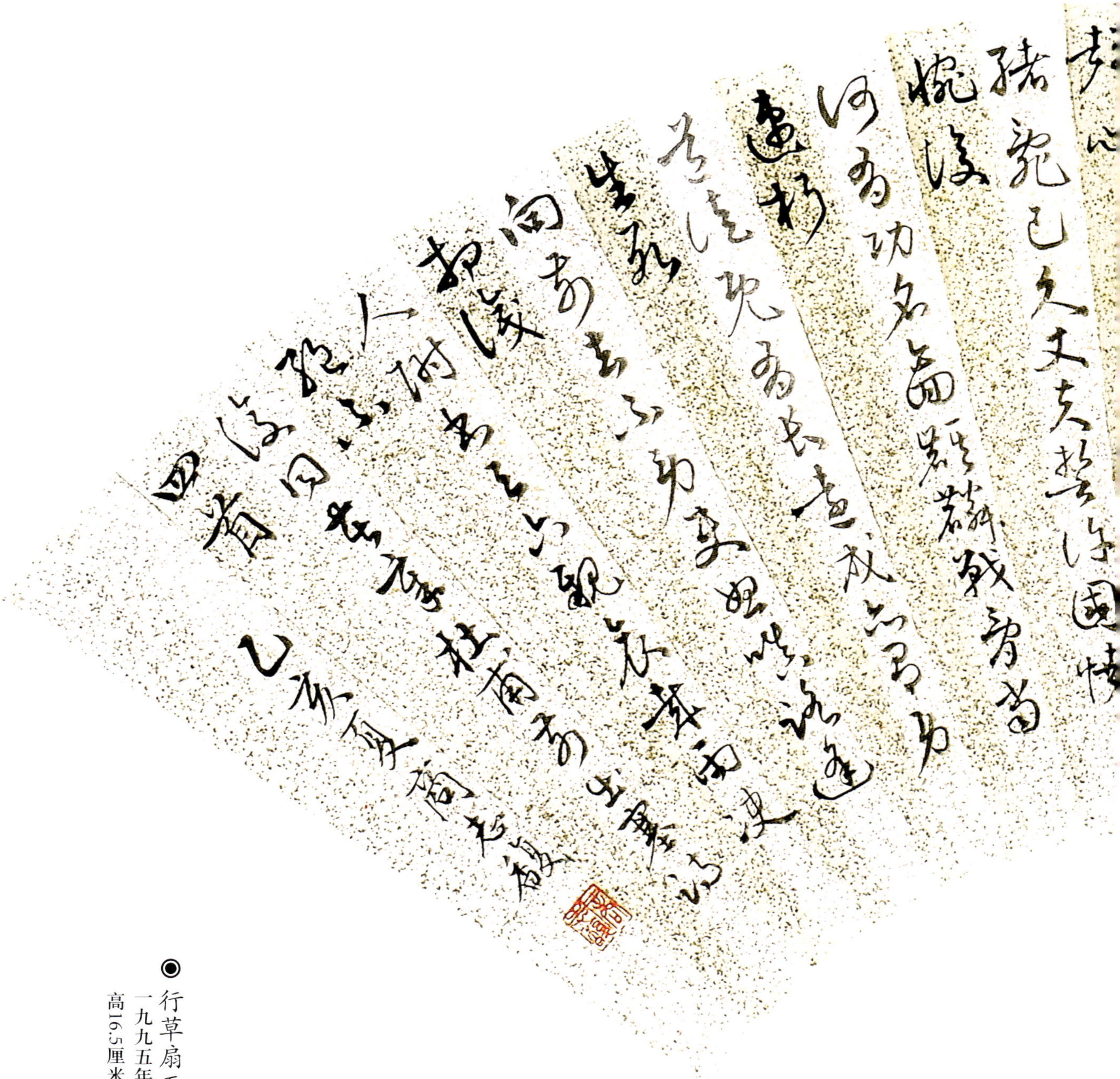

◉ 行草扇面
一九九五年夏作
高16.5厘米 寬51厘米

關於番禺商氏

番禺商氏本支譜系簡表

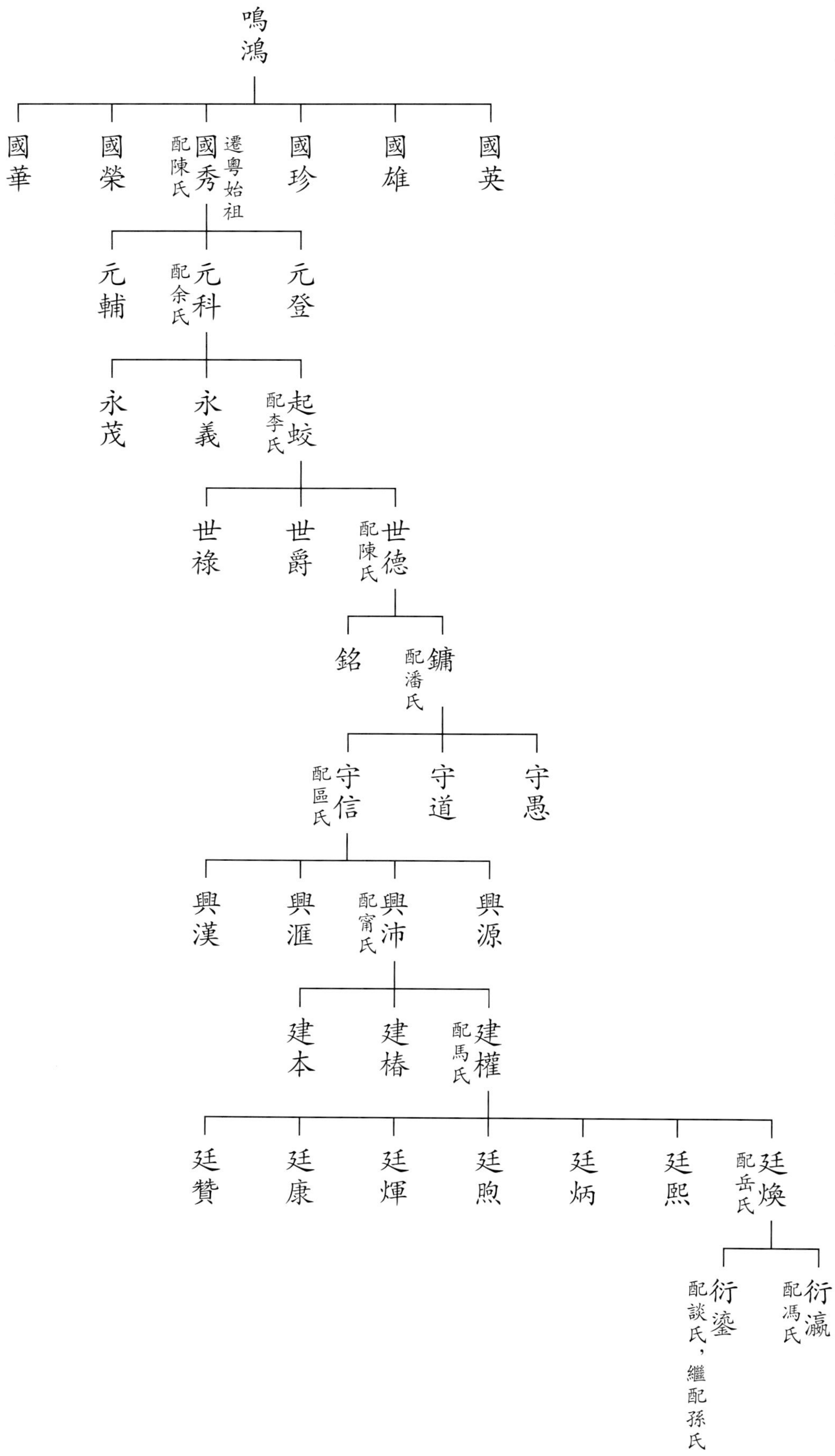

編校者恭註：二十世紀四十年代末，衍瀛公與衍鎏公商定編修《商氏遷粵家譜》，由衍鎏公執筆。歷經多次南北往返郵寄審校，逾數年始定其稿。以時代原因未能刊印，『文革』間失之。現僅存衍瀛公所撰《商氏北支分譜序》原稿，本頁簡表即依之所製。另據清季刻本商衍瀛、商衍鎏《同懷會試墨卷》所載履歷以元輔公為遷粵二世祖，而於修譜時將遷粵二世祖更定為元科公必有所本，今從之。該履歷尚有其它訛誤，但仍具重要參考價值，現摘錄於後：

『始祖考諱鳴鴻，妣氏何。駐粵一世祖考諱國秀，妣氏陳。二世祖考諱元輔，妣氏吳。三世祖考諱起蛟，妣氏李。四世祖考諱世德，妣氏陳。五世祖考諱鏞，號警軒，妣氏潘。高祖考諱守信，號誠齋，妣氏區。曾祖考諱興沛，號澤霖，妣氏甯。祖考諱建權，號持經，祖妣氏馬。父諱廷焕，字蔚田，號明章，妣氏岳。一世伯叔祖國榮、國珍、國雄、國英、國華。二世伯叔祖元登、元科。三世叔祖永義、永茂。四世叔祖世爵、世祿。四世堂叔祖世魁。五世叔祖銘。五世從堂叔祖鉞。高叔祖守愚、守道。再從高叔祖震泰、聯泰。曾伯祖興源。曾叔祖興滙、興漢。堂伯叔曾祖興宗、興鐸、興達、興桂、興文、興淮、興淇。族叔曾祖召棠。嫡堂叔祖建椿、建本。從堂伯祖建樸。從堂叔祖建機、建桓。再從堂叔祖建樅、建樞、建杰、建樑、建濱、建松、建樟、建柏、建楷、建榆、建森、建楨、建林。族叔祖殿臣、殿忠。胞叔廷熙、廷炳、廷煦、廷煇、廷康、廷贊。嫡堂叔廷煊、廷熛。從堂伯廷燕。從堂叔廷燿、廷修、廷烑、廷澔。再從堂伯叔廷燦、廷煐、廷武、廷勳、廷芳、廷彩、廷鼇、廷廣、廷焜、廷祥。嫡堂兄弟衍燊、衍瑞、衍藩、衍蓀、衍衞、衍玨、衍璜、衍瑩。從堂弟衍玉。族兄弟衍祺、衍禧、衍威、衍芬、衍錫、衍寬、衍釗、衍蘭、衍鵬、衍桐。』

番禺商氏北支分譜簡表

- 衍瀛 配馮寶珊
  - 承恩 配梁孟瑗
    - 志龍　志槭　志安　志芳　志芸　志芬　志茳　志華　志荃
  - 承謙 配李靜蘭
    - 志虎　志原　志麟　志鯉　志鳳　志瑛
  - 承慈 配吳琬英
    - 志熊　志蓉
  - 蕙若 十八歲殤
  - 承瑞 出繼衍橤，七歲殤
  - 茝若 適羅福頤
  - 蔚若 二十歲殤
  - 承恭 十六歲殤
  - 承魯 二十二歲殤

番禺商氏南支分譜簡表

- 衍鎏 配談綬玉 繼配孫為澄
  - 婉若 適張象昀
  - 承祖 配錢德箴
    - 志馨　志馥　志華　志秀
  - 承祚 配孫蕙芬 邱禹文
    - 志馥　志磹　志男
  - □若 早殤
  - 斐若 適李榮祖
  - 倩若 適孫善康
  - 承祉 早殤
  - 承祺 配談子瑛
    - 慶生　瑞生

編校者據現有資料及庭聞記憶恭註：遷粵九世祖廷煥公，配岳氏，子二：長衍瀛，次衍鎏；女一：名寶珊（適賀文楨，字幹臣），為衍瀛、衍鎏二公之伯姊，與衍瀛公夫人馮氏同名。馮氏父健公（字子毅，號松齋）與廷煥公相約生女同名，且有兒女婚姻之約，故廷煥公長子衍瀛娶健公第四女馮寶珊（字玉僊）為夫人。健公胞弟端公（字子莊）乃衍瀛、衍鎏兄弟二人之啟蒙師。馮健、馮端昆仲皆廷煥公總角交也。商氏遷粵第十世大排行：①衍瀛為廷煥公長子、②衍橤為廷煥公胞弟廷炳公長子、③衍鎏為廷煥公次子，餘者從略。商氏遷粵第十一世大排行，兄弟依次為：①承恩、②承謙、③承祖、④承慈、⑤承祚、⑥承恭、⑦承魯、⑧承祉、⑨承祺。姊妹依次為：①婉若、②蕙若、③□若、④茝若、⑤蔚若、⑥斐若、⑦倩若。衍橤公早逝無出，衍瀛公以第四子承瑞（另有記載名為承厚）出繼之。遷粵第十一世大排行以本房兄弟之子女分別以長幼排序，即嫡堂兄弟和嫡堂姊妹分別以長幼排序。衍橤公為衍瀛、衍鎏二公之嫡堂兄弟，而其繼子承瑞於衍瀛、衍鎏二公之子女間則為從堂兄弟，故未記入第十一世兄弟大排行。衍鎏公次女名未詳，姑以『□』代之。

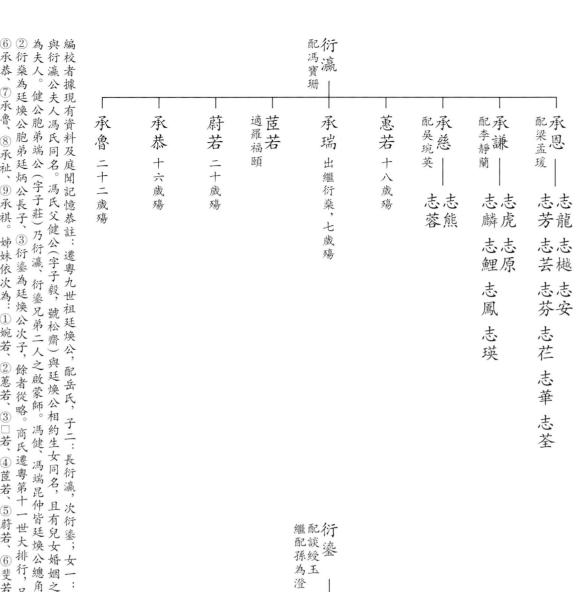

商氏北支分譜序

商衍瀛

余既述《商氏遷粵家譜》。自始祖國秀公至余身十世。余弟衍鎏為之編定寫正，以世亂未已，尚待剞劂。余兄弟南北睽隔，子孫日漸長大，各隨所居之地以謀生。再歷數傳，漸遠漸湮，恐有相逢而不知為同族者。今以余兄弟所居為始遷之地，因以爲始遷之祖。各奉先考明德公為原祖，分爲南北二支，同歸一本。余居北，名曰《商氏北支分譜》，後之人有能繼起續編者，不勝厚望焉。

國秀公之先，自天津商家林遷瀋陽，時無可考，世亦無傳。至明末季，有鳴鴻公者，生子六人：曰國英、曰國雄、曰國珍、曰國秀、曰國榮、曰國華。以世亂年荒，子孫蕃衍，艱於生計，乃命四子國秀從軍，在瀋陽隸漢軍籍。及清朝入關，於康熙二十一年隨軍駐防廣州。是為遷粵之始祖。

國秀公，配陳氏，子三：元登、元科、元輔。元登、元輔無出。元科公，配余氏，子三：起蛟、永義、永茂。永義無出。永茂於粵譜為遠支，事實不詳。起蛟公，配李氏，子三：世德、世爵、世祿。世爵、世祿無出。世德公，配陳氏，子二：鏞、銘。銘於粵譜為遠支。鏞公，配潘氏，子三：守愚、守道、守信。在粵譜為本支之三大房。長房守愚公為宗子，次房守道公、三房守信公皆小宗。余支屬三房。其長房、次房，在粵譜中有別支第一譜、第二譜，此譜不載。

守信公為鏞公第三子，字誠齋。仕至驍騎校，《駐粵八旗誌》有傳。配區氏，子四：興源、興沛、興滙、興漢。興源公載粵譜本支第四譜。興滙公無出。興漢公僅一傳。

興沛公為守信公次子，字澤霖，配甯氏。壽至九十有三。一生不服藥，偶有不適，即節飲食，慎寒暖，以自調攝。晚年足瘻，危坐一榻，終日歡顏，而視聽不衰，八十後尚能事針黹。子三：長建權公即吾祖，次建椿公、三建本公，載粵譜本支第三譜。

建權公為興沛公長子，字持經。性至孝，剛正無私，喜扶危濟困。值洪楊之亂停科舉，謂醫可活人，乃肆力於方藥。人樂親近之。配馬氏，子七：長廷煥即吾考，次廷熙、廷炳、廷煦、廷煇、廷康、廷贊。

廷煥公為建權公長子，字明章。文庠生。幼即好學，長從賢達遊。受業於陳蘭甫先生澧、樊昆吾先生封。時阮文達公撫粵，倡樸學。公專毛詩、三禮。著有《詩音彙譜》《詩音易檢》《味靈華館詩文集》。性澹泊，自奉極儉約。教授鄉里，吾兄弟隨侍讀書。常以德行為先，文藝為後。以『明德』名其堂，故子孫稱為『明德公』。配岳氏，子二：衍瀛、衍鎏。吾祖考妣，吾考妣，皆有事略見於此譜之後。

叔考廷熙公早逝。廷炳公強毅有為，惜囿於旗營，不克發抒其才智。子衍燊，幼慧，異於常兒。體弱嗜讀，為文不加點，才氣逼人，書院會課必在前列。年二十應廣東辛卯科鄉試，中式第四十二名舉人。壬辰入京會試未雋，返里後卒於家。惜哉！廷煦公，旗教練官。廷煇公未娶。廷康公文庠生。皆載粵譜本支第二譜。

自來修家譜者，皆以男子為統系，女子僅附於所生之後，略及所適，而不見於事跡。亦以女子在閨閣與社會無往來，稍長即適人，故婦人謂『嫁』曰『歸』。女自有家，『歸』謂歸其家也。時代有變遷，今者男女同任社會事，同執政治權，則女子不異於男兒，且有終其身不嫁者，則家譜亦當隨為變通。吾今此譜於同氣各以男女列次第，不以男統為分歧。女子嫁後有家，《易》以『歸妹』為女之終，故父族之譜則當以嫁為正。雖曰譜之刱格，實為義之所宜。禮從義起，毋適毋莫也。

祖考武略公事略

商衍瀛

祖考諱建權，字持經。廣州駐防正白旗漢軍人。公生有異秉，貌清臞，高顴廣額，兩目炯炯有光，聲如洪鐘。讀書通大義，不屑屑於章句之學。髮匪亂後，旗生停科舉，改習武。一試獲雋，不樂以武科進。性方正，廉直好善，喜扶危濟困。謂醫可活人，乃探源長沙，上溯靈蘭，下及金元四家。醫書數廚，眉批旁註盡蠅頭小楷，無一筆苟。旁及堪輿地理，推步卜筮。深思邈慮，心會其通。咸同間，英兵既破廣州，再遭甘亞千何亞六之亂，旗兵多死傷，困於戰守，生計日絀。事平，有友設藥肆於香港，勸公業醫，遂往港。是時港岍初開，洋商大賈起家微賤。公每導以禮義，不爲苟同。港之人無不知有商持經先生者。香港爲英國所據地，駐督兵官謂之香港總督。有港督某病劇，英之醫士皆謂不治。求診於公，公攜藥肆人往，爲治湯液，凡十餘日而瘥。自是，病輒延公服湯藥。公於藥劑之外，兼長鍼灸，善治頭痛。一日大風雨，晝晦暝，海水山立。有隆額偉幹人，貌黧黑，赤兩足來診，自言頭痛不可耐。公爲之灸兩太陽穴，授以刀圭。數日雷雨復大作，又至，云痛失八九，求愈。之後遂不復見。島狹人稀，是人又前後所未見，更相傳以爲異云。公於貧者施醫藥，富者不責償，有餘財即以濟人。曾王母年逾九十，公每囘里，定省詣。旦背熟芋一囊，出北郊，徧歷山巒，視山脉結聚可為葬地處，抽毫記於冊。久之，得牽絲過脉一穴。癸酉五月，公病癍熱不解，自知不起。素篤信神，家中設神堂，虔奉祀。至是，令祖妣代禱於神，求終侍母之天年。祖妣亦陰求減己算以益之。昏寐中，忽一日天微明，室中守者盡聞旃檀香，公啟目，索水，繼索粥，病竟愈。又三年丙子，曾王母年九十有九。閏五月二十二日，猶自晚飯，夜而逝。公適於前日歸，親視含斂。卒哭。葬於牽絲過脉之原。封墉樹碑，壘石爲護，墁以紅灰。工既竣，十月初五日謝祭后土神歸，夜逾午（以下闕失）

先妣事略

商衍瀛

先妣氏岳。父成岱，業商，家素裕，擇壻甚苛。年三十一始歸府君，長於府君五歲。逾四年而生伯姊，又二年生余，又三年生余弟。余弟之生胞紫衣，先妣謂當以文學顯。故於余兄弟讀書，助府君爲家庭之教，毋使少懈逸。是時，曾王母年九十在堂，有足疾。王母居家嚴厲，守繩尺，不絲毫假借。叔父四人，稚者未冠。家貧，先妣未明即起，灑掃、滌濯、井臼、縫紉，以一身任之。不令有一事之遺，一粟之縻。性樸儉，不喜妝飾。王母常謂：『吾無女，吾以女視汝，汝當教諸娣以吾家家範。』先妣言寡有序，動必中禮。妯娌中有問者，必以實告。故諸叔母奉之如長姊。有疑難，則取決之。吾家祭祖、祀神，其陳設物品有一定之序。尊、爵、盤、盂、匕、箸，供畢藏諸櫝。新年，則幷幃幔盡更之。皆高曾所遺。洗滌拂拭，惟恐或汚損。自先妣歸，王母召之曰：『吾事此三十年，今以授汝，汝其慎之。』先妣雖甚勞，不敢以此委諸娣。府君教授於外，年四十六，謝徒歸居。二年即見背。先妣悲痛在心，以吾兄弟未冠，而老姑戚戚，強爲笑語，中懷摧抑，積不能信。逾年，大病幾殆，久始得愈。顧以半生勞瘁，體羸氣衰，遂得痰嗽咯血之疾。飲食不甘，精力弛勸，目昏耳聾，齒牙脱落。王母時時來視，憂形於色。庚寅余兄弟同日入泮，稍覺慰懷。甲午同舉於鄉，始欣然喜。而謂余父之不及見也，則又盡然悲。纏綿沈痼，藥不去口。丁酉五月遭王母之喪，日居喪次，朝夕上食，禮無或缺。以王母素日之愛，每哀念之。喪既殯，感秋金燥氣，嗽血益甚，委頓牀榻，動轉需人。以是年十一月卒。嗚呼痛哉！先妣生於道光十五年乙未九月初二日，歿於光緒二十三年丁酉十一月初三日。年六十有三。追贈恭人，祔於府君之墓。子二，長衍瀛、次衍鎏；女一，適賀。

清宣統二年（公元一九一〇年）攝於北京南海會館。左起：溫肅、區大原、李翹燊、區徽五、何作猷、商衍瀛、商衍鎏、戴鴻慈、黎露苑、何蘭愷、岑敏仲、周恪叔、朱聘三、賴際熙。

一九三一年八月攝於傅增湘先生之藏園。後排右起第七人為商衍瀛先生。

照片原註：《蓬山話舊圖》前排右起：吳震春、俞陛雲、林開謩、蔣式瑆、寶熙、高潤生、文海、楊鍾義、瑞洵、馬吉樟、陳寶琛、柯紹忞、陳嘉言、朱益藩、吳煦、李哲明、吳敬修、龔心釗、秦曾潞、孟錫珏、李端棨，後排右起：章梫、阿聯、李湛田、張家駿、藍文錦、張濂、商衍瀛、張海若、史寶安、陳雲誥、張書雲、金兆豐、林步隨、郭則澐、邵章、袁勵準、林世燾、邢端、文斌、傅增湘。辛未七月既望寫於藏園沅叔記。

一九三三年十月攝於傅增湘先生藏園之池北書堂。前排右一為商衍鎏先生。

照片原註：癸酉八月廿八日，蓬山舊侶再集於傅氏藏園之池北書堂。中坐者：陳寶琛。左為：壽耆、瑞洵、楊鍾羲、李哲明、吳敬修、李家駒、方履中、阿聯。右為：朱益藩、李經畬、夏孫桐、高潤生、文海、林開蕃、龔心釗、袁勵準、史寶安。立於『丹地深嚴』榜下者為：邢端、李端棨、邵章、劉春霖、陳雲誥、顧承曾、李湛田、王慎賢。旁立者為：文斌、龔元凱。臨池坐者為：商衍鎏、孟錫珏、吳煦、傅增湘、達壽。自同治戊辰、光緒癸未、丙戌、己丑、庚寅、壬辰、甲午、乙未、戊戌、癸卯、甲辰，凡十一科三十有三人。張濂後至，未及寫照。是歲值會者：孟錫珏、傅增湘、商衍鎏、邢端四人。九月展重陽日江安傅增湘附識。

一九三〇年代初，商承祖先生與德國同事攝於漢堡大學中文圖書室。右一：商承祖。右三：Alfred Forke（阿爾弗雷·福克）(1867-1944)，德國漢學家，漢堡大學教授，從事中國詩歌與哲學研究。右四：Fritz Jäger（弗里茨·耶格爾）(1886-1957)，德國漢學家，曾長期在南京、北京、成都從事中國文化研究。

一九三〇年代初，商承祖先生在德國漢堡大學中國語言文學系講授《書·大禹謨》。

一九七〇年代攝於中國科學院考古研究所院內。前排右起第五人為商承慈。

一九六五年商承慈先生與中國科學院歷史研究所《甲骨文合集》編纂組合影。前排右起第二人為商承慈，左起第一人為齊文心，後排右一為孟世凱。

一九五七年商承祚先生（左一）與廣東省博物館籌備處工作人員合影。

一九八一年摄於中山大學『黑石屋』招待所門外。左起：梁釗韜、賈蘭坡、容庚、商承祚。

一九八三年攝於畫展。前排中間為商承祚，左二為關山月，商承祚身後為許麟廬。

一九七二年商承祚先生在中文系古文字研究室工作中。

約一九〇九年商衍瀛、商衍鎏兄弟闔家攝於北京東單牌樓東堂子胡同寓所。左一為商衍瀛，左二為商承慈，左三為商承恩，左四為商衍鎏，商衍鎏前面立者為商承祖，其旁叉手者為商承祚，商承祚身後立者為商承謙。左起第九人為商衍瀛夫人馮寶珊，右二為商衍鎏夫人談綬玉，二人後立者為商婉若，前坐者為商莅若，左八為商蕙若，右一為商衍鎏次女，名未詳。

一九〇四年商衍瀛（中）、商衍鎏兄弟攝於北京。小童為商承祖。

約一九〇九年商氏大排行兄弟攝於北京。右起：承慈、承謙、承祚、承恩、承祖。後排立者為商婉若。

一九四〇年首夏廿四日，商衍瀛七十壽辰，溥儀賚『養和守粹』匾額。攝於長春北安路寓所。

約一九三九年攝於長春北安路寓所。

①商志龍 ②商志芳
③商志芬 ④商志華
⑤商志芢 ⑥商志安
⑦商志蓉 ⑧商志荃
⑨羅緒祖 ⑩羅琪

一九四〇年代初，商衍瀛與長孫志龍攝於長春北安路寓所。

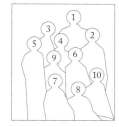

約一九三〇年前後，商承慈與夫人吳琬英攜子志熊攝。

一九四〇年代初，商莛若闔家。後排左一為羅福頤，前面立者為長女羅琪，商莛若手抱者為次女羅琨，右一為長子羅緒祖。

寫作《經史動靜字音箋證》時期的商莛若。

一九四七年夏曆三月，商衍鎏先生由商倩若和孫善康陪同從南京北上省兄，於天津與商衍瀛先生戰後重見，四月相偕轉北京。本頁三幅相片皆為四月廿四日商衍瀛壽辰在北海公園親友聚會時所攝。前排左為商倩若，小女孩為商志蓉。後排左起依次為：孫善康、吳琬英、商承慈、商承謙、商志麟、商志芒。

在道寧齋小憩。右為商衍瀛，左為商衍鎏。

在漪瀾堂的午餐。最前面為商衍鎏，旁邊戴墨鏡者為商衍瀛。順時針依次為：不知名人士，商志龍、商倩若、商志芒、商承慈、商志蓉、馮寶珊、吳王氏（商承慈岳母）、吳琬英、商志麟、商承謙、商志原。

一九五二年十一月（壬辰十月），商衍瀛與夫人馮寶珊結婚六十周年，與子女合照於北京陟山門寓所。後排左起：商承慈、商莲若、商承恩、商承謙。

一九四〇年代末，商承慈與夫人吳琬英及女兒志蓉攝於北京香山。

一九五〇年代末，商衍瀛與長子承恩、長孫志龍、長重孫尔剛攝於北京鑄鐘胡同寓所。

一九六〇年代初攝於北京大石橋故宮宿舍前。
左起：商承慈、商莛若、商承祖、羅福頤。

一九六三年八月商莛若闔家攝於北京中山公園。
前排左起：羅琪、羅敦祖、羅琨、羅璞。
後排左起：羅珏、商莛若、羅隨祖、羅福頤。

一九六〇年代初商承慈手拓殷墟甲骨，攝於中國科學院歷史研究所。

約一九七二年攝於北京鑄鐘胡同寓所。
前排左起：鄭濤、葉保均、商承恩、羅旭、商志芢。
後排左起：商承祚、羅福頤、商承慈、吳琬英、商志𩡝。

約一九四〇年代初，商衍鎏與孫輩合影。
後排左起：志馥、志馨、志䭲。

約一九三〇年代中後期商婉若與夫婿張象昀及女兒張守惇。

一九三〇年代商承祖園家攝。
前排左起：志䭲、志馨、志秀、夫人錢德箴、志華。

抗戰時期商衍鎏與女兒倩若攝於四川。

一九四八年商倩若與夫婿孫善康攝於南京。

約一九五〇年代末商倩若全家。
前排左為次女孫瑢，右為長女孫鍾。

一九六〇年代初攝於廣州中山大學寓所。前坐者為商衍鎏，中排左起：承祖、倩若、婉若、斐若。後排左起：錢德箴、莒若、承恩、孫蕙芬。

一九六三年商承祖（左）與弟商承祚拍攝於南京南秀村七號之二寓所。

一九七四年十月商承祖在病榻上把有關大慶油田的一齣戲譯成德文，準備在柏林演出。兩个多月後商先生病逝。

一九五〇年代末，商衍鎏與兒孫合影。左起：錢德箴、商志馨、商承祺、商衍鎏、商承祚、商承祖。

一九六〇年代初期商承祖全家攝於南京大學。前排左起：商志秀、錢德箴、夏文沂。後排左起：商志馨、商承祖、商志䪖。

一九七二年九月攝於南京大學。前排左起：李海虹、商斐若、錢德箴、商承祖、李榮祖、李海蓉，後排左起：陶巧雲、李嘉陵。

三代同堂樂融融，展紙揮毫意志濃，腳踏實地向前進，團結謙虛莫放鬆。

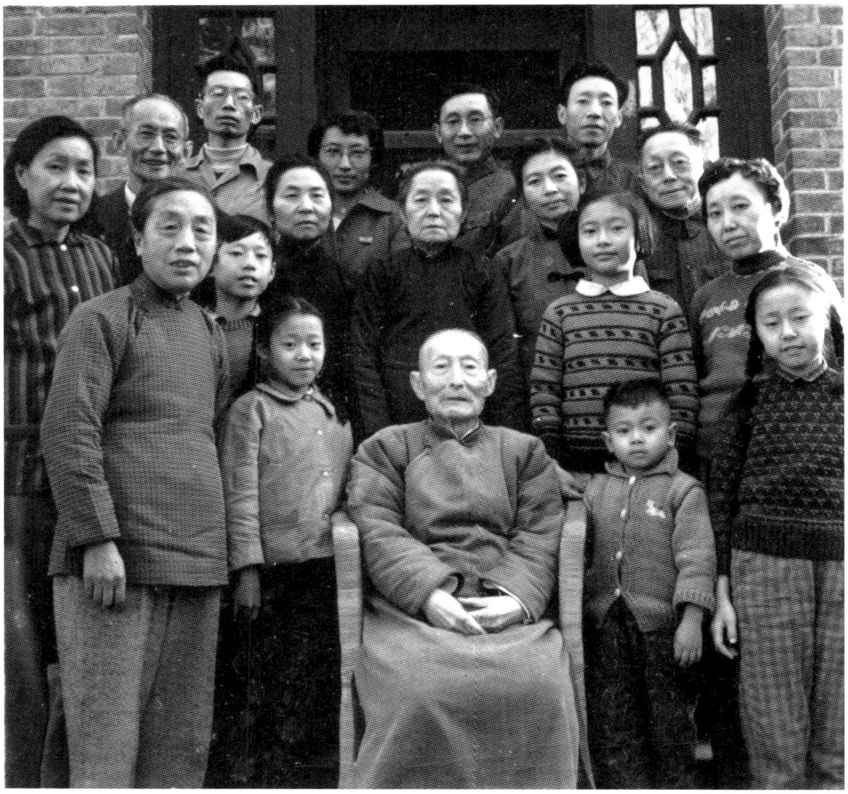

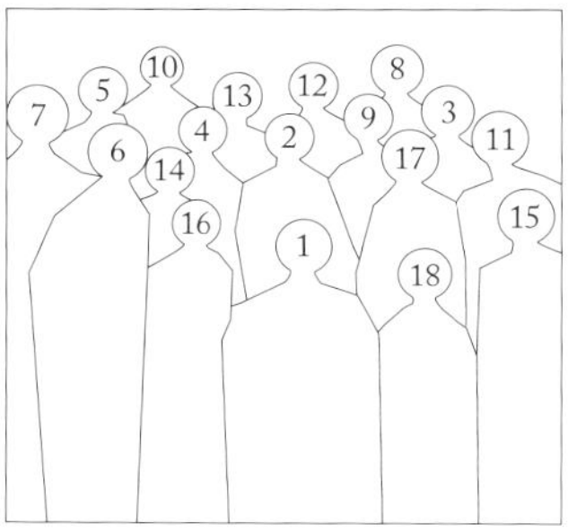

一九六〇年代初商衍鎏全家攝於廣州中山大學東南區九號寓所門前。
①商衍鎏 ②商婉若 ③商承祖
④商斐若 ⑤商承祚 ⑥錢德箴
⑦孫蕙芬 ⑧商志馥 ⑨商志男
⑩商志𩡝 ⑪張守惇 ⑫熊敬愷
⑬王坤儒 ⑭商尔大 ⑮商尔健
⑯商尔壯 ⑰熊雪瑩 ⑱熊啟紅

一九八五年七月攝於成都杜甫草堂商衍鎏所書『水檻』匾額下。後排左起：李嘉嵋、李海蓉、李海虹、陶巧雲、蔣忠恕、商志𩡝、殷川芬。

一九七六年春節攝於廣州中山大學東南區一號寓所門前。
前排左起：商尔壯、商承祚、商婉若、孫蕙芬、商尔从；中排左起：熊雪瑩、商尔健、商志男、張守惇、商志馥、王坤儒；後排左起：商志䭲、熊啟紅、商尔民、商尔大、熊敬愷。

一九八五年初商承祚與夫人孫蕙芬攝於花都市水口營村父親商衍鎏『欽點探花及第』進士旗桿夾前。

一九七〇年代末，商承祚攝於書齋。

一九八五年夏廣州中山大學東南區一號商承祚寓所書齋中攝。左起：葉保均、商承祚、孫蕙芬、商志蓉、鄭濤；前排小童左為：商文琪；右為：盧挺峰。

後記

後記

葉保均

二〇〇七年秋，我正在家中整理雲汀太公的遺稿，志礋舅從廣州打電話來說：他將要增訂重印其祖父藻亭先生的《商衍鎏詩書畫集》，詢問我手上有甚麼雲汀太公的文字能在該書中發表。雲汀太公名衍瀛，是商衍鎏先生的胞兄，我母親的祖父。我出生時，雲汀太公已去世六年。小的時候，我衹是簡單地知道，太公前清時任職翰林院，負責京師大學堂的學務，『辛亥』以後，依然追隨遜帝溥儀，還有就是他一直在萬字會任職從事賑濟。幾十年來，他的文稿久經散佚，書法作品亦從未結集出版。太公去世以後，僅存的晚年著作由女兒商莅若保管。如今家族中所藏之太公的手澤遺物是康舅幫助他的母親在『文革』的浩劫中保存下來的。康舅原名羅敦祖，『文化大革命』始易名為『慕工』，是雲汀太公的外孫。這年初夏，我於康舅處選取部分手稿回家整理。數月來，我將其逐一掃描，並將文字辨認錄入，以補充康舅數年來業已整理出的數種雲汀公文稿。但我們從未有出版的計劃，而且這些內容與志礋舅正在增訂的《商衍鎏詩書畫集》並不適合。於是在電話中我建議出版一本《商氏三代書畫集》，我可以將保存的雲汀太公父親商廷煥先生手書的《大唐三藏大遍覺法師塔銘並序》冊頁二十八幅作為出版之用，加上志礋舅珍藏的他祖父商衍鎏、父親商承祚的作品，商氏祖孫三代合出一集，洵為一盛事也。志礋舅聽後欣然同意。第二天，正式通知我：書名定為《廣東番禺商氏四代詩書畫集》。不僅收錄商廷煥、商衍鎏、商承祚三位先生的書畫作品，亦要包括我雲汀太公的書法和我爺爺商承慈的畫作，並且選刊詩稿內容。另外，增加志礋舅長兄商志馥先生的書法作品，合成商氏四代詩書畫集，在文物出版社出版。數週後，志礋舅來京，和我商定了編輯出版的具體事宜。在此過程中，又增加了商廷煥先生的從堂弟商廷修，以及孫子商承祖、孫女商茝若和商倩若四位作者，共有商氏十位成員入選。於是，我和志譚舅分別開始了收集作品的工作。

這是一次愉快的經歷。從各處滙總來的書畫、印拓、詩稿和照片，使得本書的內容豐富、翔實，且均為第一手資料。既可勘誤目前他人撰寫文章中的諸多訛傳，亦使族人和研究者得以瞭解很多以前未曾見諸文字、圖片的商氏家族實況，乃至與近現代史相關的史料。從我個人的角度說，最讓我驚喜的是見到了爺爺手繪的以前我從未見過的三幅畫作。原來我僅有爺爺畫的一幅扇面，是他青年時代畫呈羅雪堂先生的，由於背面的題詩脫落一字纔留在了家裏。我小的時候時常把翫，爺爺見我喜歡，心裏很是高興。後來它成了爺爺的遺物而一直珍藏在我身邊。但我從未見過爺爺的其他書畫——除了家中夏天曾經掛過的竹簾子包邊上的那些水墨松枝。竹簾子的包邊新買來時是深藍色的，用過幾年破損了，奶奶就用爺爺早先手繪的帷幔剪成條重新包了邊。在物質匱乏的年代，奶奶這樣做屬於『廢物利用』。

我的爺爺商承慈，字景荀，中年以後署名為復九。他是雲汀太公的第三子，原是我母親商志蓉的叔父，母親自幼即過繼給了他和奶奶。[1] 在我小的時候，不止一人問過我這樣一個問題：為甚麼你稱呼姥爺為『爺爺』？我也曾就此詢問過爺爺和奶奶，記得當時他們告訴我這是因為南方和北方的風俗習慣有所不同，看我不能完全信服就微笑着對我說：『你康舅他們以前也是這麼叫你太公的，下次見面你自己問問看。』確實我的表舅和表姨們也是如此稱呼他們的外祖父雲汀先生的，但更重要的事實是：是爺爺和奶奶將我自幼撫育長大，是他們教會我說第一句話，教我寫的第一個字，給予了我童年生活的全部。《詩》云：『欲報之德，昊天罔極。』至於稱呼他們是爺爺、奶奶，還是姥爺、姥姥又有甚麼分別呢？

母親生我那一年，爺爺和奶奶都已年近七旬。爺爺退休在家，奶奶從年輕時就操持家務，沒有參加過社會工作。時值『文化大革命』，堂屋的正中掛着毛主席像，兩側是裝在鏡框裏用美術字抄寫的『毛主席語錄』。除此之外牆上沒有與書畫有關的任何東西。奶奶向我提起過爺爺的字畫，以及她年輕時家裏的金魚和盆景，但我當時懵然不知為何物。我祇清楚地記得爺爺奶奶很喜歡在院子裏蒔花植樹，還栽種了一棵葡萄。每到春天從地下把藤蔓挖出來，支在竹竿搭起的架子上，然後到胡同裏去擔水澆灌，我總是跟在他們身邊。夏天葡萄架下會有曲蟮的鳴唱和它們堆起來的一堆堆土。這棵葡萄的果實很香甜，以後我從未吃到過這種味道的葡萄。家裏總是窗明几淨，直到奶奶臥病在床，爺爺老得不能活動，我們的家纔逐漸變得零亂。但在我學齡以前家中一直整潔，生活井井有條。媽媽無暇顧及家裏的環境和我的成長，她要每天早出晚歸地上班，家庭生活就靠她的收入和爺爺二十多圓的退休金來維持。爺爺七十多歲時又出去工作過幾年，每天黃昏奶奶都帶着我和妹妹等他和媽媽回來。家中很和睦，經常有親戚從外地來北京都要住在我們家裏。等親戚們走後，奶奶就要想辦法還鄰居李姥姥的錢，因為招待親戚拉下了虧空。但爺爺奶奶總是很高興親戚們能來，我也對這種生活習以為常。直到前年看到雲汀太公回憶他父親明德公的手稿，我纔知道『雖遇困窮憂戚，不聞一語勃谿』和『自奉極儉，而待人至厚』是商氏家族世代相傳的美德。

我在爺爺奶奶的家裏見過很多他們的親朋好友。爺爺的堂弟商承祚（字錫永）先生，我稱他為『五爺爺』。我從小就見過他，但他很少在家住。每次來北京不是參加會議，就是有工作上的要務，來家裏的時候總是行色匆匆，偶爾纔有時間在家吃頓便飯。『五爺爺』是個精力充沛的老人，多冷的天也從不戴帽子。爺爺奶奶怕他着涼，都說北方天氣冷，勸他保暖。他可不以為然了，談笑風聲地把話題差開。奶奶跟我說她結婚時，洞房裏鬧得最歡的就是他。爺爺也對我講過他們堂兄弟們小的時候一起在大青磚上用毛筆蘸水練字的往事和騎馬在冰雪上馳騁的驚險趣聞。爺爺奶奶去世多年以後，我讀了『五爺爺』寫的文章方知他是由雲汀太公引薦給親家羅雪堂先生的。除羅氏子弟外，當年和他一起求學的還有柯劭忞的公子柯燕舲和容庚先生。

爺爺奶奶最時常惦念的是他們的外甥羅隨祖和外甥女羅珏（康舅的小弟、小妹，我的小表舅和小表姨）。小表舅、小表姨是龍鳳胎，小表舅比小表姨稍大。年僅十五歲就一起下鄉『插隊』去了陝北。他們時常和爺爺有書信往來，每當回城必來家裏看望。見到他們，爺爺奶奶都非常高興。有一次奶奶忙着做飯，把鹼當成了鹽，菜上桌了纔發覺，弄得大家笑了好半天。爺爺奶奶一直盼望他們能回到北京，但直到爺爺奶奶去世以後他們纔回來。現在小表姨在國外生活，小表舅繼承父業在故宮博物院工作。

小表舅和小表姨的母親商茝若，字靜宜，是我爺爺的胞妹。因為商氏兒女都大排行，所以她雖是雲汀太公的次女，我母親卻稱呼她為『四姑』，自然我應叫她作『四姑奶奶』。『四姑奶奶』自從十六歲嫁入羅家就隨夫婿羅福頤（字子期，羅振玉之第五子）及其他羅氏子侄一起師從羅振玉先生。曾在羅雪堂先生的指導鼓勵下，錄經史文辭為元代學者劉鑑所撰《經史動靜字音》作箋證，完成《經史動靜字音箋證》一書，在墨緣堂刊行。

『七姑奶奶』商倩若，是商衍鎏先生最小的女兒，我爺爺的堂妹。我從來沒見過她，祇見過她寄給爺爺的信和她女兒的照片。爺爺對我說她在安陽，好像還有她治療眼疾的一些事情。『三爺爺』商承祖（字章孫），我也從來沒見過。他是爺爺的堂兄，家在南京，是南京大學的德文教授，和爺爺偶有書信往來。

從未見過的還有爺爺的二哥商承謙（字遜夫），他一直家住天津，晚年很少到北京來。同在天津的是雲汀太公的長子、爺爺的長兄商承恩（字公澤）。我見過他很多次，每次見到我都很喜歡，我叫他『大爺爺』。長大以後我纔知道他是我母親的生父。

我從小就和爺爺奶奶居住的這個小院，是雲汀太公一生的最後寓所。太公和太婆馮氏寶珊都是在這個院的北房逝世的，爺爺奶奶亦復如此。在小院中居住的還有我的志芷姨，姨夫羅興祖是雪堂公四子羅福葆（字君羽）的第三子。我小的時候姨夫長年在四川工作，祇有志芷姨和我的表弟住在西屋裏。南房住的是李新乾一家。李先生年輕時是修梗堂的職員，人很善良，因向羅福頤先生求教，和我們一家人熟悉了。『四姑奶奶』全家搬入故宮宿舍後，遂讓李新乾從老家接夫人一起住到南房他們原來的住處。李先生比我母親大，但他總像小表舅和小表姨一樣稱我母親為『新姐』。我也總是恭敬地稱他為『李姥爺』。小院的東房是共用的廚房，大家一起做飯可熱鬧啦。

在這個小院裏我見過很多來自廣州的親戚。爺爺對我說：廣州是他的出生地，我們家是番禺人，以前祖祖輩輩都生活在廣州。但商氏的祖籍並非廣東番禺縣，爺爺所說的『番禺』，指的就是廣州。據族譜記載：我們這支商氏原籍為天津商家林。明代末季，世亂年荒，艱於生計，我族先人輾轉遷徙至遼寧瀋陽，於後金天聰五年被編入漢軍旗。後來，『從龍入關』。先祖國秀公康熙二十一年隨軍駐防廣州，是為本支商氏遷粵之始祖。②繼世雲礽繩其祖武，有清一代皆為旗籍，世居廣州省城西門內蓮花巷。雲汀太公和胞弟商衍鎏先生當年金榜題名所標註的籍貫均是『廣州駐防正白旗漢軍人』。如今的廣州市在清代既是省城，亦為廣州府治，稱作『廣州省城』，由番禺和南海兩縣組成。分界大致沿現在的『北京路』一線，東屬番禺，西歸南海。蓮花巷故居在南海縣轄區內，但商氏為駐防旗人，隸漢軍籍，故不以地方行政區劃為籍貫。自遷粵之始祖國秀公，十世而至雲汀太公。於嶺南歷世既久，商氏在粵後裔遂將自己和親友生於斯、長於斯的世代居住地廣州視為故鄉，又這一區域歷史延續下來的習慣稱謂為『番禺』，因而自稱『番禺商氏』。『番禺』舊時又寫作『賁禺』。在清代以後的社會變遷中，商氏後人乃以『番禺』為籍貫。

雲汀太公是明德公商廷煥先生的長子，胞弟商衍鎏少雲汀太公三歲，為明德公次子。他們倆尚有一位胞姊名商寶珊。因大排行是堂兄弟和堂姊妹分別以長幼排序，雲汀太公為同輩眾男之長，故為長兄，他的嫡堂弟衍燊行二，而胞弟衍鎏則以三行。所以我稱藻亭公商衍鎏先生為『三太公』。雲汀太公和『三太公』先後於光緒癸卯、甲辰連科通籍，同官春明。我爺爺很小即和兩位胞兄及眾堂兄弟姊妹們一起隨父任來到北京，從此再也沒有回過故鄉。『五爺爺』商承祚是在『抗戰』勝利後重回廣州中山大學任教的，全家於上個世紀四十年代末至五十年代初陸續到廣州工作和生活。『三太公』亦於一九五六年定居中山大學。因為此地舊名康樂村，所以『三太公』商衍鎏先生晚年自號『康樂老人』。而雲汀太公依然眷戀着『舊京』，兒孫輩皆在北方成長和就事，選擇京津兩地居住自然是順理成章之事了。於是雲汀太公與『三太公』商定：各奉先考明德公商廷煥為原祖，以所居地分為南北兩支，北支始祖為商衍瀛，南支始祖為商衍鎏。這就是商氏『南北二支，同歸一本』的由來。

我初次見到志譚舅也是在這個小院。他出差來北京時經常住在家裏，當時他還很年輕，白天去辦公事，晚上纔回來，我和他並不太熟悉。我是在上中學以後纔和志譚舅熟識的，那些年他常來北京，有時在家住一兩個星期。每次他來，媽媽就教我去買大罐的膠水，家中那小瓶膠水根本不夠他用的。因為志譚舅往來的信件、書稿很多，且他都要用大小不同的信封糊得結結實實，然後在上面貼上他寫的標簽、說明，條理分明、一絲不苟。他為編這本書給我寄來的資料也都是這樣，使我省了不少事。

志譚舅一直致力於刊印家族的著作，多年來都在總結整理出版他祖父商衍鎏和父親商承祚先生的遺稿。這次將商氏四代作品合集出版，使他投入了更大的熱情和精力，一年半的時間裏來京將近十次。我母親多次勸他注意身體，不可太過勞累。他總是說：趁現在還跑得動，能多做一點就多做一點。今年的夏天尤其炎熱，不巧坤儒舅媽又住進了醫院，志譚舅除了人不在廣州，每天都要到醫院探望。往返的奔波，南方的溽暑，使得從來不知疲倦的他在電話裏向母親和我訴說了他的力不從心。但誰也不會想到不幸的事情會發生！六月二十九日晨，他和往日一樣早起後，突然暈倒，再也沒能站起來。雖經及時全力救治維持生命至七月一日凌晨，終於還是走了。最後一次和志譚舅通電話是在他逝世前不到一週的時候，我向他滙報本書的編排進度。他聽說初稿即將完成後很高興，要來北京審閱。我怕他勞累，所以建議第一稿先由我校對一遍後，待打印出第二稿再寄廣州請他過目。他同意了。以他平時的性格是非立即來京不可的。

志譚舅辭世後，尔从表哥專程來京辦理出版手續。藉此見面機會，我與表哥就全書各個部分逐一交換了意見。之後我們又經過反復斟酌，遵照志譚舅所定體例，對多處內容進行了調整和完善。在此即將付梓之際，有關本書編校的若干具體情況，現予以說明如下：

一、本書的編排以長幼為順序，共有商氏四代十位成員的作品入選，以每位作者為一單元。每一單元大略分為六部分：先為作者像，然後依次為：傳略、詩、書、畫和常用印。每位作者除傳略外，未有或未徵集到的部分則闕之。作者傳略除署名為編校者之外，皆由其直系親屬撰寫，編校者不作修改。

二、作品的選取有以下五種情況：

①商廷煥、商廷修、商衍瀛、商承慈、商茝若五人的書畫作品，在篇幅允許的情況下儘量收錄。詩作、手札和書稿則選刊之。

②商衍鎏、商承祚父子兩人的作品存世量大，以前各自皆有專集出版，書畫精品各方多有收藏，今僅以家藏各時期有代表性的作品刊出。

③僅徵集到商承祖的書稿手蹟一冊，故選載其中八頁以為紀念。

④商倩若僅存詩稿一十三首，為其女兒在其病榻前根據她回憶所錄，今全選之。

⑤商志馥今雖已八十四歲高齡，依然十分關心本書編輯和出版的工作進度。但由於他的謙挹，僅命以其書法兩幅刊出。

三、所選詩稿、文稿皆重新錄入排版，增加標點，並且一律保留了作者原註，以方便讀者閱讀和理解。為了反映詩文的歷史時代風貌和尊重作者的用字習慣，皆按原稿打字錄入，未將其中的異體字和通假字統一改作通行字。

四、書畫作品的題目和註釋為編校者所加。對於書體的辨識，以及對殷栔、籀篆文字的隸定，由於編校者水平所限，且因定稿前臨時決定添加，時間倉促，未能全面詳細地請教相關專家學者，錯誤在所難免，望讀者不吝指正。

五、本書附有《關於番禺商氏》一章，收錄了商氏家族各時期相片四十八幀，以及雲汀公所撰之有關商氏先輩的遺稿三篇，並選刊描繪商氏故園的手卷《寒鐙聽雨圖》和朋舊題詩等史料作為附錄，以期讀者能對番禺商氏有更多、更深入的瞭解。

六、本書的編竣是商、羅兩家後人相互支持、共同協作的成果。於編校過程中還得到了諸位師友有益的指導和幫助，在此衷心地向中國社會科學院歷史研究所孟世凱先生、廣州中山大學陳煒湛先生、香港中文大學黃坤堯先生、北京清華大學美術學院武元子先生、北京故宮博物院華寧女士和書畫家朱載韶先生表達誠摯的感謝！還應該特別感謝的是文物出版社的各位相關領導，以及責任編輯孫霞女士對本書出版的大力支持和辛勤工作！

番禺商氏一族世代以詩書傳家，清貧守正。平定『太平天國』期間，『旗生停科舉，改習武』，③ 還粵八世祖建權公雖『一試獲雋』，④ 但『不樂以武科進』，⑤ 棄仕途專以懸壺濟世，『於貧者施醫藥，富者不責償，有餘財即以濟人』。⑥ 九世祖廷煥公艱苦力學，於《詩》《禮》為流輩推重，『顧七應鄉舉連不得志於有司』，⑦ 退而授徒課子，常『教人立身以孝悌為先，治事以守正為則』，⑧ 並教育子弟以『德行為先，文藝為後』。⑨ 故子弟們胥以修身培德為始基，勤學奮讀，自彊不息。先後有廷修公、衍瀛公、衍鎏公三人登進士第。『一家二代三進士』，成為一時之佳話。環境多有變遷，時代不斷前進，在新的歷史階段，番禺商氏亦人才輩出，於諸多的領域為社會做出了傑出的貢獻。這其中固然離不開國家的培養和自身的努力，但深厚的家學傳統和嗣續紹衣的道德風範、以及先輩們所樹立的楷模始終對商氏子孫影響至深，並將以此垂裕於後人。因此，大家共同商定本書以《清芬濟美：番禺商氏四代詩書畫集》為名。『清芬』比喻德行高潔，語出陸機《文賦》：『詠世德之駿烈，誦先人之清芬』；『濟美』意為繼承前輩的光輝業績，語出《左傳》：『世濟其美，不隕其名』。謹此向撫育我成長的商氏家族致以最崇高的敬意！時二〇〇九年己丑中秋夜保均恭記於忞軒燈下。（二〇二〇年春重新修訂）

① 外祖母名吳琬英，滿洲廂藍旗人，光緒二十七年辛丑臘月十九日生於福建閩侯（今福州市）。幼年隨父鴻恩（蒓塵）宦遊京師、河南等地。一九二二年，二十一歲歸景荀公。翌年冬，子志熊生，乃外祖父和外祖母唯一親生的孩子，不幸九歲以肺炎殤。外祖母勤樸賢淑，劬勞一生。晚年罹患癌症，一九七九年六月八日，病逝於北京。

② 族中所有資料均顯示番禺商氏先祖係由天津（或記作天津衛）商家林遷至遼寧瀋陽，於後金天聰五年編入漢軍旗。康熙二十一年，還粵始祖國秀公隨軍駐防廣州，隸漢軍正白旗。據官書記載番禺商氏先輩亦曾於漢軍鑲白旗、漢軍正藍旗、水師旗營等旗任職，但籍貫始終是廣州駐防正白旗漢軍人。我商氏家族在粵故居位於老廣州省城西門內紙行街蓮花巷。祖籍遼寧鐵嶺說及廣東水口營說皆不確。

③④⑤⑥ 引自商衍瀛先生《祖考武略公事略》（本書第二九四頁）。

⑦⑧⑨ 引自商衍瀛先生《先府君事略》（本書第一五頁）。

附錄

蓮花巷和玉蓮園——番禺商氏之故里

自清康熙二十一年，遷粵始祖國秀公隨軍駐防廣州，番禺商氏世代居住於省垣西門內蓮花巷，於巷尾築有家塾玉蓮園。光緒十一年，九世祖明德公歸葺故園，有詩紀之：

荒園十載樹成陰，竹舍傾頹雨露侵。賸有倦飛雲外鳥，陽斜也自解投林。
誅茅鋤草徑開三，種得新荷近牖南。隔檻柳條無限綠，蕭齋先結一詩龕。
北牕新敞木棉紅，老樹當門掩太空。深巷幽棲謝車馬，桐陰竹翠各西東。
編籬補種紫藤花，廊外時鳴雨部蛙。蕉葉半遮檐角好，不教晚日上牕紗。

——《修園四首》（一八八五年）

種蓮也唱采蓮歌，新藕翻泥印舊窠。畢竟花開清白在，不妨汙濁且隨波。

——《種蓮》（一八八五年）

元蟬噪夕陽，綠重柳成行。有客當風坐，空庭過雨涼。日長青史伴，人靜白蓮香。
微露新眉月，林間澹澹光。

——《夏園晚坐》（一八八五年）

一年容易盡，三徑未全荒。守歲燈添焰，梅花作意香。今宵饒白墮，垂老事青囊。
侵曉園林望，春風到處光。

——《除夕園中守歲》（一八八六年）

衍瀛公和衍鎏公年少時在園中讀書，朝同一研，暮共一鐙，所學經史詩文皆明德公手自句讀以授。明德公嘗以詩殷切囑託道：

廿載傳經愧孝先，年逾強仕尚青氊。我供菽水無微祿，爾讀詩書好細研。
心有常師淇澳竹，品宜特立華峰蓮。髫齡努力方成器，轉盼如絲入鬢邊。

——《生日有詠示衍瀛、衍鎏兩兒》（一八八三年）

光緒十六年，商氏兄弟同遊泮水。是年廣東科考取錄衍瀛公為案首，衍鎏公取第十名。

光緒二十年，衍瀛公和衍鎏公分別於順天鄉試、廣東鄉試同舉孝廉，人稱『禺山雙鳳』。

光緒二十九年，衍瀛公名進士，入翰林。

光緒三十年，衍鎏公探花及第，與兄同官春明。『聯鑣文苑，聲譽飈起，海內以為軾轍。』（引自宣統二年刻本《味靈華館詩》李思敬序）時有『眉山兄弟』之嘉譽。

辛亥年冬，衍瀛公和衍鎏公舉家避地青島。民國元年，衍瀛公於青島大學教授中文，衍鎏公則將遠赴德國漢堡任教。四月，別於青島。一九一六年末，衍鎏公歸國，與衍瀛公相見於曲阜。『旋復判袂，相率他徙。』（引勞篤文先生語）從此，燕鴻南北，聚少離多。

一九三八年，日軍攻佔廣州，蓮花巷商氏故里毀於兵燹。

一九四八年冬，衍鎏公回到闊別已久的故鄉，賦詩寄北：

歲月蹉跎強自寬，還鄉白首若為歡。家園泡幻殘灰冷，（原註：謂蓮花巷老宅及玉蓮園）骨肉人天老淚彈。（原註：謂外舅、外姑及先室談綬玉、适賀大姊）無雨路多晴笠屐，經冬時有夏衣冠。（原註：粵俗實有此況）五方風氣相殊甚，北馬南船欲合難。

——《戊子七十五生辰次韻雲兄寄詩》（一九四八年）

一九五六年冬，衍鎏公由寧返粵頤養晚年，居中山大學校舍，有詩言道：

壯歲辭家出里門，歸來悵失舊林園。玉蓮庭訓天風邈，猶幸寒氊長子孫。

（原註：余家蓮花巷。先府君教讀一生。晚年於巷尾闢玉蓮園養疴。余幼隨讀於園中。不幸早孤。三十歲去粵奔走四方。離鄉五十餘載始還。園已無從蹤跡。）

——《秋日襍詠》其五（一九五七年）

羅福頤先生曾為衍鎏公治『玉蓮園舊主人』印，見本書第三二七頁。該印章實物原件現存廣州中山大學圖書館。

《寒鐙聽雨圖》及朋舊題詩——緬懷往事與故園

一九一二年，衍瀛公與衍鎏公別於青島後，友人劉伯紳先生為衍瀛公繪《寒鐙聽雨圖》。東坡別子由於鄭州西門詩有云：『寒鐙相對記疇昔，夜雨何時聽蕭瑟。』『寒鐙聽雨』一詞即本於此，寓意為兄弟之間的友愛和思念。後來，此圖於衍瀛公為與復清室而僕僕道途的年代中遺失。一九三〇年冬，衍鎏公請友人唐冒先生補繪《寒鐙聽雨圖》，以懷念他和衍瀛公少年時在故園玉蓮園聯牀夜讀的歲月和寄託兄弟南北睽隔的眷眷之情。

衍瀛公《寒鐙聽雨圖記》曰：

余同懷兄弟二人，余生辛未，藻亭少余三歲，生於甲戌。先君督課嚴，經史詩文皆手自句讀以授。余兄弟朝同一研，暮共一鐙，形影相依，不自知有天倫之樂也。丁亥以後，違侍先君。每當風雨聯牀，輒惘惘不勝其心之悽感。庚寅，與藻亭同入頖水。甲午，同舉孝廉。家貧授讀於外，始稍稍睽隔。先妣年老多病，每於課罷，相聚一室，鐙火熒然，聞先妣溫語，覺斗室中別有天地。丁酉，先妣棄養。是後，藻亭館江門，余館北京，始終歲不相見。己亥之冬，余北遊歸里，喜藻亭亦館省垣。壬寅，余復入都。癸卯，試南宮，改闈河南，余自北來，藻亭亦從南至。試後，聯轡入返都門，沿途覽古讀碑，盱今論事，意甚樂也。余以是年通籍，藻亭則以次歲甲辰登第。是後，同官春明，談藝論文，共守先君家學，無異兒時之樂。辛亥八月，武昌變起。十一月，裁撤翰林院，乃相偕出京。壬子，余教授青島大學，藻亭亦應德國漢堡大學之聘，四月，與藻亭別於島上。當九州鼎沸之日而為萬里海國之行，惜別傷時，情何能已。每念東坡一生不忘子由，時思歸同處，以慰歲晚。今此之別，豈同曩昔。因取東坡別子由鄭州西門詩意題曰：『寒鐙聽雨』，以名余樓，並為圖以誌息壤。余兄弟敢希眉山於萬一，而摯愛之心未嘗不可竊比於古人，故借公詩以見志。坡公亦云：『近別不改容，遠別涕霑胸。』聚散之感顧不重歟。他日藻亭海外歸來，亦當同此眷眷之情也。

唐冒先生先後繪有《寒鐙聽雨圖》兩幅，衍瀛公和衍鎏公各攜其一。衍鎏公之南支藏本現存深圳市博物館，本書所刊乃衍瀛公後人保管之北支藏本。該手卷迎首為羅振玉先生以小篆題寫之圖名，畫心落款處有唐冒先生題寫七言絕句一首：

眉山兄弟早齊名，鉤笥分醪句互賡。寫出紙牕竹屋夜，對牀風雨廿年情。

庚午長至，為藻亭詞兄作。唐冒并題。

圖後為衍瀛公所書《寒鐙聽雨圖記》，並注曰：

此記作於壬子。圖為劉伯紳所繪，勞玉初先生題一長古。亂後失之。今藻亭為補是圖，因撿舊稿書於後。庚午臘月，商衍瀛記於秣陵。

再後依次是羅振玉、陳寶琛、鄭孝胥、寶熙、王季烈、楊鍾羲、傅嶽棻、胡嗣瑗、陳曾壽、許汝棻、關賡麟、高毓浵等十二位親友之題詩凡一十四首：

木天翔步承平日，艷説機雲屋雨頭。詎意中年人事異，佂佪身世等浮漚。

梗泛萍飄感逝川，黑頭今日已華顛。自從海澨分飛日，回憶聯牀聽雨年。

詩書灰滅人倫盡，綱紀幾無一綫存。他日披圖傳事實，流風能使簿夫敦。

丹石親家聚首遼東，出示此圖，漫書三截句。貞松弟羅振玉。

辛未臘月与

郊祁先後登瀛歲，貢舉旋停國亦屯。三舍未酬廻日願，廿年同作避兵人。

對牀憶夢猶江介，負絏披圖更海濱。老秃相望誰似我，舊京殘臘故園春。

雲汀館丈年大人相見旅順直盧，出此索題。仲弟少予一歲，

睽隔又十年矣！展卷弥惘然也。辛未祀竈日，八十四叟陳寶琛。

弟兄正似成行鴈，暫合俄分各一天。話雨漫尋歸隱約，挑鐙還憶授經年。
機雲入洛名猶盛，軾轍聯牀事共傳。七十同過念予季，披圖空復撫華顛。

稚辛弟今年政七十。辛未小除夕，題奉
雲汀仁兄大人教正。孝胥。

白頭連氣友于歡，每溯平生憶故山。少學追隨念庭訓，大科先後列朝班。
燕鴻南北多離別，書劍關河幾往還。何日收京重聚首，弟兄同直紫宸間。

壬申上元前一日，題奉
雲汀仁兄大人正。同館弟寶熙。

文章軾轍傳家學，科目郊祁得盛名。上苑探花英俊侶，（原註：藻亭同年甲辰對策第三人）西堂夢草別離情。亂時骨肉書頻斷，避地光陰歲易更。我亦弟兄天末遠，何時聚首話神京。（原註：余弟兄四人，惟光緒甲申至甲午同居宣南醋章胡同，團聚甚久，今則天各一方矣！）

壬申上元，題奉
雲汀道兄同年大人正。螾盧季烈。

有味青鐙共一編，翩然二俊照南天。傳家易學春秋上，筞士先皇癸甲年。
東府梧桐心繾綣，西堂春草夢芊眠。低徊卅載無窮事，風雨雞鳴繹鄭箋。

藻亭仁兄詩人正句。
甲戌清明，同學弟楊鍾羲，時年七十。

人生萬事空，天倫有真樂。君家好弟兄，文采雙鸞鷟。軾轍並知名，悉出老泉學。
更賴慈母賢，漢傳授孟博。聯翩步木天，(此處疑奪蜚字)聲動寥廓。如何遽分飛，
行止無繇合。執手亂離餘，連床慰寂莫。寒鐙聽雨聲，兒時憶如昨。鬲暈白頭親，
老學相礲琢。俱享黃髮期，好修保天爵。

丹石仁兄道長屬正。
丙子除夕，忭菴傅嶽棻。

有生莫如兄弟樂，許從角丱到眉耇。不囙官學人事牽，黃口白頭揔相守。
我少家督十六年，門內婉孌為師友。壯來一官駈四方，豫蜀薊遼各饑走。
緣會豈多離索長，兒時情味苦回首。偕隱晚營屋三間，天地蒼黃約終負。
逢君談往寫懷抱，聽雨寒燈圖在手。頗聞家世傳一經，宛宛襟裾日前後。
癸甲聯步木天翔，齊名日下世稀有。渡海一時坡送由，玉堂雖改主恩厚。
遠游萬里遭際殊，惜別伯兮心語口。比年流轉阻兵戈，江海相望我偏否。
雁斷白門經幾霜，論交四海更誰某。垂暮天留花蕚春，寸隙何啻千金壽。

寒鐙聽雨圖為
丹石大兄同年屬題，並寄
藻亭同年賞心亭下同正之。
丁丑立冬前三日，胡嗣瑗初稿。

老年至樂惟兄弟，別後披圖一惘然。刦火堆灰驚此世，連床聽雨是何年。
才名早已齊雙陸，高第聊堪慰九泉。天許相望隔雲海，長公真意待誰傳。

丹石老兄同年屬題。陳曾壽。

聖朝取士重明經，躍冶雙龍正發硎。食德各承坣構業，得賢齊放榜花馨。
鬢驚亂後同眉白，燈憶兒時有味青。莫悵聯床成契闊，瀟瀟風雨可同聽。

雲汀仁兄道長 教正。
戊寅初春，夢虛弟許汝棻。

白頭昆弟聚京華，倦眼宮牆散舊鴉。客邸雨聲仍畫卷，兒時燈味在窗紗。
歸田江水平生誓，及第春風寂後花。天道乘除名與壽，眉山此憾補君家。

辛卯夏五，
藻亭老兄同年屬題。稊園關賡麟。

郊祁盛事話瞢騰，携手蓬山最上層。白髮唱酬傳綵筆，青春滋味在寒燈。
祝兄生日懷蘋頻，憶弟看雲慰杜陵。風雨雞鳴猶似舊，聯床何可讓良朋。

雲亭老兄同年曾以寒燈聽雨图属僕為序，至今二十餘年矣！

雲老歲逾八秩，矯健如少壯時。辛夘四月，藻亭三兄來京，復出此圖屬題，漫書一律，並寓相留之意。潛子高毓浵。

衍瀛公逝世後，章士釗先生又於一九六二年夏和冬分兩次在卷尾續題七言絕句四首：

癸卯狐鳴淂上遊，幾人張楚幾新周。大科婁尾珍同歲，赤制欣看共一邱。（原註：赤制字見禮器碑）
國步堪移家不傾，怡怡兄弟古今情。題圖助長兒孫樂，應易聯床話耦耕。

壬寅夏日，在北京為

藻亭先生題。乞教。孤桐章士釗。

遮莫諸生老伏虔，姓名猶自聳諸天。掃門誰識黿家令，九十通經國有贒。
寒燈一粟獨眠清，諦聽秋窓策策鳴。永憶雪堂風雨夜，當時長作對床聲。

壬寅冬，補題。士釗。

劉伯紳繪本《寒鐙聽雨圖》自創作至遺失前後八年間的相關記載附於後：

現存之《衍瀛自編年譜》手稿殘卷記載：『宣統三年，辛亥。八月，武昌變起。十一月，裁撤翰林院，偕衍鎏弟出京，攜家寓青島。余就青島大學漢文教習之聘。』『民國元年，壬子。四月，衍鎏弟就德國漢堡大學漢文教習聘，別於青島。五月，娣婦攜子女由青島回粵。娣婦病故。六月，余返里為娣婦辦葬。七月，旋島。』『民國二年，癸丑。在青島仍就大學教習。』『民國三年，甲寅。日德戰事起，青島被兵。六月初一日，離青島避居青州。初二日，玉初先生道濟南轉曲阜。初三日，鐵路不通。十月，就張忠武公徐州幕府顧問之聘。勞玉初先生來書，以青州來往在日本軍範圍，不如到曲阜近聖人居。復書託其代賃房屋。』『民國四年，乙卯。在徐州幕。二月，由青州移家曲阜。』『民國五年，丙辰。在徐州幕。三月，衍鎏弟離德國回至曲阜。四月，馮國璋召集各省代表會議南京，意在結西南以除袁，不期會議未終袁世凱猝斃，各代表於南京會後同來徐州，是為徐州第一次會議。袁世凱方死，徐世昌忽遣陸宗輿到徐州，攜有復辟條件，欲得忠武同意。大要是：宣統復辟，下設輔政王一人，代皇帝執掌政權，以曾官大學士、軍機大臣最高資格之漢人充之，輔政王由皇帝任命，十年一任，但得聯任。忠武謂此為徐某一人之富貴，豈能安天下。徐世昌輔政王之事不成，恐張、馮藉南京會議別有舉動，乃與段祺瑞謀，推黎元洪代理總統，而以段祺瑞責任內閣為條件，軍政諸事概由內閣主持，黎祇能蓋章，黎以勢力在北，只好允之。黎元洪既代總統，恃國會黨人以為後援，內閣所擬命令違其意者，不肯署名，致受內閣之強迫，憤無所洩，每欲行使總統職權，以命令免段祺瑞。』『民國六年，丁巳。黎、段積不相能，無可轉圜。二月，段用對德宣戰及議定憲法名義召集各省代表會議於北京，黎則以公民團圍迫議院之事罪段祺瑞。三月，北京代表會後紛集徐州，是為徐州第二次會議。會議時，衆意黎必當去。黎是以副總統代理總統，繼黎任者一時無資格相當之人，若用復辟，有羣帥擁戴，則去黎更有力。議由各省聯合督軍團舉兵向北京，再電徐州，請忠武北來主盟。四月，奉、直、魯、豫、皖、晉六省軍團紛集近畿，驅黎擁段，聲罪致討。初八日，公電忠武北來主持。黎手足無措，亦於十三日電忠武迅速來京，共商國是。余於四月十八日隨張忠武公由徐州北上。十九日，抵天津，事已中變。二十六日，黎解散國會。二十七日，忠武入京。五月十三日，復辟。二十四日，事敗。忠武公避居和國使館。二十五日，偕外交部友往和館，無法相見。二十七日，徐世昌到京。余於二十九日出天津，回曲阜，移眷居津，仍返北京，輾轉至中秋節後，始獲見忠武。自是，日必一晤，為忠武料理外事。奉督張作霖派趙錫福來三次，並有饋遺，未收，於最後一次始與見。十二月，余代忠武往奉天晤張致謝。』『民國七年，戊午。九月，外交部請於各國公使，欲遷忠武於南洋羣島。法公使主張最力，和使雖為使團領袖（使團以年深者為領袖），然以國小而弱不敢爭。余據理與爭，第云只要中國外交部不堅持，事便可止。余請於陳師傅寶琛，向其鄉人外交部高某次長疏通，獲效。是冬，忠武事解。』

編校者恭註：衍瀛公年譜中關於衍鎏公回至曲阜的時間記載有誤。據衍鎏公《丙辰日記》載：衍鎏公於『丙辰。陽曆十一月廿日，由德國起程。十二月十五日，遄返曲阜家門。』『十五日早八時，乘濟南車。一時，到曲阜，大哥已在站相迓，相別四載有半……』此時，衍瀛公正顧問於張勳之徐州幕府，特回曲阜迎接遠道歸來的胞弟。勞乃宣先生題圖為賀。年後，衍瀛公旋即返還徐州。仲夏，隨張勳北上，並由此開始了負紲從君的顛沛歲月。劉伯紳一九一二年繪贈之《寒鐙聽雨圖》當是在一九一七年『丁巳復辟』失敗後的動盪中所遺失。該圖玉初先生所題長古，可見於桐鄉盧氏校刻本《桐鄉勞先生（乃宣）遺稿》。時在丁巳春日，作於山東曲阜。今據台北文海出版社影印本轉錄如左：

坡公四海一子由，古今友愛誰與儔。悠悠千載流風遠，又見寒燈聽雨樓。
高樓東望扶桑日，行人西送虞淵沒。萬里滄溟作壯游，歲月抛人去飄忽。
我昔登樓共君語，君道頻年別離苦。何日行人萬里歸，樓頭同話巴山雨。
無端龍戰揚海塵，靈光址畔重結鄰。丹青示我倪迂筆，淋漓水墨迷煙雲。
方欲題詩書紙尾，飛輶報道歸來矣。入門一笑紅頰溫，兩翁如鵠於菟喜。
唱予和汝塤篪鳴，寒廚藜藿等大烹。中宵長枕聞蕭瑟，不是孤燈往日聲。
無待伊川買修竹，海濱自有機雲屋。會看兵氣埽欃槍，相將返種籬邊菊。
浮雲富貴胡為乎，對牀舊約未可辜。知君不愛高官職，應勝鄰家雙隱圖。

——《題商雲汀寒燈聽雨樓圖》

聽雨圖
眉山兄弟早齊名餉筍分韻句互賡寫出紙牕竹屋夜對牀風雨廿年情
庚午長至為滌亭詞兄作
庵肯并題

寒鐙

再版說明

再版說明

本社曾於二〇〇九年出版《清芬濟美 番禺商氏四代詩書畫集》一書，光陰荏苒，不覺已歷十年寒暑，其間陸續發現該書編校過程中存在的一些不足與疏漏，今藉此再版之機統一予以補充和更正。本次修訂，查閱了全書所有內容的原始材料，並與其他書籍、文獻相參照，逐一詳細核對，經年始成。由於番禺商氏所藏之大多數書畫、詩集、文稿、印章等原件業已分別捐贈於數家文博單位，給編校工作帶來諸多不便，通過各方努力方籌集到所需的照片、複印件或數碼文檔，其過程頗為繁複，於此不再備述其詳，謹向在本書修訂過程中為我們提供過幫助的單位和個人致以衷心的感謝！並就具體修訂事項作出以下幾點說明：

一、修訂了錯誤錄入的個別文字和標點，並對初版的兩處重大紕漏進行了更正：其一，原誤將商衍瀛先生為何熵時先生所書南宋陸遊七言絕句條幅的文字內容錄入了《商衍瀛詩稿選》，現將該詩刪除。其二，原誤將《商氏北支分譜序》的題目寫作《商氏遷粵家譜後記》，今更正之。

二、書中所選詩稿和書畫作品略有增刪和順序調整。

三、重新撰寫或修訂了部分作者的傳略。

四、對半數以上的書畫作品和人物相片重新進行了掃描和製作，並完善了已有的文字注釋。

五、初版保留了所錄詩文原稿中表示禮敬的抬頭空格，今悉數予以刪除。

六、本次修訂，新增《附錄》一章，作為原書《關於番禺商氏》一章的補充，並為《番禺商氏遷粵家譜簡表》加注了必要的文字說明。

本書所輯選的大量書畫、詩文作品真實地反映了近一個半世紀的時代變遷，那些漸為時光湮沒的豐富語彙和精緻筆觸，乃至從中透射出的作者人生軌跡和見知感興，正可作為史料而愈顯彌足珍貴。此修訂版中變動比較大的是作者商衍瀛部分和新增加的《附錄》部分。本次再版還依據宣統二年庚戌刻本《味靈華館詩》，對商衍瀛及其胞弟——末代探花商衍鎏的父親商廷煥（明章）先生所著詩稿選（凡六卷）再次進行了詳細讎校。一八四〇年，商廷煥生於廣州，師從陳澧（蘭浦）和樊封（昆吾）二夫子。現存詩集的時間跨度為一八六一年至一八八六年。該集不僅描繪了晚清廣州的地理風物，以及普通旗人、知識分子的日常生活和交往，卷帙間亦不乏關於抵禦天災人禍和抗擊外夷侵凌的記載，讓人們可以深入瞭解到『同光中興』背景下嶺南都會的歷史風貌和作者所代表的社會階層的精神風貌。商廷煥、商衍瀛、商衍鎏作為我國近現代史上一些重要事件的見證者和親歷者，所留下的原始文墨自有其不言而喻的文獻價值。發掘、整理這些瀕於磨滅的文獻資料，正是我們重新編校此書的目的。因請番禺商氏後人協助勘誤修訂，並翻檢圖籍手稿，刊摘事蹟，編入《附錄》，以資讀者參閱。

由於水平所限，工作中難免還會出現缺點和錯誤，希望大家批評指正。